謎の館へようこそ　白

新本格30周年記念アンソロジー

東川篤哉　一肇　古野まほろ
青崎有吾　周木 律　澤村伊智
文芸第三出版部・編

JN179859

講談社
タイガ

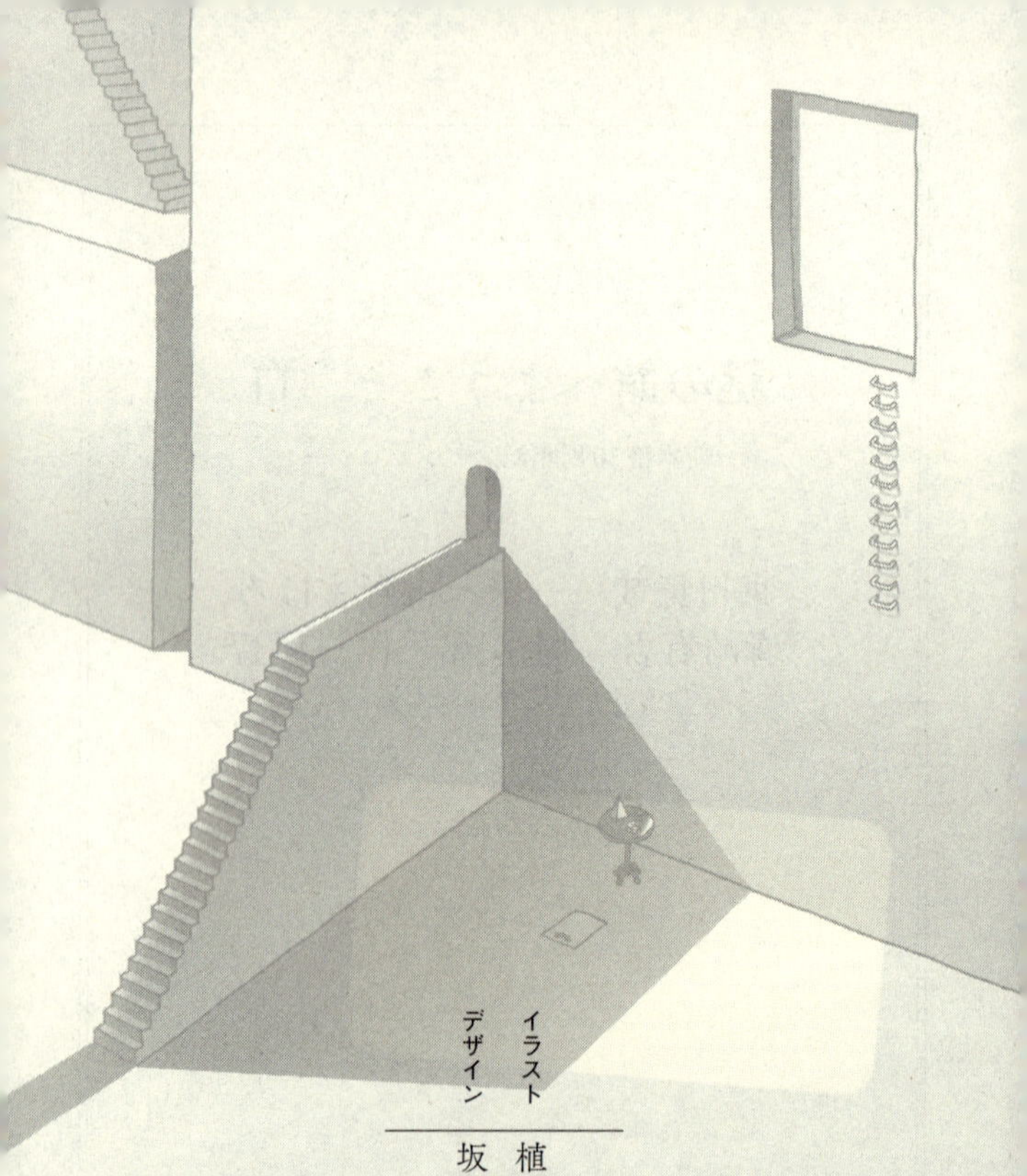

イラスト　植田たてり

デザイン　坂野公一（welle design）

謎の館へようこそ 白

新本格30周年記念アンソロジー

目次 CONTENTS

東川篤哉『陽奇館（仮）の密室』……5

一肇『銀とクスノキ～青髭《あおひげ》館殺人事件～』……59

古野まほろ『文化会館の殺人——Dのディスパリシオン』……141

青崎有吾『噤《つぐみ》ケ《が》森《もり》の硝子《ガラス》屋敷《やしき》』……209

周木律『煙突館の実験的殺人』……261

澤村伊智『わたしのミステリーパレス』……329

東川篤哉

『陽奇館（仮）の密室』

東川篤哉（ひがしがわ・とくや）

二〇〇二年、『密室の鍵貸します』でデビュー。ユーモアと本格ミステリの融合で高い評価を受ける。二〇一一年『謎解きはディナーのあとで』で第八回本屋大賞を受賞。「烏賊川市」「鯉ヶ窪学園探偵部」「魔法使いマリィ」「平塚おんな探偵の事件簿」など人気シリーズ多数。

1

「さて皆さん、ここに集まっていただいたのは、ほかでもありません。皆さんもご存知《ぞんじ》のとおり悲しい事件が起こりました。誰もが知る天才マジシャン、花巻天界《はなまきてんかい》氏が突然の死を遂げられたのです。享年六十二歳。奇術界の大御所のあまりに早すぎる死でありました。しかもそれは、何者かによってタオルで首を絞められるという、怖ろしくも悲しい最期だったのです――」

畳《たたみ》を敷けば十五畳ほどはあろうかという長方形の空間。そこに背広姿の中年男の声が朗々と響き渡る。声の主は一部に名探偵の呼び声が高い四畳半一馬《よじょうはんかずま》その人だ。彼の口から『皆さん』とひと括《くく》りに呼ばれた四人の男女は、一様に苦い表情を浮かべつつ探偵の言葉を黙って聞いていた。四畳半探偵の妙に説明的なお喋《しゃべ》りは、いましばらく続いた。

「本来ならばこのような場合、大勢の警察官がこの『陽奇館《ようきかん》』に駆けつけて、全力で捜査に当たるところでしょう。充分それに値する事件です。ああ、しかし残念！　関東地方で昨夜から続く雷雨の影響によって、道路は至るところで寸断され、崖《がけ》は崩れ、橋は流され、交通網はズタズタという有り様。この『陽奇館』が存在する山の中腹にまで警察が到着するには、なお数日を要するという深刻な状況です」

四畳半探偵は恨むような視線を、部屋の片側にあるサッシ窓へと向けた。透明なガラス窓を伝って流れ落ちる雨の雫《しずく》。遠くの空からゴロゴロと雷の音も聞こえている。窓から差し込む明かりは頼りなく、まだ日没前だというのに、室内は明かりナシでは隣の人の顔色も窺《うかが》えないほどだ。天井《てんじょう》に吊《つ》るされたLEDランタンが充分に存在感を発揮していた。

「が、しかし!」と探偵の声のトーンが目いっぱい上がる。「幸運にも、と申し上げましょうか、偶然にもここに有名私立探偵とその探偵助手が存在します」

探偵は自分自身と、その傍《かたわ》らに立つ私のことを手で示した。

「昨夜、この山の中腹で、私とその部下である彼、この二人を乗せた車が突然の雷雨に見舞われて立ち往生。偶然に発見した山中のお屋敷《やしき》に助けを求めたのです。そのお屋敷こそが、この『陽奇館』から少し離れたところに建つ花巻氏の邸宅でした。私たち二人は花巻氏の温情によって、彼の屋敷に一夜の宿を得ました。と同時に、花巻邸に滞在していた皆さんとも面識を得ることとなったのでした。ところが一夜明けた今朝になると、その花巻氏がこの『陽奇館』の一室で変わり果てた姿に……。結果、今回の事件は、偶然にも現場に居合わせた我々、中でも特に私こと四畳半一馬の手に、その解決の行方がゆだねられることとなったのでありました」

昨夜から今朝にかけての記憶を手繰《たぐ》るように、虚空《こくう》を見詰める四畳半探偵。そんな彼の言葉に黙って頷《うなず》く四人の事件関係者。だが傍らに立つ私だけは、咄嗟《とっさ》に異議を唱えた。

「ちょっと待ってください、四畳半さん。さっきから『陽奇館』って当たり前のように呼んでいますけど、本当にそう呼んでしまっていいんですか」

「ん、よく意味が判《わか》らんが、いったい何が問題だというのかね、大広間《おおひろま》君？」

キョトンとする探偵は、次の瞬間サーッと青ざめた顔になりながら、「あッ、まさか過去に大物作家が書いた有名なミステリ作品と館の名前がカブっているとか⁉　そ、それはマズイな……」

「いや、そういうんじゃありません」ていうか、あなた探偵ですよね。『四畳半探偵事務所』の立派なボスですよね。なに若手ミステリ作家みたいなこと気にしてんスか――と心の中で呟《つぶや》きながら私は首を左右に振った。「そうじゃなくて問題なのは、この館がまだ建築途上の建物だということです。確かに完成の暁には、ここは部屋数二十を誇る、三階建ての立派な館になるとのこと。その館を『陽気』な『奇術』の意味を込めて『陽奇館』と名付ける予定であることも、花巻氏は昨夜、楽しそうに話されていました。しかし厳密にいうならば、まだ『陽奇館』という名の館は、この世に存在していないのですから……」

しかし部下である私の指摘は、あまりに細かすぎたらしい。探偵は機嫌《きげん》を損ねた様子で口許《くちもと》をムッと歪《ゆが》めた。「ああ、そうかね。なるほど、確かに君のいうとおりかもしれんな。いや、実に結構なことだ。記録者たるもの、それぐらいの細やかな配慮が必要だと思うよ。ぜひ、その繊細なセンスでもって、私と皆さんの一問一答、一言一句を漏らすことなく書き残してくれたまえ。その記録は雷雨が去った後には、警察にとって貴重な捜査資料となり、また同時にこの私、四畳半一馬の活躍を示す一大エンタテイメントともなり得るのだからね。——よろしく頼んだよ、大広間君」

「…………」私は上司の言葉に微《かす》かな引っ掛かりを感じつつも、「ええ、お任せください」

小さく頷くと、愛用のノートパソコンのキーボードを素早く叩《たた》く。探偵や関係者たちの行動や発言はもちろんのこと、記録者たる私自身の言葉や思い、あるいは各人物の表情の変化やこの場の雰囲気《ふんいき》までも、私はこのパソコンに打ち込んでいく。それが今回、四畳半探偵から私に与えられた使命なのだ。

ちなみに、この文章は日本語入力に最適な親指シフトキーを用いて入力しているのではなく、日本語入力にさほど向いているとも思えない普通のキーボード配列（正式名称は何ていったっけか……）のパソコンを用いて、ローマ字変換で入力している。なぜなら、いまの私は探偵の傍らに立ちながら、左手でパソコンを持ち、右手一本でキーボードを操作している状態。このようなやり方でパソコンを操作するためには、親指シフトキーは有効ではないのだ（ていうか、あれは両手を使わなくては絶対操作できないのだ）。だがまあ、入力スタイルなどべつにどうでもいい。

私は館の呼称問題に話を戻した。

「とにかく『陽奇館』という呼び方は理論的にいって正しくありません。ここはひとつ正確を期して『陽奇館（仮）』という呼び名で記録するというのはいかがでしょうか」

「ああ、判った判った。そこは君の感性にお任せするよ。好きにしたまえ、大広間君」

「………」ついに堪えきれなくなった私は、「あのー、いまさらいうことでもありませんが」と慎重に前置きして重大な不満を上司に訴えた。「僕は大広間ではありません。僕の名前は間《はざま》。間広大《こうだい》です。わざと間違えるのはやめてもらえますか」

だが指摘された彼は悪びれる様子もなく、ただ「ふふふッ」と笑うだけだった。

――まったく！　自分が《四畳半一間》みたいな名前だからって、他人のことを《広々した座敷《ざしき》》みたいに呼ばないでほしいものだ、と私は心の中で呟いた。そして、そのようにパソコンに打ち込んだ。私の右手はキーボード上を目にも留まらぬスピードで駆け巡る。自分でいうのもナンだが、ほとんど人間離れした速度だ。まさに離れ業といっていい。もちろん、その特殊な能力を買って、探偵は私を記録係に任命したのである。

とはいえ、この体勢が非常に疲れることは事実。そこで私は上司に頼み込んだ。

「あのー四畳半さん、そこの椅子《いす》とテーブルを使わせてもらっていいですか。そのほうが打ち間違いも減ると思いますんで」

「ああ、べつに構わんよ。好きにしたまえ」

探偵は窓側の壁際に位置する新品のテーブルとパイプ椅子を見やりながら頷いた。

私はさっそく椅子に腰を下ろし、パソコンを真新しい天板の上に置く。これで作業がやりやすくなった。私のキーボード操作は人間離れを通り越して、ついに神の領域へと到達することとなるだろう。私はそのように思い、そしてそのように記録した。

「えーっと、話が逸《そ》れたな。では本題に戻るとしよう。そう、まずは事件の振り返りだ」

そういって探偵はゴホンと大きな咳払《せきばら》い。そして、おもむろに説明を始めた。

「事件の発生そのものは、どうやら昨夜のことらしい。ですが実際に我々が花巻氏の遺体を発見したのは今朝のことでした。先ほどもいったとおり我々は昨夜、この『陽奇館(仮)』から少し離れたところにある花巻氏の屋敷に宿泊していました。皆さん四人は親しい友人として屋敷に招待されていた。いまは大型連休の真《ま》っ只中《ただなか》ですからな。一方、私と大広間君は――」

「間です、間広大!」

「ああ、そう、私と間君は遭難しかかったところを助けられた。――と、まあ経緯は違えども、この六人と花巻天界氏の計七人が昨夜の花巻邸に居合わせたわけです。花巻氏は何らの異状を感じさせることもなく、我々と談笑されていました。昨夜の時点ではね。ところが、その花巻氏の姿が今朝になると、なぜか見当たらない。幸いにして天気が小康状態を保つ中、私たちは屋敷の内外を手分けして捜索しました。すると花巻氏の姿は意外な場所から発見されました。それが『陽奇館(仮)』の、この現場だったわけです」

四畳半探偵は『この現場』といいながら、いま自分たちがいる部屋の茶色い床を指差した。釣られるように関係者四人が揃《そろ》って頷く。だが納得できない私は、ここでも異議を唱えずにはいられなかった。

「あのー、『この現場』という呼び方も正確ではありませんね。実際の現場は、この部屋ではありません。ここには花巻氏の遺体もないし、窓ガラスも割られてはいません」

私は部屋の片側にある腰の高さのサッシ窓を示した。実際の現場の窓ガラスは、死体発見時に外側から破壊されてしまったのだ。もちろん、この部屋の窓は綺麗《きれい》なままである。

私の細かすぎる指摘を受けて、探偵は面倒くさそうに頷いた。

「ああ、そりゃそうだとも。ここは現場じゃないさ。本当は私だって、実際の現場を舞台にして事件の話を進めたいところだ。だが後々おこなわれる本格的な捜査のために、現場は保存されなくてはならない。これは捜査の鉄則だろ。それにだいいち、花巻氏の変わり果てた姿を横目で見ながら事件の詳しい話を——というわけにもいかんじゃないか。我々は職業柄慣れているとしても、ここにいる彼らはそうじゃないからね」

そういって探偵は目の前に居並ぶ四人の男女を手で示した。

「そこで現場とまったく同じ広さと形状を持つ、この部屋を仮の現場として話を進めようというわけだ。幸いにして、この部屋は扉や窓の位置、家具の配置、おまけに鍵《かぎ》の種類なども実際の現場とほぼ同じ。天井のLEDランタンこそ私が持ち込んだ私物だが、それを除けば実際の現場と瓜二つ。ここを現場と見なして話を進めることには、何の不都合もないはずだ。それでも、ここを現場と呼ぶことに抵抗を覚えるというのなら、君が自分の相応《ふさわ》しいと思う言葉で記録しておくがいい」

「判りました。では『現場（仮）』と記録しておきます」

私は頷き、そのように記録した。

「やれやれ、（仮）が好きな男だな、君は……」探偵はうんざりした顔をゆるゆると左右に振った。「まあいい。余計な茶々はいれなくていいから、とにかく君は記録を取ることに集中するように。今回の事件がこの四畳半一馬の手で見事解決の時を迎え、パソコン画面に（おわり）の文字が打ち込まれる、その瞬間まで君はそのパソコンを絶対に手放してはならない。いいね、大広間君、記録係の職責を見事全《まっと》うしてくれたまえよ」

「はあ……」結局、自分はこの人から『大広間』の名で呼ばれる運命らしい。もはや抵抗を諦《あきら》めた私は、それとは違う点を上司に確認した。「えーっと、（おわり）の文字っていいました？　ひょっとして四畳半さん、この場で事件を終了させるつもりですか。警察の捜査を待つまでもなく？」

「ああ、できればそう願いたいものだ。べつにおかしな話ではあるまい。関東随一の推理力を誇る、この四畳半一馬の力量をもってすれば、何も不可能はない。そう記録しておいてくれたまえよ、君。――ああ、いまの部分は特に強調しておいてほしいものだな。関東随一の推理力、人並外れた観察力、ズバ抜けた知性、それから底知れぬ知識と教養、それとあと密《ひそ》かな人格者であることも付け加えておくように。判ったね、大広間君」

「ええ、ハイ判りました。関東随一の推理力、人並外れた観察力、ズバ抜けた知性……」

探偵の言葉を口頭で再現する一方、私の両手は目まぐるしくキーボード上を駆け巡った。打ち込まれた文字が、猛スピードで液晶画面を埋めていく。

〈関東随一の嫌われ者、人並外れた自意識過剰、ズバ抜けた痴性、底知れぬ無知と無教養、それとあと密かに痔《じ》で悩んでいることも付け加えておいてやる！〉

これが絶対的暴君として君臨する我がボスに対するに、部下としての精一杯の抵抗だ。ああ、それでもやっぱり腹立つなあ、この人！　大広間大広間ってテキトーに呼びやがって、このワンルーム探偵め！　と私は心の中でボスに罵声《ばせい》を浴びせ、そして、そのように記録した（面倒くさいので以降、この『〜記録した』の部分は基本省こう）。

2

「やれやれ、いっこうに事件の話に入っていかないようだな」

うんざりした顔で肩をすくめたのは、背広姿の古舘建夫《ふるたてたてお》だ。彼は地元の建築会社を率いる会社社長。聞くところでは、現場監督から叩き上げで社長の地位まで登り詰めた苦労人らしい。そう思ってみれば、浅黒く日焼けした顔は炎天下で働き慣れた労働者といった雰囲気だ。ビア樽《だる》みたいな腹にコブラのごとく絡みつくのは、ヘビ柄のベルト。おまけに靴はワニ革だ。よっぽど爬虫類《はちゅうるい》がお好みらしい。そんな古舘は探偵のお株を奪うように話を進めた。「要するに、今回の事件は花巻天界氏が何者かに首を絞められて殺害されたというもの。で探偵さんは、その犯人が私たち四人の中にいると、そう考えているわけだ」

すると古舘の言葉尻《ことばじり》を捉《とら》えて、いきなり反論の声があがった。

「なんてことというんですか、古舘さん。僕らの中に犯人がいるだなんて」

声の主は壁にもたれるように立つ長身の男、星村祐輔《ほしむらゆうすけ》だ。芸能事務所『スタービレッジ』の社長を務める彼は、古館よりは遥《はる》かに若い四十代。彼自身、タレントかと見紛《みまが》うような彫りの深い二枚目顔だ。ただし、着る物のセンスの悪さは古館とタイマンが張れるレベルだろう。真っ赤なポロシャツにチェックのズボン。ブルーのサマーセーターを背中に羽織《はお》り、胸元で両方の袖《そで》を緩《ゆる》く結んで、いわゆる《プロデューサー巻き》にしている。

そんな星村は端整な顔を歪めながら訴えた。「花巻天界さんが死んで喜ぶ人なんて、ここにはひとりもいないはず。もちろん僕だって、そうです。花巻さんは我が『スタービレッジ』の大黒柱だった人。所属タレントの中で人気実力ともに群を抜く存在だった。その花巻さんが亡くなってしまった。僕にとっても会社にとっても大打撃です」

「あら、星村さんはまだいいですよ」と横から口を挟む女性の声。「だって『スタービレッジ』には花巻先生のほかにも、所属タレントが大勢いるんだから。先生が亡くなったら、別の誰かを売り出せばいいだけの話ですよね。それに引きかえ、あたしは悲惨だわ！」

そういって自らの不幸を嘆くのは、月島綾子《つきしまあやこ》だ。彼女は花巻天界の舞台において助手を務めていた三十代女性。花巻天界にとっての一番弟子だ。師匠を失った衝撃は、確かに大きなものがあったと想像される。ちなみに舞台の上では、スパンコールの輝く派手な衣装を身に付けることの多い月島綾子だが、いまの彼女はごくごく地味な装い。細身のジーンズに、こざっぱりとした白いシャツ姿。長い髪の毛を背中で一本に束《たば》ねている。そんな月島綾子は誰にともなく尋《たず》ねるようにいった。「ああ、先生が亡くなって、これからあたしはどうやって生きていけばいいの？　先生あっての助手なのに……」

だが芝居がかった彼女の姿を横目で見やりながら、古舘は冷ややかな表情を浮かべた。

「ふむ、師匠の死を悼《いた》む一番弟子。美しい師弟愛だが……本当にそうかな？」

意味深な言葉とともに、古舘は三十女へと向き直った。「知っておるよ、月島綾子さん、あんたのマジシャンとしての腕前は、すでに師匠である花巻天界氏を凌駕《りょうが》するものだった。自信を持ったあんたは、師匠の元を離れて一本立ちしたマジシャンとして活動することを望んでいた。だがそれを許さなかったのが、他ならぬ花巻氏だった。花巻氏は奇術の世界では最高の実力者だ。彼に逆《さか》らってステージに立てるマジシャンはいない。そこで月島さん、あんたは師匠である花巻氏を亡き者とすることを考えた――」

「ば、馬鹿《ばか》なこといわないで、古舘さん！」月島綾子は叫ぶように訴えた。「そんな話、まったく論外です。あたしは独立なんて考えたことありませんから。一生助手でいい、いやむしろ助手のほうがいい、永遠に助手のままでいたいって、そう思っていましたから」

「んな奴《やつ》、いるか！」と声を荒らげたのは芸能事務所社長の星村だ。「実際に君、以前その件で、僕に相談したことがあったじゃないか。まあ、相談を受けた僕は、君の話をそっくりそのまま花巻さんに伝えてやったけどね。『助手のあの娘、独立したがってますぜ』ってね」

「おまえかぁ、おまえだったのかぁ！」興奮した月島綾子が、いきなり星村に摑《つか》みかかった。「どうりで、こっちの思惑が先生に筒抜けになってると思ったわよ、このクズ社長！」

鋭い爪《つめ》でもって、月島綾子は彼の二枚目顔を上下左右に引《ひ》っ掻《か》き回《まわ》す。そして勢いよく捲《まく》し立てた。「そういうあんただって、花巻先生がいなくなればいいって、本当はそう思ってたんじゃないの？　だって所詮《しょせん》、あんたは芸能事務所社長といっても、先生の操り人形に過ぎない。だから最近、あんたが別のタレントを売り出そうとすると、必ず先生が横槍《よこやり》を入れてくる。あんたと先生の仲は険悪だった。そこで星村さん、あんたは花巻先生を殺そうと考えた。どうよ、違う？」

「ち、違うにきまってるだろ！」星村祐輔は唇《くちびる》を震わせながら、「僕は一生、花巻さんの操り人形でいい、いやむしろ操り人形のほうがいい、なんなら永遠に操り人形のままでって……」

「んな奴、いないでしょ！」

「なんだと、そっちこそ！」

互いに胸倉を摑みながら、激しく睨《にら》み合う星村祐輔と月島綾子。どちらの言い分が正しいかは不明だが、いずれにしても月島綾子が『スタービレッジ』と袂《たもと》を分かつことは、これで決定らしい。すると、そこに別の女性が独特な口調で割り込んできた。

「あらあら、少し落ち着かれたらいかがですの、星村さんも月島さんも。名探偵さんの前で、みっともないですわよ」

どこか浮世離れした雰囲気を感じさせる妖艶《ようえん》な響き。それを発したのは氷室麗華《ひむろれいか》だ。職業は花巻天界と同じくマジシャン。実力的にはともかく、人気面においては花巻天界と拮《きっ》抗《こう》した力を誇る有名人である。おそらく人気の秘密は、そのルックスにあるのだろう。多くの女性マジシャンがそうであるように、氷室麗華もまた年齢不詳の妖《あや》しい美貌《びぼう》を誇っている。

もっとも、聞くところによれば実年齢は四十代も半《なか》ばなのだとか。とはいえ、その見た目は月島綾子と比べても遜色《そんしょく》がないほどに若々しい。そんな彼女は全身黒の豪奢《ごうしゃ》なロングドレスを身に纏《まと》い、なおかつ胸には一匹の黒猫を抱いている。さながら絵本の中の魔女が使い魔の黒猫を従えているかのような図式だ。

氷室麗華はその黒猫に語りかけるように言葉を紡いだ。

「皆さんのお話は、要するに犯行の動機にまつわること。あくまで人殺しの可能性があるというだけの話。だったら、そう真剣にいがみ合うことはありませんわ。例えば、花巻さんを殺す動機なら、このわたくしにだって当然ありますもの。わたくしはプロのマジシャン。花巻さんは良きライバルであると同時に、最大の商売敵《がたき》でもある。彼の死が、わたくしにとって利益になることは否定できませんわ。これは充分、彼を殺害する動機になりますわよねえ」

「ほう、自分で認めるのかね。なんとも潔い態度だ」

揶揄《やゆ》するようにいったのは古舘建夫だ。すると氷室麗華は黒猫の頭を撫《な》でながら、切れ長の目を彼へと向けた。「あら、そういう古舘さんも、ご自分でお認めになられたらいかが？　あなたと花巻さんは建築中の『陽奇館』を巡って、トラブルになっていたのではありませんことと？　原因は金銭面かしら。花巻さん、『事と次第では訴えてやる』って息巻いていましたわよ。――ねえ、クロちゃん」

胸に抱いた黒猫に問い掛ける氷室麗華。一方の古舘はたちまち顔面を朱色に染めた。

「な、何をいう！　わ、私と花巻氏の間にトラブルなど、あるわけが……」

「あら、そうですの？　では『陽奇館』の工期が延び延びになった挙句、途中で工事がストップしている現状を、どうご説明なさるのかしら？　こうして窓から外を眺《なが》めても、ほったらかしの重機が見えるばかり。建築工事に携わる作業員の姿は、ひとりも見えないようですけれど」

「い、いまは大型連休のために作業を中断しているだけだ。連休が終われば、また工事は再開される予定だったさ。もっとも肝心の花巻氏が亡くなった以上、今後の建築計画は白紙といわざるを得ないがね」

額の汗を手で拭《ぬぐ》った古舘建夫は、四畳半探偵に向き直ると、あらためて訴えた。

「探偵さんも変な疑いを持たないでいただきたい。私と花巻氏との間にトラブルなどなかった。百歩譲ってトラブルがあったとしても、それで彼を殺したりはしない。本当だ」

「それなら僕だって」と横から口を突っ込むのは星村祐輔だ。「僕と花巻さんの仲は険悪ではなかった。百歩譲って険悪だったとしても、僕が花巻さんを殺すわけがない」

「あたしもです」と今度は月島綾子が口を開く。「あたしは先生から独立する気なんてなかった。百歩譲って、その気があったとしても、あたしは先生を殺したりしません」

三人の言葉に、四畳半探偵は苦笑い。パソコンに向かう私に小声で囁《ささや》いた。「やれやれ、三人合わせて合計三百歩か。随分と謙譲《けんじょう》の美徳に溢《あふ》れる容疑者たちじゃないか」

まったくですね、と頷く私。そんな中、氷室麗華だけは一歩も譲ることなく、ただ妖艶な笑みを浮かべながら静かに主張した。

「もちろん、わたくしも花巻さんを殺してなどおりません。ただし、それは動機のあるナシの問題ではなくて、その手段がないからですわ。だって――」といいながら氷室麗華は、この『現場（仮）』にただ一箇所ある出入口の扉を指差す。そして挑発するような口調でいった。「だって、実際の現場は内側から鍵の掛かった完全な密室だったのですもの。誰にも花巻さんを殺せたはずがございませんわ」

3

氷室麗華の《密室宣言》を聞いて、ほかの三人の容疑者たちは、あらためてその事実に思い至った様子。そんな中、古舘建夫は突き出たお腹《なか》を揺らしながら訴えた。

「そうだ、そうだとも。私たちが花巻氏の遺体を発見した際、確かに現場は密室だった。そのことは探偵さんたちも、よく知っているはずだ」

古舘の言葉に探偵は黙って頷いた。そもそも死体の第一発見者は古舘建夫、星村祐輔、月島綾子の三人だった。今朝、姿の見えない花巻氏を捜索して、彼らはこの『陽奇館

（仮）』の建築現場を訪れたのだ。そこで彼らはサッシ窓から部屋の中を覗《のぞ》き込《こ》み、窓のすぐ傍《そば》に転がる花巻氏を発見。首に巻きついたタオルから凶事を察した彼らは、すぐさま四畳半探偵に、その事実を報告したのだった。

報《しら》せを聞いた探偵と私はさっそく現場に駆けつけた。氷室麗華もペットの猫を抱きながら、我々の後に続いた。我々はすぐにでも室内に飛び込むつもりだった。だが、そこには我々の侵入を断固として阻《はば》むものがあったのだ。

「現場の出入口の扉には、内側から掛け金が下りていたわ。そのことは、窓から覗いただけでもハッキリ確認できたわよね」だから探偵さんたちも簡単には中に入れなかったわよね」

月島綾子が今朝の記憶を手繰《たぐ》るように訴える。製の扉には、金属製の大きな掛け金があって、それが内側からしっかり掛かっていたのだ。当然、扉は押しても引いてもびくともしない。我々は出入口からの侵入を早々に諦め、窓からの侵入を考えざるを得なくなった。

「ところが、サッシ窓にも内側からクレセント錠が掛かっていましたよね」

星村祐輔はどこか愉快そうな笑みを浮かべて続けた。「そこで仕方なく、探偵さんたちは窓ガラスを破壊し、それでようやく僕らは現場に入ることができたってわけです」

実際、星村のいうとおりだった。我々が室内に侵入するためには、窓ガラスを破壊するより他に手段がなかった。その窓ガラスも二重構造の強化ガラスで、これを破壊すること自体、結構大変な作業だった。幸い、建築現場には巨大なハンマーが放置されていたので、私がそれを振るって何とか窓ガラスを破壊。四畳半探偵がクレセント錠を開錠した。

そうして我々は窓から現場に飛び込み、ようやく花巻天界の死亡を確認したのだった。

「ちなみに、実際の現場になった部屋は、ここと同じく殺風景なお部屋でしたわね」

氷室麗華は目の前のガランとした光景を示しながらいった。

「あまりに殺風景すぎて、殺人を犯した誰かが家具の陰《かげ》にこっそり隠れているなどという可能性さえ、まったく考慮に値しない。それほどに現場は何もない空間だった。そうですわよね、探偵さん？」

これも彼女のいうとおりだった。探偵は黙って頷いた。

ここで私は死体発見時における現場の正確な状況を記述しておく必要を感じる。そのためには事件現場、中でも特に問題となりそうな出入口の扉と破られたサッシ窓の位置を正確に示さなくてはならないだろう。そのためには現場となった長方形の部屋を何かに喩《たと》えるのがベストだと思うのだが、果たして何が相応しいだろうか。

そう、例えば珈琲《コーヒー》でも牛乳でも珈琲牛乳でも何でもいい、直方体をした飲料の容器をご存知だろう。よく自販機などで見かける細長い紙パックの容器だ。これを真横に倒す。これが現場となった部屋だ。すると、その容器の片側にストローを刺す面があるはず。これが出入口のある壁だ。扉はその壁のほぼ中央に位置している。ドアノブは扉の左端《ひだりはし》だ。部屋の中からノブを回し押すと、扉は外に向かって右側に開く。掛け金はドアノブの左斜め上の壁側に取り付けてある。

そして出入口を正面に見た場合、右手にあるのがサッシ窓のある壁だ。壁際には『現場(仮)』で、いま私が利用しているのと同じ形のテーブルが置いてあった。新品らしいが、なぜか天板の上に無数の引っ掻き傷のようなものがある、そんなテーブルだ。パイプ椅子は窓側の壁から少し離れた床の上に、畳んだ状態で放り出されていた。

一方、出入口に向かって左手の壁に窓はない。家具もいっさい置かれていなかった。

そして直方体の部屋の一番奥、すなわち出入口のある壁の正反対の場所には、壁いっぱいに作り付けの本棚があった。もっとも本の類《たぐい》は一冊も置かれていない。この本棚が現場ではもっとも目立つ家具だった。

確かに氷室麗華がいうとおり、実に殺風景な空間だ。そんな中で敢《あ》えて犯人の隠れ場所があるとするならば、思い付くのはテーブルの下ぐらいか。だが実際は、そこも無理だ。

窓から室内を眺めた場合、窓際の壁に寄せられたテーブルの下は唯一の死角となる。しかし、だからといってテーブルの下に犯人が潜んでいた、などという可能性は考慮しなくていい。窓を破壊して室内に飛び込んだ私と四畳半探偵は、真っ先にその場所を確認したのだ。もちろん、そこに潜む者など誰もいなかった。

花巻天界の死体は窓から飛び込んですぐのところに、身体を伸ばして転がっていた。

これが死体発見当時の現場の状況だった。出入口の扉には中から掛け金が掛かっており、サッシ窓にはクレセント錠が掛かった完全な密室。なおかつ部屋の中には誰も潜んでおらず、それでいて首を絞められた死体だけが転がっている。そんな不可解な状況だ。

この謎《なぞ》めいた密室を、しかし容疑者たちは大いに歓迎している様子だった。

「窓を破壊するまでは、誰も現場に入れなかった」と古館建夫がいう。

「現場に入れないなら、先生を殺すことも無理ね」と月島綾子が頷く。

「だったら、僕たちが疑われる理由はないわけだ」と星村祐輔が笑う。

先ほどまで互いの動機を暴《あば》き合い、相手を陥れようとしていた三人。その同じ三人が、いまは共同戦線を張るかのように同じ主張を訴えている。現場は密室だったのだから、自分たちは犯人ではない——と。

だが果たしてそのような理屈が通るだろうか。疑問に思う私の背後で、四畳半探偵は「ゴホン」とワザとらしい咳払い。そして容疑者たちにいった。「なるほど、確かに現場は密室でした。それは認めましょう。しかし『密室だから自分たちは犯人ではない』という主張は、あまりに単純すぎるのでは？　その理屈だと『この世の誰も犯人ではあり得ない』という結論になってしまうではありませんか」

探偵の語る正論に、お喋りだった三人も気まずそうな顔で口を噤《つぐ》む。だが氷室麗華だけは、探偵のそのような反論を予想していたらしく穏《おだ》やかな表情。なんら動じることなく、胸に抱いた黒猫を撫でている。一瞬の静寂が『現場（仮）』を包み込む。その静けさを打ち破るように、強めの雷鳴が遠くの空で響き渡った。その音が止《や》むのを待って、氷室麗華はおごそかに口を開いた。

「それでは探偵さんは、この密室をどうお考えになられるというのかしら。密室の中で花巻さんが亡くなっていたのは、間違いのない事実ですわよ」

「ええ、確かに、これは密室です」と探偵は短く頷いて余裕の笑みを覗かせた。「しかし密室密室と騒いだところで、殺人がおこなわれたという事実は動かしようがない。殺人がおこなわれたのなら、誰かしら現場に出入りした者がいるのでしょう。ならば、こう考えるしかありません。犯人は花巻氏を殺害した後、現場を立ち去った。その際、なんらかの手段を用いて、現場に鍵を掛けたのでしょう。窓のクレセント錠は構造的に難しそうですから、おそらくは出入口の扉にある、あのシンプルな掛け金を下ろしたのです。もちろん部屋の外からね」

「部屋の外から、だって!?」素《す》っ頓狂《とんきょう》な声を発したのは、古舘建夫だ。「それは無理だ。いったい、どんなやり方があるというのかね」

「まあ、真っ先に考えられるのは、古典的なトリックでしょうな。まず糸と針を用いて仕掛けを作る。扉の外に立つ犯人が扉の隙間《すきま》から覗かせた糸を操って、掛け金を倒す。施《せ》錠《じょう》されたのを確認したら、部屋の外から糸と針を回収する――みたいなね」

「いやいや探偵さん、『――みたいなね』じゃないだろ、まったく！」古舘は巨体を揺すりながら『現場（仮）』を横切り、唯一の出入口へと歩み寄った。「ほら、探偵さんもよく見るがいい、この扉を」

そういって古舘は問題になっている扉を手で示した。掛け金は壁の側に取り付けてあり、扉の側にはそれを受ける金具がある。これの正式名称を私はたまたま知っている。

って『掛け金』に対して、こちらは『受け壺《つぼ》』というのだ。いま、その掛け金は受け壺に収まっていない。施錠されていない状態ということだ。古舘は扉と壁を拳《こぶし》で叩きながら、反論を展開した。

「この扉は木製だが当然ながら新品で表面はピカピカだ。もちろん壁のほうも同じことがいえる。この扉や壁に針なんか刺したりしたら、確実に目立つ痕跡《こんせき》が残ることだろう。おまけに扉と壁の間には余計な隙間なんかない。実に密閉性の高い扉だ。これではどんな細い糸だって、まったく通らないはず。すなわち探偵さんがいうような糸と針を使った古典的トリックの出番など、まったくあり得ないということだ。違うかね？」

「なるほど、そうでしょうな」四畳半探偵は意外にアッサリと頷いた。「まあ正直、私も糸と針を使ったトリックの可能性など、最初から信じちゃいません。いまどきの気密性の高い部屋では、ほとんど可能性のないやり方だ。古舘さんのおっしゃるとおりだと思いますよ。実際、現場の扉にも壁にも、不審な痕跡はありませんでしたしね。ならば別のやり方を考えなくてはなりませんな。例えば、そうですね――」

四畳半探偵は自らも扉の前に歩み寄りながらいった。

「これもまた古典的なトリックではありますが、氷やドライアイスを用いるというのは、どうですかな。まあ、この山中にドライアイスが存在する確率は低いでしょうから、有り得るとすれば氷のほうでしょうね。まず犯人は掛け金と壁の間に氷の欠片《かけら》を挟むのです。それによって掛け金を斜めに立てた状態で壁側に固定する。そうしておいて犯人は部屋を出て、そっと静かに扉を閉めるのです。するとやがて氷が溶ける。氷によって斜めに固定されていた掛け金はパタンと倒れて、この、こっちの、その、受け皿？　いや、皿って呼び方も変だが、つまり、要するにだ、この掛け金を受け止める金属製の部品……」

「ボ、ボス！」私は思わず上司のことを、普段呼ぶようにそう呼んだ。「その金具、『受け壺』でお願いできませんか。もうすでに僕はその名称で記録していますので」

キーボードを連打しながら訴えると、わがままな探偵も、ここはいったん頷いた。

「ああ、よし判った。受け壺だ。そう呼ぶとしよう。――が、しかし君ね」探偵は椅子に座る私のところへツカツカと歩み寄ると、耳元に顔を寄せて低い声で恫喝《どうかつ》した。「いつも、いってるだろ、君。みんなの前でボスはよせ。減給されたいのか！」

「し、失礼しました、ボ……四畳半さん」

普段、自分でそう呼ばせておいて、こういうときだけ腹を立てないでほしい。私は抗議するような視線を、我が暴君へと向ける。探偵は素知らぬ顔で、また私から離れる。一瞬、間の抜けた空気が『現場（仮）』に漂う。そんな中、口を開いたのは月島綾子だ。

「要するに、氷が溶けると掛け金がパタンと倒れて受け壺に収まる。それで施錠が完成するってわけですね。でも、いまさら氷のトリックだなんて、まさか。それにそんなトリック、本当に上手《うま》くいくのかしら」

疑問を口にしながら、彼女は扉の前へと進み出る。そしてダランとぶら下がった掛け金を右手で摘《つま》むと、それをくるりと時計回りに回転させて扉側の受け壺に掛けた。それから再び掛け金を戻したり、また掛けてみたり。何度かそういう仕草《しぐさ》を繰り返した後、月島綾子は大きく左右に首を振った。「ああ、やっぱり思ったとおりだわ。探偵さん、氷のトリックは無理ですよ。なぜなら、この掛け金は通常のものより大きい。長さは二十センチほどもあって、しかも銅製で壁にきっちり取り付けてある。おまけに新品なので信じられないくらい抵抗なくクルックルク回転します」

「ほう、そんなにクルクルと滑《なめ》らかに回りますか」

「ええ、そりゃもうクルクルどころじゃありません。クルックルク回転しますよ、ほら、クルックルク、クルックルクってね！」

「ほうほう、なるほどなるほど。これは確かにクルクルというより、クルックルク、クルックルク、いや、いっそもうクルックルクルッ、クルックルクルッって感じですかな――」

「…………」こんなアホな擬音まですべて記録しなくてはならないのだろうか。さすがに馬鹿らしさを感じた私はキーボードを叩きつつ、二人の無駄話の先を促《うなが》した。「あのー、それで何がおっしゃりたいんですか、月島綾子さん？」

「あれ、判りませんか。ほら、よく見てくださいよ。掛け金は壁に取り付けてあります。そして掛け金と壁との隙間は、ほんの数ミリしかないのですよ。当然そこに挟める氷だって、ほんの欠片程度のはず。それだけのもので、この大きくて重たい銅の掛け金を固定することなんて、一瞬だってできるわけがありません。そもそも氷というものはツルツルしていて滑《すべ》りやすい物体。大きなものを固定するストッパーとしては全然向いていないんですよ。なにしろ氷ってものは、もともとがツルツル、いえ、ツルッツルツルッツルと実に滑りやすいもので……」

「ああ、ハイハイ、判りました、もう結構」私は月島綾子の言葉を中途で遮《さえぎ》って、自らの労力の削減に努《つと》めた。「どうですかボス――いや、四畳半さん、いまの彼女の反論は?」

「ふむ、なかなか筋が通っているようだ。実際、これは氷で固定できるような掛け金ではない。もちろん『現場（仮）』の掛け金と実際の現場の掛け金は、まったく同じもの。彼女の反論には充分な説得力がある。となるとだ――」四畳半探偵は顎《あご》に手を当てて思案するポーズ。そして重々しく頷いた。「ふむ、どうやら私も、もうワンランク上のアイデアを出さなくてはならないようだな」

「はあ、もうワンランク上のアイデアといいますと……?」

「うむ、仮に、この掛け金が鉄製のものだったなら、扉の外側から強力な磁石で操るという素敵なトリックが考えられるところだ。このクルックルと滑らかに回る掛け金なら、きっと簡単に操作できたことだろう。しかし残念ながら、この掛け金は銅製だ。銅は磁石にくっつかない。磁石で掛け金を操作するのは不可能ということだな」

「ああ、惜しいですね。となると、他にどんなやり方が――?」

問い掛ける私の前で、そのとき何を思ったのか、四畳半探偵は背広のポケットに右手を突っ込んでゴソゴソ。やがて彼の右手が取り出したのは、ティッシュペーパーの四角いパッケージだ。彼はその中から一枚を抜き取り適当な大きさに千切ると、それを指の間で小さく丸めた。大きさは綿棒の先端ぐらいだ。その丸めたティッシュペーパーを一同の前に示して、再び探偵は口を開いた。「これはまあ、いわば氷のトリックの応用編ですな」

「どうするんですか、探偵さん、その丸めたティッシュを？」

不思議そうに尋ねるのは星村祐輔だ。すると探偵は「こうするのです」といって、自ら扉の前へ歩み寄る。ダランと下を向いた掛け金を摘むと、それを時計回りに半回転させて上方に向ける。その上向きの掛け金と壁の隙間に、探偵は丸めたティッシュを無理やり押し込むようにして挟んだ。結果、掛け金は真上よりやや斜めの状態で固定された。このままパタンと倒れれば掛け金が受け壺に収まる、そんな状況だ。

しかし星村はその様子を見て、なおも首を傾《かし》げた。

「なるほど、丸めたティッシュは氷に比べれば弾力があって摩擦《まさつ》も大きい。ストッパーとしてはより有効でしょう。しかしこれでどうなるんですか、探偵さん？　氷と違って、丸めたティッシュは自然に溶けたり蒸発したりするものではありませんよ。これだと掛け金はいつまで経《た》っても下りませんが……」

「ええ、おっしゃるとおり。だから扉から出た犯人は、部屋の外からこうしたのです」

といって、探偵は目の前の扉を拳で叩いた。木製の扉がドンと鳴り、その振動で斜め上を向いた掛け金が僅《わず》かに動く。探偵はさらに力を込めてドンと扉を叩く。さらにドン、おまけにドン。扉を叩くごとに掛け金は扉側へと傾きを増していき、そしてついにパタンと倒れた。倒れた先には受け壺がある。掛け金はきっちりと受け壺に収まった。

してやったりの笑みを浮かべて探偵は振り向いた。「いかがですか、星村さん?」

「『いかがですか』って……」星村は不満げな視線を茶色い床へと向けた。「確かに掛け金は下りましたけれど、それじゃあアレはどうなるんですか。——ほら、そこに丸めたティッシュが落ちてますよね。掛け金が倒れた瞬間に、壁との隙間から落下したものだ。仮に犯人が、いま探偵さんのやったような方法で密室を作ったのだとしましょう。その場合、現場の扉付近の床にも、これと同じように何らかの物体が転がるはずですよね」

「ええ、そのはずです」

「いやいや、『そのはずです』って、探偵さん」星村は慌てた様子で手を振った。「そんな不自然な物体は、現場にはなかった。もしあったら、僕らが気付いているはずです」

「でしょうな。だが私は気付かなかった。——大広間君は気付いたかね?」

「いいえ、僕もまったく……」

キーボードを叩きながら横目で関係者たちの様子を窺う。すると四人は揃って首を真横に振りながら「全然気付かなかった」という意思表示。すると探偵が皮肉っぽくいった。

「おやおや、これは困りましたな。誰も床に転がった異物を見ていない。ということは、私がいま説明したようなトリックは用いられていない、ということでしょうか。いや正直いって、私はいまのトリックに自信がある。糸と針を使ったトリックが否定され、氷を用いたトリックが否定され、磁石も使えないと判ったいま、他に手段はない。犯人は私がいまやったような方法で、部屋の外から扉を叩いて現場を密室にした。ストッパーとして用

いられた異物――それは床板と同じく茶色に塗られたティッシュだったかもしれません
し、茶色いゴム片のようなものだったのかもしれませんが――それは確かに現場の床に転
がったはずなのです。にもかかわらず誰もそれを見ていない。ということは、ここから導
かれる結論はただひとつ」

探偵は顔の前で指を一本立てて、彼の信じる唯一の結論を述べた。

「床に転がった異物、それは犯人自身の手によって速やかに回収されたのです」

4

四畳半探偵の示した意外な可能性。その意味を真っ先に理解して、口を開いたのは古舘建夫だった。古舘は記憶を手繰るように天井を眺めると、「ははーん、なるほど」と意味深な呟き。そして自分以外の関係者一同を悠然と見渡しながら言葉を続けた。「そういえば、現場の窓ガラスが壊された直後、探偵さんとほぼ同時に窓枠を乗り越え、室内に飛び込んでいった人たちがいましたな。――確か、月島さんがそうだった」

「あ、あたし!?」月島綾子は心外だといわんばかりに声を張り上げた。「そ、そりゃあ、あたしは窓から室内に飛び込んでいきましたよ。だって目の前に先生が倒れているんだから、駆け寄るのは弟子として当然の振る舞いでしょ!」

「さあ、どうだか」古舘は意地悪な笑みを覗かせながら、「違う目的があったのかも……」

「馬鹿いわないでください。疑うなら、あたしより先にまずは星村さんなんじゃありませんか。最初に窓から現場に飛び込んでいったのは、星村さんだったはず。しかも彼の場合、先生の遺体に興味を示したのは一瞬だけ。先生が亡くなっていると判ると、その直後には、もう出入口に駆け寄っていたわ。あのときは特になんとも思わなかったけれど、いま思うとあれは不自然な振る舞いだったわよねえ、星村さん」

「な、何をいうんだ、君」星村は端整な顔に汗を滲《にじ》ませながら、「不自然じゃないさ。あの状況なら、扉の施錠がどうなっているかに興味を持つのは、むしろ当然だろう。実際、僕が扉の掛け金を確認する一方で、君もすぐさま扉の前に駆け寄ってきたじゃないか」

「だから、あたしが近寄ってくる前に、星村さんは事を終えていたんでしょ？」

「『事を終えていた』って何のことだ？　僕は何もしていない。ただ扉を観察しただけだ」

「とぼけないで。あんたは誰よりも先に扉に駆け寄って、床に落ちていた茶色い異物を回収したのよ。他のみんなが先生の遺体に気を取られている隙にね。あんたにはそれをおこなうだけの充分な時間的余裕があったはずだわ」

「それをいうなら、君だって同じじゃないか。僕が扉の様子に気を取られている隙に、君は密かに床に手を伸ばし、そこに転がる茶色い異物を摘み上げた。充分あり得ることだ」

「想像で適当なことをいわないでね！」

「そっちこそ適当なことをいうなよ！」

角を突き合わせるように睨み合う月島綾子と星村祐輔。そこに割って入ったのは四畳半探偵だ。彼は一触即発の二人の間に無理やり身体を入れながら「まあまあ、二人とも落ち着いて」と睨み合う両者に呼びかける。

だが興奮する二人の攻撃の矛先は、たちまち探偵にまで向けられた。

「そういえば探偵さんだって、当然、扉には近寄ったわよねえ」

「そうだ。探偵さんにも床に落ちた異物を拾い上げるチャンスはあったはずだ」

「はあ⁉」四畳半探偵は目を白黒させながら、「今度は私が容疑者ですかな。だが、それは見当違いですよ、お二人さん。あのとき私は扉よりも遺体のほうに気を取られていましたからな。扉の傍には近づいていません。私が扉を調べたのは窓が破られてから、随分と時間が経ってからでした。もちろん、そのときには床の上には、もう何も落ちてはいませんでしたがね。――そうだったよな、大広間君？」

「ええ、そうでした。四畳半さんは室内に入ってしばらくは遺体の近くにいました」

「ならば、探偵助手さん、あなたはどうなんですか」と星村は、今度はこの私に疑惑の視線を向けてきた。「あなたは確か、あの場面、扉の付近にいましたよね。僕はハッキリ覚えていますよ。あなたは扉の傍の床の上で、いきなり何かに躓《つまず》いて床に手を突いていた」

「そう、そうだったわ。あたしも覚えてる。探偵助手さんは四《よ》つん這《ば》いになっていたわ」

「あのとき、探偵助手さんは躓いたフリをしながら、実は床に転がった茶色い異物を密かに拾い上げていたのかもしれない……」

「そうよそうよ。『探偵助手だから犯人ではない』なんて理屈はどこにもないものね」

まったく、この二人ときたら互いを犯人扱いしたかと思えば、いきなり一致団結して誰かを攻撃したりと、態度の翻《ひるがえ》し方が尋常ではない。本当はこの二人、花巻天界殺しの共犯者同士なのでは？　一瞬ではあるが私の脳裏にそんな素敵な考えが浮かぶ。

と同時に私は、自分の無実を証明する理論を懸命に考えた。このままでは本当に自分の立場が危うくなる。そんな不安を覚えたからだ。

だが考えれば考えるほど、それは無理であるように思えた。私は確かに、あのとき扉に近寄った。そこで躓いて床に手を突いたのも事実だ。だがその行為に疚《やま》しいところなど、いっさいない。あのとき何かが足に触ったような気がして、うっかり躓いた。ただそれだけなのだ。だがそれが真実だと、どうやって証明すればいいのか。その効果的な手段が、いっこうに思いつかないのだが――ああ畜生、なんて面倒くさいんだ！　理屈は別にして私が犯人なわけないじゃないか！　だって私はこの事件の正確な記録者だぞ。いわばワトソン役だ。もしも私が犯人だったなら、もうとっくにそう書いているよ。『実は私が犯人です』ってな！

大いなる憤りを指先に込めて、私は懸命にキーボードを叩く。

すると四畳半探偵は指をきっちり三本立てながら、私の気持ちを逆撫《さかな》でする発言。

「ふむ、どうやらこれで容疑者は三人に絞られましたな」

「ボスぅ～ッ！」私は思わず禁じられた呼び名で上司のことを呼んだ。「それをいうなら二人でしょ、二人！　なんで僕まで容疑者に含まれてんスか！」

「まあまあ、とにかく一歩前進には違いないだろ。そう怒るなよ、大広間君」

「大広間じゃありません、ボス！　間です。間広大ッ！」

「ああ、ボスボスうるさい！　みんなの前でボスって呼ぶなと、いっとるだろーが！」

もはや内部分裂寸前の私と四畳半探偵。一方、自分以外の誰かに容疑者役を引き受けさせようと懸命な星村祐輔と月島綾子。そんな四人の様子を、まるで対岸の火事のごとく眺めているのは、古舘建夫と氷室麗華の二人だった。

もっとも、この二人に余裕があるのは当然のことだ。なぜなら現場の窓が破られた際、この二人だけはいっさい室内に足を踏み入れなかった。ビア樽のごとき体形の古舘は、腰の高さの窓枠を乗り越えられなかったのだ。氷室麗華の場合は、そのお上品なキャラとファッションゆえに、窓から室内に入るような振る舞いはできなかったものと思われる。いずれにせよ、室内に入っていないのだから、床に転がる異物を密かに拾い上げるチャンスもない。仮に四畳半探偵の唱えるトリックが真実だとするならば、古舘建夫と氷室麗華だけは、容疑の対象から外れることになるだろう。

古舘はそのことをよく理解しているらしくニンマリと勝ち誇った笑み。自分以外の容疑者たちの滑稽《こっけい》な姿を、愉悦をたたえた眸《ひとみ》で眺めている。

一方の氷室麗華はその名のとおり冷たい表情で何を考えているのか判らない。そんな彼女は相変わらず黒猫を胸に抱きながら、あらためて四畳半探偵に自慢の美貌を向けた。

「あらあら、大変ですわね、探偵さん。このままでは、あなたの大事な部下までもが、犯人にされてしまいますわよ。本当にそれでよろしいんですの、探偵さん？」

「はあ、それでいいとは思いませんが、仕方ありませんな。私の推理によれば、犯人は三人の中の誰かに違いない。星村祐輔さんか月島綾子さんか、あるいは間広大さんか——」

「なんで容疑者になった途端にフルネームなんスか！　しかも『さん』付けって！」

あまりの理不尽な扱いに、私は思わず歯噛《はが》みをする。だがその一方、氷室麗華は何事か企《たくら》むような妖しい笑顔。そして、その魅惑の唇から疑問の声を発した。

「果たして、本当にそうでしょうか？　探偵さんが示されたトリック、それがこの密室を解き明かす唯一の答えなのでしょうか。わたくしには到底そのようには思えません。探偵さんは密室を語る上で、ひとつ重大な可能性を見過ごしていらっしゃいますわ」

「ひとつ重大な可能性を……何のことですかな？」

「自殺の可能性ですわ」氷室麗華は冷たい口調で言い放った。「中から鍵の掛かった部屋があり、その中で誰かが死んでいる。このような場合、真っ先に検討されるべきは、自殺の可能性ではございませんこと？」

「いや、しかし花巻天界氏は首を絞められて死んでいるのですよ」

「ええ、一本のタオルでもってね。しかし探偵さんもご存知ではありませんこと？　タオルなどを使って、自分の首を自分の手で絞める。そういう自殺があることを」

「あッ、そ、そうか！」探偵はひと声叫んで手を叩いた。「確かに聞いたことがあります。非常に珍しいケースなので、いままで考えもしなかったが……うーむ、なるほど！」

腕組みしながら探偵は唸《うな》り声をあげる。驚いたように質問を投げたのは古舘建夫だ。

「え、自分の首を自分の手で絞める⁉　そんなやり方で死ねるものなのかね⁉」

「ええ、死ねるか否かは場合によりますが、それで死に至ったケースは実際にあるようです。例えば紐《ひも》を自分の首に巻いて、その両端を自分で持って左右に引っ張ったとします。当然、首が絞まる。だが首が絞まるほどに当人の意識が遠のいて手の力が緩むから、結局その人は死ぬまでには至らない——判りますね、古舘さん？」

「ああ、当然そうなるだろうな。だから死ねるはずがないと思うのだが……」

「ところがです、それが単なる紐ではなくてゴワゴワした——つまりそれだけ表面の摩擦が大きい——タオルのようなものだった場合。そしてそのタオルが首に一周巻かれただけではなく、巻かれた上で首に結ばれていた場合、これは話が違ってきます。この状況でタオルの左右を引っ張れば、どうなるか。当然、首が絞まります。やがて当人の意識が遠のいて手の力が緩む。だが一度きつく結ばれたタオルは、手を離しても簡単には緩まない。首は絞まり続けるのです。結果その人は窒息して死に至る。そういうケースが、ごく稀《まれ》にあるという話です。——いや、しかし、よくご存知でしたね、氷室さん！」

「いえ、ドラマで見ただけですわ」氷室麗華は控《ひか》えめに首を振った。「それで探偵さん、実際のところは、どうだったんですの？　花巻さんのタオルは、ただ首に巻きついていただけだったのか、それとも巻きついた上で結ばれていたのか」

「そう、そこが重要なポイントよ！」容疑を逃れたい一心で月島綾子が叫ぶ。

「ああ、タオルが結ばれていたら自殺ってことだ！」同じく星村祐輔が叫ぶ。

「つまり、僕らの殺人容疑は晴れるってことですね！」と思わず私も叫んだ。

三人の容疑者（不本意ながら私も含まれるらしい）は、緊張した顔をいっせいに探偵へと向けた。その一方で氷室麗華と古舘建夫は余裕のある顔を、やはり探偵へと向ける。

五人の視線を一身に浴びながら、四畳半探偵はご満悦の表情。おもむろに口を開くと、一同に対して重大な事実を伝えた。「確かに、花巻天界氏の命を奪ったタオルは、首筋を一周した上で、きつく結ばれておりました。ええ、間違いありません」

「ということは――？」古舘が敢えて確認する。

四畳半探偵は答えた。

「彼の死が奇妙な形の自殺である可能性は、どうやら否定できないようですね」

5

それから、しばらくの後。ガランとした『現場（仮）』には、私と四畳半探偵の姿だけがあった。古舘建夫、星村祐輔、月島綾子、氷室麗華の四人は、降り続く雨の中、それぞれの雨具を用いて花巻邸へと戻っていった。そんな彼らの表情は一様に明るく安堵《あんど》の思いに満ちていた。長々と続いた議論の果てに導かれた結論。それが彼ら四人にとって理想的なものだったからだ。

椅子に座る私はテーブル上のパソコンに向かいながら、キーボードを叩き続けている。強い雨は『陽奇館（仮）』の屋根を激しく叩き、ガラス窓を洗っている。雨音はあらゆる方向からやかましいほどに響き渡り、『現場（仮）』を喧騒《けんそう》で包み込んでいた。

私は落胆の溜《た》め息《いき》を漏らして探偵にいった。

「はあ、花巻氏がまさか自殺だったとは……。いままで事件について『あーでもない』『こーでもない』と騒いでいた僕らは、いったい何だったんでしょう。まさに『大山鳴動して鼠《ねずみ》一匹』てやつですかね、四畳半さん？」

「なーに、結構なことじゃないか」探偵は窓辺に佇《たたず》みながら満足そうに頷いた。「我々は見事、一匹の鼠をあぶりだすことに成功したのだからね」

「え、一匹の鼠⁉」私はハッとなって顔を上げた。「どういうことですか、四畳半さん」

「ふふ、君は気付いていないようだな。まあいい、それでは私の口から説明してあげよう。ただし、その前にだ……」

なぜか中途で言葉を止めた四畳半探偵は、私のいるテーブルにツカツカと歩み寄る。そしてパソコンに向かう私の胸倉をいきなりグイと摑むと、「いつもいってるだろ、大広間君！」と、ひと声叫んで再び暴君の表情を覗かせた。「二人のときは『ボス』だ。私のことは『ボス』と呼べ。『四畳半さん』ではなく『ボス』と！」

「ははは、はいッ、判りましたボボボ、ボスッ」私はブルブル震えながら上司の理不尽な要求を呑《の》む。みんなの前で呼ぶときは普通に『四畳半さん』。しかし二人のときは『ボス』。これが『四畳半探偵事務所』における鉄の掟《おきて》なのだ。私は『四畳半さん』ではなく『ボス』に尋ねた。「それでボス、一匹の鼠というのは、いったい誰のことなんですか」

「うむ、それを説明する前に、君の知らない事実を教えてあげよう。先ほどの議論では、奇妙な自殺のことが話題になっていただろ。ああいった自殺の可能性は確かにあり得る。だが今回の花巻氏に限って、どうやらそれは当てはまらないようだ」

「え、どうしてですか」

「ああ、それは事実だ。だが、花巻氏の首筋のタオルは、きつく結ばれていたんでしょう?」

「ああ、それは事実だ。だが、花巻氏がいくら全力でタオルの両端を引っ張ったとしてもだ、それで首の骨が折れるなんてことは、到底あり得ないじゃないか」

「え、首の骨が折れてる⁉ 死体の首の骨が……」

「ああ、間違いなく折れていた。さらによく観察すると、頭頂部に強い打撃を受けた痕跡がある。出血はしていなかったがね。つまり被害者は首を絞められる一方、頭を殴打されて首の骨を折られているんだ。君は扉のほうに気を取られていたから、そのことに気付かなかったろう。いや、君だけじゃなく他の容疑者たちも誰一人、そのことには気付いていないはずだ」

「そうだったんですか。では花巻氏はやはり自殺ではなかった。何者かに殺されたんですね。ということは四畳……ボ、ボス」私はギリギリのところで鉄の掟を遵守《じゅんしゅ》して、探偵に問い掛けた。「結局、話は掛け金のトリックに戻るわけですね。容疑者は星村祐輔と月島綾子、それと不本意ながら僕も含まれる。この三人の中の誰かが、扉の付近に転がる茶色い異物を拾い上げた。ならば問題は、それが誰なのか、ということになります――」

「ところが、そうではない」探偵は意外にも首を左右に振った。「もうひとつ、君の知らない事実を教えてやろう。我々が密室に足を踏み入れた直後、現場の扉付近に集まったのは、確かに君たち三人だ。私は死体の傍にいたし、古舘建夫と氷室麗華は窓の外にいた。だが私は死体の傍にいながらも、その視線は扉の前にいる君たち三人の一挙手一投足に油断なく注がれていたのだよ。なぜと聞かれれば、それは名探偵としての勘としかいいようがない。要するに私はピンときたのだよ。これは密室殺人だ。ならば扉に近寄った連中に気を付けろ。私の中でそう警告する声があったのだ。その結果、判ったことがある」

「な、なんでしょうか……」

「扉に近寄った星村祐輔と月島綾子そして君、この三人に怪しい振る舞いはいっさいなかった、ということだ。星村と月島は一度も床に手を伸ばすような仕草を見せなかった。君に関しては、確かに躓いて転ぶという場面があったが、しかし君はあのとき何も拾い上げてはいなかった。両手は開いたままで何かを摘んだり握ったりしている様子はなかった。そして、その手をポケットに入れるような仕草もなかった。要するに、この三人に関しては床に転がる異物を拾い上げるような場面は、まったくなかったのだよ。――もっとも、それが事実か否かは、私、四畳半一馬の人並み外れた観察力を信用してもらうしかないわけだがね」

「信じます信じます。僕はボスの観察力を疑ったことなんて一度もありませんから！」

私は歯の浮くようなお世辞を口にしてから、ふと真顔に戻った。「あれ!? しかし、そうなると密室の謎はまた振り出しに戻ってしまいますね。ボスの唱えた《茶色い異物で掛け金を固定するトリック》は完全に否定されてしまうわけですから……」

「振り出しに戻るだって!? とんでもない。振り出しどころか、まさにこれこそが今回の密室殺人事件の終着点だ。ついに我々は真実にたどり着いたのだよ。おや、まだ判らないのかね、大広間君。いいかい、私の唱えたトリックは、今回の密室を解き明かすための唯一無二のものだ。ならば、トリックの肝である茶色い異物は必ず現場にあったはずなんだ。だが実際にそれはなかった。何者かが密かに回収したんだ。しかし、そのような振る舞いをした人間はいない。いいかね、そのような振る舞いをした『人間』はいないんだ」

「……人間は……いない……?」

「そうだ。だが、あのとき現場にいたのは『人間』ばかりではない。そして掛け金を固定する茶色い異物の正体が、丸めたティッシュや茶色いゴム片だったとも限らない。それは生肉の赤身の欠片だったかもしれないし、スライスした魚肉ソーセージだったのかもしれない。あるいはそれらに似たキャットフードという可能性もある。もう判っただろ、大広間君。我々が人間たちの動きに気を取られるあまり、迂闊《うかつ》にも見逃していた存在。それは猫だ。あのとき現場には飼い主の腕から解き放たれた一匹の黒猫が闊歩《かっぽ》していた。そいつは君の足許《あしもと》にまとわりついて、君を無様《ぶざま》に転倒させたりもした。そう、黒猫は扉の近くまできていたんだ。ならば、その黒猫が床に転がる茶色い異物をエサとして食べたとしても不思議はあるまい。要するに、そういうことさ。トリックの肝となる茶色い異物は、人間の手ではなく猫の舌でもって、そいつの胃袋の中へと回収されてしまったんだよ」

「な、なんと！」私は思わず驚嘆の声を発した。「と、いうことは……」

「そうだ。もちろん、これは偶然ではない。黒猫は計画的に現場に放たれ、犯人の意図したとおりに、この密室殺人をアシストしたんだ。それを黒猫におこなわせた一匹の鼠の正体、それはいうまでもなく黒猫の飼い主、氷室麗華だ。そう、彼女こそは花巻天界氏を殺害した真犯人だったのだよ」

こうして四畳半探偵の推理は、ついに意外な真犯人の名前にたどり着いた。思わぬ展開に、私は舌を巻かざるを得ない。死体発見時、問題の扉にいっさい近寄らず、ただ窓の外にいただけの氷室麗華。その彼女が、まさかこの密室を作り上げた張本人だったとは！

だが、そう思ってあらためて事件を眺めれば、いまさらながら腑《ふ》に落ちる点もある。

「そういえば、花巻氏が自殺であることを言い出したのは、氷室麗華でしたね」

「そう、あれは重要な場面だった。あのとき古館建夫は悠然とした態度だった。だが、それも当然のこと。古館にしてみれば、星村や月島あるいは君、この三人の中の誰が犯人であろうが、いっこうに構わない。彼はただ悠々と高みの見物を決め込んでいれば良かったのだ。だが氷室麗華はそうはいかない。あのとき、すでに私の推理は彼女のトリックの半分以上を暴きだしていたのだからね。いったい誰が茶色い異物を拾い上げたのか、という議論があのまま続いた場合、どうなっていたか。『黒猫が食べてしまったのでは？』というようなことを、誰かが言い出す危険性はゼロではない。そのことを恐れた氷室麗華は、そうなる前に自分から花巻氏の自殺の可能性をほのめかしたのだよ。私にいわせれば、あれは彼女にとって自白にも等しい行為だったと思うね」

「うーむ、そういうことだったんですか。氷室麗華、なんと怖ろしい女。しかし、そんな彼女の企みを完璧《かんぺき》に見抜くなんて、さすがボス。まさしく関東随一の推理力、人並外れた観察力、ズバ抜けた知性、それから底知れぬ知識と教養、それとあと密かな人格者ってことも付け加えておきますね。もちろん、罵詈《ばり》雑言のほうは全部削除ってことで――」

「ん、罵詈雑言って何のことかね？」探偵は怪訝《けげん》そうに私のパソコンを覗き込む。

「いえいえ、何でもありません、こっちの話ですから」私は苦笑いしながら懸命にパソコン画面を隠した。――うーむ、この文書は上司に提出する前に、大幅な改稿が必要だな！

だが、いずれにせよ密室殺人の謎は暴かれた。この雨が止めば、やがて警察も到着するだろう。そして探偵は遅れてやってきた彼らの前で、氷室麗華の犯罪を告発するのだ。

それは、おそらく明日以降のこととなりそうだ。

気が付けば、外はもうすっかり夜の闇《やみ》に包まれている。『現場（仮）』を照らすのは、天井からぶら下げられたLEDランタンの頼りない明かりだけだ。私の指先もかなり疲れてきた。そろそろ作業を終えるべき頃合らしい。

私は充分に記録者としての重責を果たしたはずだ。上司は私に対して、『（おわり）の三文字を打ち込むまでパソコンを手放すな』という意味の命令を下したが、どうやら私はその命令を無事にやり遂げることができそうだ。では、これから私はその三文字を打ち込むことで、この『陽奇館（仮）の密室』に纏《まつ》わる記録をすべて終了させよう――と、そう思ったのだが、いやいや、ちょっと待てよ。そういえば『陽奇館』って（仮）だったな！

6

私はふと思い立ってパイプ椅子から立ち上がった。ノートパソコンを左手に持ち、右手でキーを叩きながら出入口の扉の前へと歩み寄る。目の前にあるのは、いままで繰り返し話題になってきた大きな銅製の掛け金だ。それはいまダランと下向きになっている。扉は施錠されていないということだ。私は掛け金を指先で摘み、クルッと時計回りに四分の三回転させて、それを受け壺に収める――というイメージを頭に思い描いた。

左手にパソコンを抱《かか》えて右手でキーを打つという、いまの私の状況では掛け金を自分の指で操作することは不可能。だから頭の中でイメージするしかないのだ。

だが、その単純なイメージは私の頼りない脳味噌《のうみそ》を激しく活性化させた。私の右手の指先は慌《あわただ》しくキーボード上を駆け巡り、曖昧《あいまい》な思考の断片を形のあるものにしていく。

直方体の細長い部屋。一箇所のみの扉。クルックルと滑らかに回る掛け金。窓側の壁に寄せられたテーブル。畳まれて放り出されたパイプ椅子。強化ガラスの窓。首を絞められた死体。折れた首の骨。降り続く雨。包み込むように聞こえる雨音。ゴロゴロと鳴り響く雷。陽奇館（仮）。紙パックの容器。陽奇館（仮）の密室。——ああッ、ま、まさか！

「ボボボボ、ボスッ」私は唇と指先を両方震わせながら上司を呼んだ。「わわわ、我々は大きな勘違いをしていたのかもしれません」

「ど、どうした、大広間君。何か気付いたことでも？」

「そうです。先ほどボスは、自分の唱えるトリックこそが唯一無二のものだと、そうおっしゃいましたよね。でも本当にそうでしょうか。よく考えてみてください。そうですね、例えばこの細長い部屋全体を、真横に倒した牛乳の紙パックだとしましょう——」

「はあ⁉ 何をいっとるんだ、大広間君。牛乳の紙パックが、どうしたって⁉」

「いや、違います違います。牛乳の紙パックは忘れてください。要するに、細長い部屋をイメージしてくれればいいんです。そうですね、僕らの手の中に透明の四角いケースがあると考えましょうか。完全に密閉された細長い透明のケースです」

「四角くて細長いケースか。判った。その中身が牛乳なんだな」

「違いますって！」ああ、なぜ私は牛乳の紙パックの話などしてしまったのだろうか。自分の喩える能力の低さを嘆きながら、私は説明を続けた。「ケースの中身はこの部屋です。あるいは実際の現場です。片側に一箇所だけ扉がありますよね。そして、その壁側には掛け金があります。掛け金はダランと真下にぶら下がった状態です。——ほら、僕らの前にある掛け金と同じように。この場合、どうやって掛け金を掛けることができますか」

「どうやってって……だから、掛け金に異物を挟んで斜め上に固定して、それから扉をドンと叩くと、異物が落ちて掛け金がパタンと倒れて掛かる……そういうことだろ？」

「それも間違いとはいえませんが、もっと簡単な方法があります。――こうやるのです」といって、私は左手に持つノートパソコンを四角いケースに見立てて、慎重に一回転させた。それを見詰める探偵は一瞬、何のことだか判らずにキョトンとした顔。だが、やがてハッとしたように目を見開くと、ワナワナと唇を震わせた。

「な、なんだって⁉ つまり掛け金には手を触れず、逆にケースのほうを回転させるというのか。う、うむ、そうか、なるほど。確かに、そのやり方でも掛け金は掛かるだろう。掛け金を時計回りに回転させるのと、ケースのほうを反時計回りに回転させるのは、まったく同じことだからな。いや、しかし待て待て。両手で抱えられる程度のケースなら、それも可能だろう。だが大広間君――事件は透明なケースの中で起こっているんじゃない。『陽奇館』の中で起こっているんだ！」

「………」ここは何かツッコミを入れる場面ではないのか。そんな抗《あらが》いがたい誘惑を覚えたものの、いまはそれどころではない。私は結論を急いだ。「――違います、ボス。事件が起こったのは『陽奇館』ではありません。『陽奇館（仮）』です」

すると目から鱗《うろこ》とばかり、探偵は再びハッとした顔。そして独《ひと》り言《ごと》のように呟いた。

「そ、そうだ。確かに『陽奇館』は建設途中。ここは『陽奇館（仮）』に過ぎない……」

「そうです。完成した暁には部屋数二十を誇る巨大な館になる予定の『陽奇館』。しかし建設途中の現在は、重機で適当に均《なら》された地面の上に二十個のコンテナハウスが、無造作《むぞうさ》に並んでいるだけの状態。殺人現場となった細長い部屋もまた、コンテナハウスのひとつなのです。コンテナハウスというのは、駅や港で見かけるようなコンテナを人が住む住居として改造したもの。要するにそれは独立したコンテナ――つまり大型容器なのです」

「うむ、そのとおりだ。花巻氏は『陽奇館』という名前について、『陽気』な『奇術』の意味だと説明してくれたが、もちろんそれには『容器』の『館』という意味もあったのだろうな」

「そうですとも」私は大きく頷いた。「つまり『陽奇館』は『容器館』。だったら、できるじゃないですか、ボス。そうです。回転させるのですよ。重機を使って反時計回りに、このコンテナハウスをぐるっと一回転させるのです。それで掛け金は掛かる。現場は密室になるじゃありませんか」

「いやいや、待て待て、大広間君！　そんな馬鹿な。確かに『陽奇館』は容器の館。地面に並んだコンテナは、これから積み木のごとく積み上げられて一個の館になるのだろう。だから当然ここには様々な重機がある。ブルドーザーにクレーン車にパワーショベル。だが、そんなものをいったい誰が操れるというん――だああッ、ふ、古舘建夫か！」

四畳半探偵の絶叫が雷のごとく響く。瞬間、扉の向こうで聞こえる怪しげな物音。だが真相解明に夢中の私はそれを無視して、すぐさま事件の話に戻った。

「そうです。建設会社の現場監督から叩き上げで社長にまで登り詰めた彼になら、重機の扱いも可能なはず。そして古舘が犯人だと考えるなら、この密室が作られた意味も判ります。古舘は掛け金に細工したのではなく、コンテナハウスを一回転させて密室を作り上げた。しかし当然ながら、そんなトリックに思い至る人は皆無《かいむ》でしょう。警察は誰か掛け金に細工した人物がいたものと、そう解釈するはずです。まさしくボスがそう考えたように。それこそが古舘の狙《ねら》いだったのです。だから彼は現場にはいっさい入らずに、窓の外に留まり続けた。掛け金に近寄れば、容疑者のひとりにされてしまう。だが窓の外にいる限り、彼の身は安泰ですからね。そして実際、彼の目論見《もくろみ》は的中しました。ボスは掛け金に近寄った星村祐輔や月島綾子、あるいは僕のことまで疑った。さらには黒猫を抱く氷室麗華が犯人であるということまで考えた。だが古舘が犯人だとはまったく考えなかった。そんなボスの姿を前にして、まさしく古舘は悠然と高みの見物を決め込んでいたってわけです」

「ううむ、なるほど」四畳半探偵は屈辱に顔を赤らめて強く拳を握った。「しかし君の説明を聞いても、いまだに信じられん。密室のために、そこまでする奴がいるとは……」

「ええ、確かに信じがたいことです。しかし古舘が現場のコンテナハウスを一回転させたと考えるなら、いくつかの不可解な事実に説明が付くのですよ。例えば、現場にあったテーブルがそうです。この『現場（仮）』のテーブルに比べて、実際の現場のテーブルは天板に傷が目立っていたんですよ。新品のはずのテーブルに、なぜ傷が目立つのかと不思議に思っていたのですが……おや⁉」

私はふとした違和感を覚えて、説明の言葉を止めた。

「ん、どうした、大広間君?」

「いや、いま何だか急に、この部屋が揺れたような気が……」

「ふむ、そういえば揺れたかも……雷のせいか、あるいは地震でも起きたか……」

と次の瞬間、互いにハッとした顔を見合わせる私と四畳半探偵。悪い予感を覚えながら、我々は慌てて窓辺へと駆け寄った。雨に濡《ぬ》れた窓ガラス。その向こうに広がる漆黒の闇。その中に黒く蠢《うごめ》く巨大なシルエットが確認できた。巨人ゴーレムの腕を思わせるような、大きなアームがこちらに向かって、にょきりと突き出されている。

「パ、パワーショベルだ!」ガラスに額《こす》を擦《つ》り付けながら探偵が叫ぶ。

「そういえば、さっき扉の前に人の気配が!」キーボードを叩きながら私も叫ぶ。

「畜生、さては犯人め、我々の口を封じる気だな」

「てことは、あれを操縦しているのは古舘ですね」

私の問い掛けにイエスと答えるがごとく、そのときパワーショベルの照明が点灯した。眩《まばゆ》いほどの明かりが窓から注ぎ込み、室内は一瞬、昼間を思わせる明るさとなった。

降りしきる雨の向こうにパワーショベルの操縦席が見える。操縦者の顔までは正直、判別できない。だが、そのビア樽のごとき大柄《おおがら》なシルエットは、間違いなく古舘建夫のものだった。

やはり真犯人は古舘だった。彼はいったん花巻邸に引き返すと見せかけて、その実、再びこの建築現場を訪れ、『現場(仮)』の扉越しに我々の会話を盗み聞きしていたのだ。そして自らの密室トリックが暴かれたことを知った古舘は、ついに破れかぶれの行動に出たのだろう。鬼気迫る表情を浮かべながら、操縦桿《かん》を握る古舘の姿が目に浮かぶようだ。

我々は想像を絶する恐怖に悲鳴をあげた。

「わ、わあッ、お、大広間君、これはいったい！」

「持ち上がっています。ゆ、床が持ち上げられています！」

正確には床が持ち上げられているのではない。我々がいるコンテナハウス全体がパワーショベルのアームによって、窓側から持ち上げられているのだ。地面に置かれただけのコンテナハウスは見る見るうちに斜めになっていく。探偵は顔を引《ひ》き攣《つ》らせながら叫んだ。

「お、おい、まずいぞ、大広間君！」

「だ、駄目ですボス、わ、わ、わぁ——ッ！」

足の踏ん張りが利かなくなって、私は一気に床を滑り落ちる。私に続いて四畳半探偵が高速のでんぐり返りをしながら床を転がり落ちた。と同時に、窓側の壁に寄せられていたテーブルも四本の脚を滑らせながら、反対側の壁に激突。その直後、パイプ椅子が激しい金属音をたてて床を転がり、探偵の頭を直撃した。彼の口から「ぐえッ」という呻《うめ》き声が漏れる。やがてドシンという大音響をあげながら、コンテナハウスは完全に倒れた。

私の目の前の世界は、反時計回りに四分の一回転していた。

扉に向かって左側の壁だった部分が、いまは足許にあり、右手にあった窓が頭上に見える。茶色い床はいま右手にあり、左手は天井だ。ぶら下がったLEDランタンの光が、左側から差している。

そして私は扉を見た。掛け金はブランと真下を向いたまま。だが扉のほうが四分の一回転したせいで、受け壺は真上の位置にある。

コンテナハウスの動きは、いったん止まった。だがホッとする間もなく、二度目の攻撃が我々を襲う。再びコンテナハウスは反時計回りに四分の一回転してドシン！　我々はドラム式洗濯機の中で攪拌《かくはん》される汚れ物のごとく、室内をゴロゴロと転がった。頭がグラグラと揺れ、キーボード操作が危うくなる（この状況でも、私はパソコンを手放してはいないのだ！）。

合計二分の一回転した建物は、ちょうど天地が逆になった恰好《かっこう》。床だったはずのものが真上にあり、天井だったはずのものが足許にある。掛け金は当然、真下を向いている。受け壺はさらに四分の一回転し、いまはアナログ時計でいう九時の方向にあった。

新品のテーブルは天板を下にした状態で、ひっくり返っている。

そこへ三度目の攻撃。天板を下にしながら床を滑る、いや違う、天井を滑っていく新品のテーブル。LEDランタンも、どうやらフックが外れたらしい。眩い明かりが天井をコロコロと転がっていく。私と四畳半探偵も天井を転がりながら、今度は窓があるほうの壁へと叩きつけられる。これでコンテナは四分の三回転した恰好だ。

私はテーブルを顎で示しながら叫んだ。「見てくださいボス！　あれじゃあ新品のテーブルだって天板が傷付くわけです。そして、ほら、掛け金はいままさに受け壺に収まったところ。これでさらに四分の一回転を加えれば、掛け金は僕らが現場で見た、あの状態になるでしょう。どうですかボス。これで僕の推理が正しかったことは、完全に証明されたってわけです。――ねえボス、そうですよね？　あれ、ボス？　どうしましたボス？」

私はキョロキョロとあたりを見回して上司の姿を捜した。と次の瞬間、目に飛び込んできたのは衝撃的な光景だった。

床に倒れた、いや、正確には窓側の壁に倒れた四畳半探偵。その全身からは完全に力が抜け落ち、顔は通常ではあり得ない方角を向いていた。首の骨が折れていることは一目《いちもく》瞭然《りょうぜん》。それを見るなり私は事件の被害者、花巻天界の首の骨が折れていた理由をたちまち理解した。だが、いまさらそんな真相を知って何になるだろうか。

私は万感の思いを込めて絶叫した。「ボぉぉぉスぅぅぅぅ――ッ！」

だが上司に駆け寄る間もないまま、続けて四度目の攻撃。またしてもコンテナハウスが斜めになる。だが私はここでようやく学習能力を発揮した。前もって窓側の壁を駆け降りて、自分から先に床へとたどり着く。これなら壁を滑ったり転がったりするダメージは受けなくて済む。「畜生め、そうそう同じ手を喰《く》ってたまるか！」

だが、見えない敵に向かって吐《は》き捨《す》てた直後だ。窓側の壁を滑り落ちるテーブル。その脚の一本が窓枠に引っ掛かったらしい。テーブル全体が滑り落ちる方向を急激に変えて、私の頭上を目掛けて落下してくる。あッ――と思ったときにはもう遅い。瞬間、頭頂部に激しい衝撃が走り、私は勢いよく床に叩きつけられた。

それでも私はパソコンを手放すことはなかった。全身にわたる打撲。そして頭頂部への一撃。ひょっとすると、もう駄目かもしれない。それでも私は何かの意志に導かれるがごとくパソコン片手によろよろと立ち上がった。この最悪の状況にありながら、私を立ち上がらせたもの。それは命令を下した上司への忠誠心か。はたまたワトソン役としての使命感か。いずれにせよ私の指先はその動きを止めず、事件の記録を続けた。

『現場（仮）』のコンテナハウス、いや、いまや正真正銘の殺戮《さつりく》現場となったコンテナハウスは反時計回りにキッチリ一回転して、さっきまでとは違う地面に平然と立っていた。いつの間にかLEDランタンは壊れてしまったらしい。だが窓からは再びパワーショベルの明かりが差し込み、室内を眩しいほどに照らし出していた。

強化ガラスの窓はまったく割れていない。窓からすぐのところに四畳半探偵の死体。テーブルは窓側の壁に寄り添うように四本の脚で綺麗に着地している。天板の表面には無数の引っ掻き傷が見て取れる。パイプ椅子は繰り返された衝撃のせいで自然と折り畳まれたらしい。床にパタンと無造作に倒れている。作り付けの本棚が回転の影響を受けていないことは、いうまでもないだろう。降り続く雨は、泥で汚れたコンテナハウスの外壁を綺麗に洗っているはずだ。

そういえば花巻邸の人々は、どうしているだろうか。この建築現場での大音響は、あの屋敷まで届いていないのだろうか。それは判らない。だが仮に届いていたとしても、それを異変と感じる者はいないだろう。ただ遠くでドスンバタンと変な音の雷が鳴っているだけ。誰もがそのように解釈するはずだ。現に昨夜の我々も、そうだったのだから——

おそらく花巻天界殺害事件も、これと似たようなことだったのだろう。

やはり私の推理は正しかったのだ。

それが証拠に、ほら、見るがいい。

現場にある唯一の扉。掛け金はキッチリ受け壺に収まっているではないか。

これこそが『陽奇館（仮）』の密室の真相だ。

それを見届けた私は、今度こそ記録者としての責任を充分果たしたことを感じた。

願わくば、この記録が殺人者ではなくて警察関係者の目に留まれば、私の超人的な努力も幸せな形で報《むく》われるのだが。——それは甘い願望に過ぎるだろうか。

いずれにせよ、もう随分と視界も暗くなってきた。ここらで私は休ませてもらおう。

どうやら最後までパソコンを手放さずに済んだ。

これでなんとかボスの命令を果たせそうだ。

私は薄れゆく意識の中で、最後の三文字を打ち込んだ。

（おわr……t

一筆

『銀とクスノキ　～青髭《あおひげ》館殺人事件～』

一肇（にのまえ・はじめ）

ニトロプラス所属。『少女キネマ　或は暴想王と屋根裏姫の物語』や『フェノメノ　美鶴木夜石は怖がらない』など著作多数。近著に『黙視論』。

1

こんな奇妙極まりない状況に放り込まれても、やはり私が同級生・七雲恋《ななくもれん》を殺したのは必然だったと思う。七雲は色白でどことなく無防備な感じの美人であったし、クラスの誰からも好かれていたのは客観的事実ではあるけれど、それはあくまでも外見の問題であって、彼女の本質は悪魔だった。よく行方《ゆくえ》知れずとなる私の筆箱を隣のクラスのゴミ箱に捨てていたのは七雲であったし、朝教室に入ると黒板に書かれていた私の悪口も七雲がしていたことだったし、何より許せないのは私がひそかに好意をもっていた軽音部の清生《さやみ》くんにあることないこと吹き込んで疎遠にさせたことだった。

このままでは私の人生は七雲に壊されてしまう。

ある晩、真っ暗な自分の部屋で絶叫しかけるほど追い詰められた私は、決意した。七雲恋を殺そう。私の人生から排除しよう。世界から完全にその存在を消し去ってしまおう——奥歯を嚙《か》みしめながら、そう決めた。

けれど、人が人を殺すということは実際たいへんなことだ。

まずもってこの地球上のほぼすべての国において重罪であり、私が知る限り、ほとんどすべての宗教において最も重い罪であり、そしてここが重要なのだが、かなりの確率においてその罪は発覚してしまう。発覚すれば、いかに私が高校一年の女子であろうと女子少年院に入れられて、場合によっては死刑となるだろう。それは、要するに人生の終わりだ。私は自分の人生を守るために七雲を殺そうと考えているのに、それでは本末転倒《ほんまつてんとう》もいいところだ。つまり、完全犯罪を考えなければならない。

その日から私は、ネットで、図書館で、あらゆる殺人事件の記事を読みあさった。未解決事件とか、時効ぎりぎりまで捜査が難航した事件とか、後に冤罪《えんざい》であると発覚した事件とか、何か人を殺してもバレない方法のヒントはないものかと、それこそ受験勉強でも見せたことのない集中力で探し続けた。

が、そんなに虫のいい話はない。物語に出てくる犯罪指南《しなん》教授じゃないのだ。陰《かげ》から自分の手を汚さず犯罪を行うなんて、そんなことほとんど神の領域だと気がついた。がっかりしながら、図書館からとぼとぼと出たそのとき——ふと、近くを歩いていた同年代の女子学生たちの会話が耳に入る。

「あのお屋敷《やしき》の噂《うわさ》聞いた?」

「ああ、真奇《しんき》町の? あんなの嘘《うそ》でしょ?」

「嘘じゃないよ。友達の先輩があそこで行方知れずになったままなんだって」

「えー、なんで? どこかに隠れているだけじゃないの?」

真奇町。

お屋敷。

そのふたつのキーワードでぴんとくる。いつだったか、クラスで噂になった話だった。何でも私の住む町から電車でふたつほど先にその奇妙なお屋敷はあるのだという。たしか「青髭館《あおひげかん》」――クラスではそう呼ばれていた。「青髭」とは、シャルル・ペローの有名な怪奇小説『青ひげ』から名付けられたらしい。かつてその館にも人を攫《さら》ってはすべて殺害していた人物が住んでいたという噂があり、そして、平成の今となっても、訪れた人がなぜか忽然《こつぜん》と消えてしまうという都市伝説があった。

その話をしていたのはクラスの男子たちだった。昼休みの教室で「今度行ってみようぜ」などと盛り上がっていたのだが、その後、実際に彼らが行ったのかどうかまでは知らない。それでも「青髭館」の場所だけは耳に入った。駅前の商店街の先にあるお寺が目印で、その横にある坂を登り切ったところにあるということだった。

もしも、その噂が本当であるならば。

そこに七雲を連れて行けばよいのではないか。殺すなどしなくともそこで七雲が消えてしまえば、私も罪に問われることもないのではないか。

なんと短絡的なことなのだろう。今思えば、かなり無茶な思いつきであったのだが、私はとにかく七雲を誘ってその屋敷に行ってみることとした。

「今度の日曜日、噂の『青髭館』に行ってみない？」

ある昼休み、そう七雲を誘ってみたら、

「あなたと？」

彼女はすこし考えてから、いいよ、と頷《うなず》いた。

七雲恋は、私が彼女の本性に気がついているとは知らない。まだ私が初心《うぶ》で馬鹿《ばか》で彼女のことを心から慕《した》っている、ただのいちクラスメイトだと思い込んでいたのだろう。一方、私はといえば、彼女がその屋敷に興味を持っていることを知っていた。前にその屋敷の噂が立ったとき、七雲は「誰も住んでいないの？　じゃあ楽器の練習とかできるかな」と誰かに尋《たず》ねていたのを聞いたことがある。何のことはない。彼女も軽音部の清生くんに興味があり、清生くんたちが遠慮無く楽器の練習ができる場所を探していることを気にかけていたのだ。おそらく清生くんたちに知らせる前に、一度自分で確かめておきたかったのだろうが――残念、それは私の役目となるのだ。私こそが清生くんに「ありがとう！」と言われる役となるのだ。

日曜日のお昼、その屋敷のある駅前で待ち合わせした私たちはふたりして商店街を進んだ。彼女は落ち着いた秋物のセーターに紺色のスカート、それにかわいらしい茶色の革バッグを持っていた。カラフルに染められたネイルポリッシュも彼女の細い指にとても似合っている。そして、そのどれもが私の好みにどんぴしゃで悔《くや》しくなった。

母が再婚した男と私は折り合いが悪く、当然のように服など買ってもらえることはない。だから、私は週三回のアルバイトで稼いだなけなしのお金で美容院に行ったり、自分の服などを買っているのだが、しかし高校生が稼げるお金なんてたかが知れていて、欲しいと思ったものが買えないことがほとんどだ。この日、彼女が着ていたセーターも、スカートも、ブーツも、革の鞄《かばん》も、いつか私がいいなあと思って買えなかったものとよく似ていた。私が諦《あきら》めて店から去ったあと、彼女が笑顔でそれを買ったのかもしれないと思うと、どうしようもなく自分がかわいそうになった。

「ねえ、楠《くすのき》」

そんなことを考えていたら、スマホを覗《のぞ》き込んだままの七雲が話しかけてきた。

「ジル・ド・レって、どう思う？」

「ジル……え？」

「ジル・ド・レ。小説『青ひげ』のモデルになったとも言われている……ってネットで見つけた。十五世紀のフランスに実在した人らしいよ」

ええと。名前くらいは聞いたことがある。たしか錬金《れんきん》術や黒魔術にのめり込み、数百人以上の少年をさらって陵辱《りょうじょく》・殺害した稀代《きたい》の殺人鬼——くらいだが。

「その殺し方もやばくて、事件発覚後、記録しようとした教会の調査官が失神したり、聞いていた大司教も耳をふさぐほどだったとかって……超こわくない？」

「……こわい」

「へええ、そんな悪魔も、人生の一時期は栄光に満ちていたわけか。ジャンヌ・ダルクとともに百年戦争で活躍したって——どこで何を踏み外すと、そんなんなっちゃうんだろうね」

——どこで、何を踏み外すと。

それは、殺人を決意した私のことを指《さ》しているようで、胸が締め付けられる。

「つまりね、ジルはジャンヌが好きだったと思うんだよね。好きで好きで好きすぎて、こじらせちゃったってやつ！」

そう言うと、楽しそうに七雲は笑った。その笑顔は澄んでいて優しくて親しげで、ふと心が揺らぐ。殺すことなんてないんじゃないか。このままふたりで廃墟《はいきょ》探索でもして、打ち解けて、仲良くなれればそれでいいんじゃないのだろうか。

お屋敷が近づくにつれて、私の足は遅くなりがちとなった。

「ふああ、こんなところにお寺があったんだね！」

しかし、ついに商店街を抜けたときだった。七雲が指す方向を見ると、住宅街の切れ目に唐突《とうとつ》に古い土塀が現れ、その向こうには百を超えるお墓があった。その手前——寂《さび》しげな細い通路があって、緩《ゆる》やかな坂へと続いている。

「塀も朽《く》ちかけていて、その向こうの柳がなんかこう——雰囲気満点だね」

七雲が内面の不安を吹き飛ばそうとするように明るく言う。

「そっちは見ないぞ」

「私も見ない」

ふたりして墓地方面に顔を背《そむ》けるようにして足早に階段を上がり、そしてまた住宅街に出るとほっと息をついた。噂だけでここまで来てしまった私であり、肝心のそのお屋敷がどこだかわからない可能性もあったが、それはひょっとしたら見つからなかったら「殺す」なんてやめようと思っていたのかもしれない。そもそも「人が人を殺す」と決意した段階でその人は「人ではなくなっている」と何かの本で読んだことがある。私は最後の決意をそのお屋敷の存在に委《ゆだ》ねているようなところもあった。噂はあくまでも噂であり、そんなお屋敷なんて見つからなければいい――唇《くちびる》を噛みしめるようにそう思っていたら、

「あれじゃない？」

七雲の声がした。

見ればそこには小さな神社があって、その横の樹木の向こうに赤茶けたレンガ塀がずっと奥まで続いていた。その塀だけでとんでもなく大きなお屋敷だとわかる。しかも、塀にこびりついたツタの植生具合から、長期間手入れを放置されているようだった。

「草ぼうぼう」

「本当に空き家なんだね」

私たちはしばらく塀沿いに歩き、やがて鉄格子でできた大きな正門を見つけた。その門柱もすっかり錆《さび》が浮き出ていて、不動産屋さんによる「売り家」という小さな看板がくくりつけられている。

「ここなら、大きな音を出しても平気そう」

その言葉の主語が、清生くんたちが、だと私にはわかった。彼女の視線が広い館に注がれているのは、もうすでに清生くんたちがここで練習をしている様子でも思い浮かべてい

るのだろう。

おもむろに七雲は、門に足をかけてよじ登ると、器用に飛び越えてみせた。

「楠も、早くおいでよ」

玄関へと続く石畳のスロープの上で振り返って言う。

うん、と私も錆の浮き出た門をなんとか飛び越え、駆け足で七雲に続いた。

館に近づくにつれ、ところどころ窓ガラスが割れていることに気がついた。実は人が住んでいるのではないか、という心配がなくなっていく代わりに、この館にまつわる噂が現実感を増していく。この館に入り込んで消えた人々（あくまでも噂だが）が、姿こそ見えないけれどそこかしこに彷徨《さまよ》っているような。

「玄関は駄目だね」

七雲の声で、私も前方を見やる。

古く大きな玄関は朽ちかけていた。おまけに扉ごと板で打ち付けられていたので、私たちはぐるりと館沿いを歩いて回った。中庭から塀まで歩き、そこから塀と建物の間の道を行く。雑草が伸び放題の狭い道だ。ふたりして膝《ひざ》まで伸びる雑草を払いのけながら進むと、やがて勝手口らしき扉を見つけた。そして、なんとそれは壊れているというより、もう扉ごと外れている。

「……ごめんくださーい」

中まで聞こえるか怪《あや》しいくらいのトーンで声をかける七雲。

もしも返事があった場合、ダッシュで逃げる気なのだろう。あと、不法侵入と言われないためのアリバイ作りか。しかし、二十秒ほどふたりで息を潜《ひそ》めていたが、誰も言葉を返すものはいなかった。

「よし、入ろう」

そう言うと七雲は土足でさっさと中に入り込んだので、私も慌《あわ》てて続く。足を踏み入れてすぐ感じたのは、僅《わず》かにつんとくる香りだった。

「なんか、くさい」

「埃《ほこり》？　ここは土間かな？　あ、厨房《ちゅうぼう》か」

「いったい、常時何人分の食事を作る家族が住んでいたんだろう」

「お金持ちは違うな」

そんな会話をしながら、私たちはとりあえず一階の各部屋から見て回った。広い厨房からすぐさらに広い食堂、そこから信じられないほど広い廊下へと続き、玄関へと続く吹き抜けのロビーへと出る。

が——しばし、ふたりして吹き抜けの天井を見上げていたときだった。

ふと誰かに見つめられているような気がして、びくりとした。振り返るが、館の中には七雲と、私と、ガラスをふんだんに使った古い家具しか存在しない。

——気の迷いだ。この館にまつわる気味の悪い噂のせいだ。

そう自分に言い聞かせ、もう一度ゆっくりと辺りを見回して、ようやく気がつく。ああ、何のことはない。玄関の近くの壁には大きな姿見があって、そこから私自身がこちらを見つめていた。

大きく息を吐《は》き、一度は安心しかけた私だったが――しかし、なぜか不安感は去らなかった。それは違和感、といってもいいかもしれない。今、見た光景に何かありえないものが映り込んでいたような気がして、もう一度、鏡の方向に顔を向けることができなくなった。

「楠。奥、見てみよう」

その声で我に返り、私は急いで先を進んでいた七雲の後を追う。

玄関を右手に見て、左手には二階へと続く、大きく広い階段があった。いったんそれをスルーして、まず七雲は一階のすべてを見るつもりらしかった。

建物的に言えば、食堂と対になるような配置で大広間はある。そこには暖炉《だんろ》を囲むように置かれていただろう椅子《いす》が倒れていて、他には埃まみれの革張りのソファがいくつか放置されているだけだったが――

すごい。

広さは四十畳ほど。真ん中に、元々は向かい合うように並べられていたと思われるソファがあり、その横にアンティークなスタンドライトの台座が倒れている。いつか何かの業者さんが入ったのか、作業用のシートが広げかけられているけど、しかしそれもずいぶんと古いもので、窓が開いたままなのでやはり落ち葉や砂埃がつもっている。今はとても寝転んだり座り込んだりできるような空間ではないが、それでもかつてここでは人が笑い合ったり、語り合ったりしたのだと思うとなんとなくせつない気持ちになった。

「ここ――ヤバい。すごい。掃除して住んじゃおうか？」

七雲は感嘆したように言うが、その暢気《のんき》な言いようは不安さの裏返しであるような気がした。

廊下にしろ、大広間にしろ、窓のカーテンはすべて外れかけていて、外からの秋の日差しが柔らかく注《そそ》ぎ込んでいる。そのせいか、恐怖心は薄らいでいるはずなのだが――何なのだろう。ふと、ところどころガラスの割れた作り付けのキャビネットを眺《なが》めていて、思った。

やはり、おかしい。

そうあるべきなのに、なっていないような不自然さがどこかにある。

意味のわからない警告音が私の中で鳴り響いていたが、それは七雲も同様であるようだった。白く整った顔立ちを上に向け、

「……よし、次は二階だ」

小さくそう言うと廊下に出て行った。

ロビーまで戻り、軋《きし》む大階段を上りきる。二階には、中庭に向かって右手に客間が三つ、左手に家人のものと思われる部屋がふたつあった。客間はそれぞれ部屋の調度品は似たような感じで、ベッドとウォークインクローゼット、小さな机と椅子があるだけだ。左

の家人の部屋は、ひとつは鍵《かぎ》が開いていて、中に不要な古い家具や段ボールなどが放り込まれているだけであったが、もう片方の部屋——おそらく主人のものと思われる、豪奢《ごうしゃ》な造りの扉だけは鍵がかかっていた。

——中に誰かがいたらどうしよう。

不安になった私だが、七雲は遠慮なく扉をノックした。ふたりして耳を澄ます。しばらく待ったが、中からは何の返事もなかった。廊下の割れた窓ガラスの向こうから、平和な鳥のさえずりだけが聞こえてくる。

「誰もいない。人の気配もない」

七雲はそう言うと、ノブを回し、引っ張ったり、押してみていた。が、開かないとみると、来た廊下を戻り始めたので、私も駆け足で続く。

三階はなんてことなかった。ほとんど広いロフトというか、屋根裏部屋という感じだった。そこにも放置された荷物がいくつか転がっている。

「やっぱり一階のリビングが一番、バンドの練習にはいいかもね」

階段を下りながら、七雲は言った。

その言葉で、ようやく私がここに何をしに来たのか思い出す。

そう——七雲との問題にけりをつけるため、彼女をこの館に誘ったのだ。

「……ねえ、七雲」

一階に下りきったところで、私は思い切って口にする。

「どうして、清生くんにあのことを言ったの？」

「あのこと？」

七雲は肩くらいまでの綺麗《きれい》な黒髪を翻《ひるがえ》して振り向いた。

「何のことかな」

「私が、ずっと隠していたこと。額の生《は》え際《ぎわ》に傷があること」

「え？」

「……あと、気がつくと一本だけ出ている白髪とか」

「そんなの気にしていたの？」

あはは、と七雲は笑った。それはほがらかで、まるで邪気を感じさせない、かわいらしい笑顔だった。その笑顔を見ていたら、私は絶望的な気持ちになった。彼女の顔には染《し》みどころか、そばかすひとつない。にきび跡もない。抜いても抜いても前髪の中にいつしかぴょこんと姿を現す若白髪だってないのだろう。恨めしくなるくらい、彼女は私の悩みとは無縁なのだ。

「怪我《けが》すれば傷がつくのは当たり前で、生きているってことだよ。若白髪だっておもろいじゃん」

「………」

一瞬、その綺麗な顔にカッターで深く切りつけてやろうかと思う。縫合したところで一生跡の残る傷を前にしても、そんな平和ぼけした台詞《せりふ》を言えるか確かめてみたくなったが

――すんでのところでこらえた。そもそも、私は今、カッターなんて持っていない。

「とにかく、言わないで欲しかった」

「気にしすぎ」

「もう二度としないで」

ここで彼女が「ごめん」と言っていたら、どうなっていただろう。私は今でもときどき考える。しかし彼女は謝らなかった。それどころか、あのかわいらしい微笑《ほほえ》みを浮かべて私に向き直ると、

「わたしも楠に言いたいことがあったの」

再び大広間に入ったところで、七雲は言った。

「わたしと同じものを買わないでほしいんだ」

「……え？」

「あなたの筆箱、わたしのものと同じ」

「それは、偶然……」

「気にして。買うときは。誰かとかぶってないか、とか」

「………」

「あとあなたのスマホのストラップもわたしのと似ているから。髪型も。ノートも。しゃべり方だって。ただでさえ、声が似ているとか言われているんだから、個性出してよ。いくら下位交換だって、近くで同じようなことされるといらっとするでしょう？」

そこで、彼女は「しまった」とでも言うように口元を押さえた。

静まりかえった午後の他人のお屋敷の大広間で、私たちの足下には気まずい空気だけが流れていた。

——下位交換。

言われて初めて、私は私のいらだちの正体を知った。そうなのだ。私はすべてにおいて七雲恋の「下位交換」なのだ。髪型は同じでも彼女の髪の質のほうが綺麗で細くてつやがある。身長が同じくらいでも、彼女の方が肩幅といい、腰回りといい、バランスがいい。スマホに同じストラップをつけていても、彼女のスマホの方が鳴る率は高いし、LINEで繋《つな》がるコミュニティは広い。同じノートに懸命に書き込んでも彼女のほうが成績はいいし、同じ体操着を着ているのに彼女の方がスポーツをこなす。どこまで行っても彼女は私の前にいて、そして私が本来手に入れるはずであったものを根こそぎ奪っていく。

「……えーと」

七雲はうつむき加減で囁《ささや》くように言った。

「言い過ぎたかも」

よりかわいらしく見える、さりげない上目づかいは彼女の得意技だ。いつものことじゃないか、と私は必死に自分に言い聞かせる。こういう計算高さも私が彼女を苦手とする要素のひとつなのだが、それだって彼女の本質に気がついて以来、ずっとずっと耐えてきたじゃないか。

「まー、あれだ」

七雲恋は息苦しさから逃れるように窓際に移動する。わずかに開いていた窓を外側に大きく広げ、眼下に広がる緑を瞳《ひとみ》に刻むようにして言った。

「あなた、そこはすこし個性だそうよ」

次の瞬間——

すぐ側にあった重そうな花瓶《かびん》を手に取り、私は彼女の後頭部めがけて力の限り叩《たた》きつけていた。ぐしゃりという嫌な感触が花瓶ごしに手に伝わる。けれど、あふれ出した激情はもう止まらなかった。

——ふざけるな。私は私だ。いつだって個性を出している。これが私だ。あなたが、私の偽物なんだ。

心の中でそう叫びながら、何度も何度も何度も何度も。

両手で花瓶を七雲の後頭部に振り下ろしていた。

◯

柔らかな風が吹いていて——

大広間の窓では、外れかけたカーテンが静かに揺れていた。

今、私は、昨日七雲恋を殺したあの館を訪れている。あのアンティークな家具の転がる暖炉つきの大広間で――ひとり、呆然《ぼうぜん》とここであったことを思い出している。

死んだ――七雲恋は、必然的に死んだ。

脈は止まっていた。

心音もどこにも見当たらなかった。

しかしそれより何より、昨日、七雲の死を確信できたのは、何かを断ち切るような手応《てごた》えがあったからだ。人が死ぬとはこういうことなんだと嫌でもわかるような感触――それが、私の手の中にじんと刻まれていた。だからこそ、ふらふらとこの場を去った。大きな仕事を成し遂《と》げたという高揚《こうよう》感と虚脱感に包まれて、何も考えず家に帰宅したのだ。

だが、自分の部屋のベッドに転がってようやく体中に震えがきた。

私は殺人者なのだ。

人の人生を丸ごと奪ったのだ。

その重さに吐いた。トイレにこもり、もう何も出てこないほど吐いたのに、繰り返し嘔吐《おうと》感が胃の底から押し寄せる。結局、昨晩は一睡もできずに夜が明け、赤い目のまま制服に着替えて学校におもむいた。ホームルームで七雲の名前が呼ばれて返事がなくて、担任の粉村哲男《こむらてつお》が無精髭《ぶしょうひげ》を撫《な》でながら不思議そうな顔をして誰もいない七雲の席を見て――

それで、ようやく気がついた私だった。

私は館に七雲の死体を放置している。

いくら無人の館であるとはいえ、あのままにしていれば、遅かれ早かれ誰かに見つかってしまう。後頭部が潰《つぶ》れているのだ。事故死や自然死ではないと簡単にわかってしまう。

そんなことにすらここまで思い至らなかった自分の迂闊《うかつ》さを罵《ののし》りながら、下校時間を迎えると同時に学校を飛び出した。電車で真奇町まで赴《おもむ》き、駅前の商店街を走り抜け、あの薄気味悪い坂を駆け上がって、そして館の一階の大広間へと飛び込んだ。

埋めるにしろ、焼くにしろ、何とかして「七雲恋」として生きた物体をこの世界から完全に消滅させねばならなかったからだ。

で、あるのに——今。

目の前には、信じられない光景があった。

そこには、何もなかった。私によって頭蓋骨《ずがいこつ》を叩きつぶされた七雲の死体があったはずなのに——それがない。

どういうことなのだろう……？

ところどころめくれあがったカーペットを乗り越えるようにして、ゆっくりと大広間を進み、昨日、七雲が倒れていたところに行ってみる。

周囲に散らばる割れた花瓶やら、落ちて壊れた額縁やら、それらガラクタの中に埋もれるように、昨日は「七雲恋」として機能していた物体は倒れていた。綺麗な髪の毛の首筋から、ゆっくりと鮮血が染み出しているのも覚えている。

だけど、ない。

やはり、死体はない。

いざなくなってみると、昨日のことがすべて夢であるような気がし始めたが、屈《かが》んで花瓶の破片を見つめていたら、ふと気がついた。

そこには七雲が気に入って持ち歩いていた、リップ型のスマホバッテリーが落ちている。昨日、倒れたときに落としたのだろう。私はそれを拾い、ポケットに入れた。

……そうだ。

死体が歩くなんてことがあるはずがない。だとしたら、ここに死体がないことの説明はふたつしかない。彼女がまだ生きていたか——それとも死んでいた七雲を誰か別の人間がどこかに移動させたか。

意味のわからない恐怖がふつふつと足下から上ってくる。私以外の誰かがすぐ側にいるような気になって辺りを見回したが、やはり大広間には私ひとりが佇《たたず》んでいるだけだ。

と、そのときだった。

中庭から何かの音が聞こえて、思わず身をすくめた。

しゃがみ込み、息を殺す。

——今のは、人が枝を踏む音?

窓の向こうの中庭に、誰かがいる。

そう理解した私は、しゃがみ姿勢のままゆっくりと窓に近づいた。

2

「こんなところで――何をしているの？」

熱心に庭の木を見つめていた少年に声をかけると、彼はこちらを振り返った。

窓からだと確信がもてなかったが――近くで見てやはりそうだと思う。それは、私と同じ高校の制服を着た男の子だった。

最初、中庭に人がいるとわかったときは心臓が止まりかけたが、同じ高校に通う人間であるかもしれないと気がついてから急速に冷静になった私である。

もしかしたら彼が七雲の死体を隠したのかもしれないとも思ったが、小柄な背中から漂《ただよ》う、どこかのんびりとした雰囲気にそれは違う気がした。だとすると、私や七雲同様、噂の「青髭館」に興味をもった生徒、である可能性が高い。

声をかけて「私がここにいた」ということを誰かに知られるのは危険極まりないのだが――かといって彼がこの後、ひとりであの大広間に入り何かを見つけてしまうということもあり得るわけで、それはもっとも避けたいことだった。

「あなたは、たしかＢ組の」

悩んだあげく、勇気を振り絞ってそう尋ねたのだが――しかし少年は、くるりと私に背を向けてしまった。傲然《ごうぜん》たる無視、というやつだった。手にもっていた、小学生のとき理科室にあったような巨大な虫眼鏡《むしめがね》を瞳に近づけ、再び庭の樹木を見つめ始める。

「あの」

「………………」

「もしもし？」

するとと、彼はこちらに背中を向けたまま、唐突に言った。

「おまえはこの屋敷の噂を知っているか」

「え？」

「そうさ、ここは通称『青髭館』——大正十二年、四十三人もの人間が忽然と消えた奇怪な館なわけ」

……ああ、そうか。

七雲の死体が消えたことですっかり動揺していたが、そもそもそういう噂があったから私はここに七雲を連れてきたのだ。ということは、本当にこの館には、人を消す何か不思議な力があると？　そんなことが本当に？

「あなた、知っているの？　この館でどうしてそんなことが起きるのか」

するとと彼はのけぞるような姿勢で勢いよく振り向き、にかりと笑った。

「おまえ、C組の楠乃季《のき》だろ？　そんな変な名前、さすがのオレ様もちょっと忘れられねえからな」

……私を知ってる？

というか、今、オレ様って言った？　一人称、オレ様？

「なぜ、この館から人が消えるのか。それは本当に、過去この館で起きたことなのか。そして今もそのような奇妙なことが起きるのか――オレ様はそれが知りたい。いや、知ることはオレ様の宿業《しゅくごう》だと言っていい。この世にはびこる謎《なぞ》という謎が許せないんだ。謎って奴《やつ》は、いつだってちらちらぷらぷらと目の前をうろつきやがって、飯を食うのも、デートするのも邪魔をする」

「……はあ」

「だいたい、この屋敷の謎は本来、オレ様の管轄外なんだぜ？　オレ様の専門は犯罪系であって、不可能犯罪ってやつをこの世から滅殺することだから。しかし、知ってしまっては仕方がない。学校からこんな近いところにこんなもんが存在していることが悪い」

そう言うと、彼は今度は屋敷を睨《にら》みつけるように顔を向けた。その瞳は存外きれいで、身長は――百六十一cmの私と同じくらいか。

と。

「おまえ」

……はい？

「今、ちび、とか思ったろう」

「……い、いえ、そんなこと」

「いーや。今、おまえはオレ様の頭の先を見た。オレ様が禿《は》げてでもいれば頭髪チェックしやがったのかな、とも思えるが、あいにくオレ様はこの通り毛量は多い方で、毎朝寝癖《ねぐせ》を直すのに一苦労するほど、太く濃い。おまえにオレ様の苦労がわかるか。夜、風呂《ふろ》のあとドライヤーで執拗《しつよう》に乾かしたのに、翌朝には思わず腹抱《かか》えるほどおもろいことになっているんだぞ！」

どうも、この子は凄《すさ》まじい癇癪《かんしゃく》もちのようである。何にしても、このままでは際限なく話があらぬ方向に転がっていきそうなので、私は話を前に進める。

「あの……とりあえず、あなたはこの屋敷の謎を解こうとしている、そのためにひとりでここにいる、とそういうわけでしょうか」

「何度も言わせるな。そうだと言っているだろう。それともおまえの頭は豆腐かゼリーでできているのか？　ああ、いや仕方がない。世の中、頭悪く生まれてくるやつもいるし、そんなものそいつの罪ではないからな。頭悪いくせに正直にまっすぐ生きているやつを見ると胸が熱くなるってもんだが——しかし。オレ様は何より同じことをさせられるのが嫌いなんだ。自己紹介も一度しかしないから、その耳かっぽじってよく聞け。オレ様の名は、罪善葦告」

——ざいぜん、よしつぐ。

「いずれ、この世界で、かのシャーロック・ホームズを超える、稀代の名探偵としてその名を轟《とどろ》かす運命の下に生まれてしまった男だ」

その声は、奇妙な噂がまとわりつく他人の敷地《しきち》に朗々と響いた。

3

「そもそもな、探偵なんて因果《いんが》な商売さ」

罪善くんはチョコレートパフェをスプーンの先で突っつきながら言った。

「オレ様だって、あろうことなら別の職業に就きたかった」

あなたまだ私と同じ高校一年生なのでは——とは思ったけれど、あまりに確定的な物言いに突っ込む隙《すき》がまったくない。毛ほどもない。

「けれど、まあ仕方がないよな。誰にだって、生まれというものはある。人間スタート地点における初期装備、初期属性ってもんが、望むと望まざると決まっているというものさ。そこに抗《あらが》うも自由だし、従うのもまた自由——とはいえ、従った方が人生というゲームは有利に進められるというのも、またこの世の真理だ」

なぜか、いわゆる純喫茶とでもいう感じの古い喫茶店で向かい合う私たちである。

もちろん、同じ制服の持つ安心感のせいもあるのだが、私としてはこの自称名探偵少年を館から遠ざけようと思ったのが大きかった。それに、もう少し彼の正体を知っておくべきだとも。だから、なんとなく彼と話しながらあの屋敷を出たわけだが——しかし駅方面にともに歩きつつ、どちらからともなく目についた喫茶店に入ってしまったのは、彼の奇妙なキャラクターのせいかもしれない。

「で、あなたは従う、と？」

あんまりおいしくない、苦み走ったブレンドコーヒーに顔をしかめながら尋ねると、

「まあな」

と罪善くんはスプーンの先の生クリームをおいしそうになめた。

「人が何回生まれ変わるのか、そもそも一回こっきりなのかは、宗教家とオカルティストに任せるが、オレ様は運命というものはなんとなく信じる。例えるなら、青空だ。あの突き抜けるような蒼《あお》を見あげた日には、どんな人間だってすかっとするってもんだろ？　そんな感覚を空以外で感じたことはないか？　悩んで悩んで選び取った選択が正しかった、なんて感じる瞬間——人生という航路の先が一面の青空に包まれているような心地がするはずで、それがきっと運命なんだぜ」

「ええと」

彼の瞳が同意を求めるようにきらきらとしていたので、仕方なく答える。

「私は、あんまりそういうことを考えたことない、かな」

「はあ？　おまえ、頭が豆腐の上に不感症か？　そんなぼってりした生き方で、よく世界最強属性の女子高生なんてやってられんな！」

なんか失礼極まりない言いようだが、不思議と罪善くんの毒舌はあまり心にダメージを受けない。ぽんぽんとあられのように降ってくる罵詈雑言《ばりぞうごん》にさらされながら、私は私で冷

く彼を観察していた。

仮にも探偵を自任する男子が、私の犯罪現場に現れたのだ。彼が超有能であれば私の人生は終わりだろうし、そうじゃなくて彼がただの天然妄想家であってくれれば——このまま事件は発覚はしない。

「で……罪善くんは、あの館を調べてみたの？」

ひとつ息を吸い込み、ソファに座り直して尋ねると、

「中に入って、ということか？　当たり前だろ」

憤慨《ふんがい》したように彼は言った。「もう何日あそこに通ってると思ってるんだぜ？　一階から三階、そして地下まで知ってるに決まってんだろ」

「地下って——え？　あの館には地下もあるの？」

もしかして、七雲がまだ生きていてふらふらと館を出ようとして間違って地下に落ちたとか——それなら死体がないことも説明がつく、などと一瞬、想像してしまったわけだが。

「まあ、待て。質問は交互にしようぜ」

罪善くんはにまりとしてから、コップの水をごくごくとすべて飲み干した。

「そもそも、おまえはなんであの屋敷にいたわけ？」

……え。

「あんな廃墟に女子がひとりで来るなんて世間知らずもいいとこだぞ。世の中たくさん頭

のネジが緩んでいるやつがいるんだぜ？　襲われたらどうすんだ」

「……そ、そうだよね」

何と答えよう、と慌てていると、

「あ、待て。何も言うな。推理してみせる。……ああ、ふふーん、わかったぞ。わかっちまった。これだから名探偵は困る。己の頭脳の切れ具合が恐ろしい」

……………。

心臓が高鳴る中、罪善くんはしばし私の顔を見つめた後、言った。

「おまえ、さては廃墟マニアだな」

「――は」

「最近、多いんだよな。人様の家に勝手に入って写真撮ってSNSなんかに上げる不届き者っていうの？　それってただの家宅侵入罪だっての」

この人、どこまで棚に上がるんだろう。というか、探偵としての能力に安心感（この場合、その低さ、ということだけど）を覚え、緊張が緩んだのだろう。

「罪善くんは、どうしてあのお屋敷に興味を持ったの？　やっぱり学校で噂が流れていたから？」

そう尋ねてみたら、彼は唐突に笑い出した。

「学校の噂だと？　うはははは！」

それは、そのまま録音して「笑い袋」として売り出したくなるくらい高らかな笑い声である。

「いや、ホントの馬鹿だな、おまえ。あの噂を流したのは、このオレ様だ」

「え？」

「あの屋敷はな、近く取り壊されるって計画があってな。現在の持ち主は都内の不動産会社らしいが、潰して数軒分の分譲住宅を建てるんだと。かーっなんてもったいねえことすんだ！ってもんだろ？あんなかっちょいい館を。あんなおもろい噂のこびりついた館を。この世の異物を片《かた》っ端《ぱし》から排除した先には閉塞《へいそく》感以外ないってのによ！まあそういうわけで、凡人どもにも興味をもってもらおうと保存運動的にあちこちで噂を広めたわけよ。まあ、ちょいと尾ひれつけちまったところもあるんだけどな」

「尾ひれって——ちょ、じゃあ青髭に似た人がいたっていうのも嘘なの？　人が消えたとかも？」

「いいや、そいつは本当だ」

そこまで言ってから、罪善くんはちらりとメニューを見た。

「そいつを話してやってもいいが——ただってわけにはいかねえな。オレ様は仮にも名探偵であり、情報ってのは金を支払って手に入れるものなんだぜ？」

いや、あなたまだ探偵ですらないじゃないですか。

「チョコバナナパフェ、で手を打ってやろう」

まだ食べるのか、と思いつつ、頭の中で私は財布の中身と相談する。それくらいならご馳走《ちそう》できるか、と頷いた。

「よしよし」

手を上げて、店の奥のカウンターの中に座ってテレビを見ていたおばさんを呼ぶと、罪善くんは朗々としたよい声でチョコレートバナナパフェを注文する。

「では、話してやろう。そもそもあの屋敷は華族出身のとびっきりの変わりもんが住んでいた館だったんだ。建築時期としては明治後期だな。西暦にして一九〇〇年の頭。だから基礎部分はざっと百年以上経《た》っている。館の主人自体は、どうもお妾《めかけ》さんの子だったらしい。だから、本家からその別荘を与えるという名目で体よく追い出されたんだ。名もわかっている。今園《いまぞの》愛国。あいこく、と書いて、よしくに」

「華族……今園愛国……」

「で、その愛国くんは、二十代半《なか》ばでもうあの屋敷の当主だ。ついでに卸問屋もひとつもらったらしいが、そこの番頭が真面目《まじめ》で商才もあったらしい。愛国くんは働きもせず金だけは入ってくる生活を送ることができた。もしオレ様がそんな身分になろうものなら、毎日読みたいだけの本を読んでうまいもの食べて暮らすと思うんだが、愛国くんは違った。スタート属性が『華族』。初期装備は一般人の数十倍にも及ぶ定期的な金銭収入と、ひとりで住むには広すぎるほどの屋敷。ある意味、もうゴールしてんじゃねえかって状況からゲームスタートしたやつは、考えることの視点が違う。やつはそこから友達を作ろうとしたんだ」

「と、友達？」

「そうさ。普通のやつが欲しがるものを最初からすべて持っていた愛国くんに足りないものは、『友達』だけだったんだ。当然、最強、最高のものを手に入れようとした。が、ちょいと考えてみろ。最高の『友達』ってなんだ？」

私に、聞くか。彼氏なんていたこともなくて、一番の友達（とクラスメイトには思われていたと思う）を殺してしまったばかりの私に。

「最高の友達。人によって基準はそれぞれだろうが、一般的に共通するのは『自分を心から理解してくれるやつ』ってとこだろう。さらに、互いへのリスペクトがあればなおいい。見た目や才覚が上質ならば、もうゴールインってわけだ。それを愛国くんは求めたわけだ。街に出ては、カフェやパブみたいな社交場にいる連中に片っ端から話しかけ、自分のことをひたすら語り続けた。自分が何に興味を持ち、何に喜び、悲しみ、そして何に心から高揚するのか。相手が引くほど語り続けた。で、気が合うやつが居れば、自分の屋敷に連れ帰った。男でも、女でも、老人でも、学生でもな。けど第一印象ってのは、その人間のすべてじゃない。それはおまえだってわかるだろ？」

……わかる。

「大方の人間がまず外では鎧《よろい》を着ている。その美麗な鎧に惹《ひ》かれても、鎧の下の裸はとんだ醜《みにく》さだったってことは往々にしてある。おまけに愛国くんはフラットに見ても、世間知らずの大金持ちだ。邪《よこしま》な目的で近づいてくるやつも大勢いたってわけだ。愛国くんはちょいと歪《ゆが》んでいるが、馬鹿じゃない。友達だと思っていたやつがそうじゃないと気がついた時点で激しく失望した。で――」

……殺した？

そんな私の表情を読んだのだろう、罪善くんはひとつかぶりを振った。

「いやまあ、その後はわからない。ただ事実として存在する記録は、彼の屋敷に招かれた数十人もの男女が消息を絶っている、ということだけさ。その最たるものが、大正十二年に記録された四十三人の消失事件であって、当時の警察も動いた記録はあるが、捜査はすべて空振りに終わっている。華族出身者っていうのも影響したのかもしれないが、何より遺体が出てこないんだ。一度、捜査令状も取られてあの屋敷の至るところを探し回ったこともあったらしいが、どこにも行方不明者たちの痕跡《こんせき》はなかった。普通の事件と明確に違うのがここってわけ。愛国くんは、何かしら人を完全消失させる手段を持っていたんだ」

「お待ちどお」

そこで喫茶店のママさんが、チョコバナナパフェをおっかなびっくりとした手つきで運んできてくれた。生クリームの上に突き立てられた切り身のバナナが落ちそうなのだ。

「おおお、ありがとうです！」

罪善くんは嬉《うれ》しげに両手で受け取ると、さっそくスプーンで一口すくって口に入れる。鋭角だったほっぺたがまんまると膨《ふく》らんで、実に幸せそうだった。

「もちろん、その行方知れずになった人たちは、当主の愛国くんが殺して、ばらばらにして、執事とかに手伝わせて、焼却したとか、埋めたとかって可能性はある。けど、さすがに古すぎて資料がぜんぜん残っていない。とりあえず、警察はそれなりに館全体を調べたらしいが、あの庭のすべてを掘り返したってわけでもないだろうからなあ」

人が消える館――「青髭館」。その元になった逸話を聞いた私だったが、しかしそれだけだと七雲の死体が消えてしまったことの謎がぜんぜん解けない。

どうしよう、といつしか爪《つめ》を噛んでいると、

「しかしまあ、実を言えば、あの館の噂の最大のキモはその大団円《だいだんえん》にあるんだ」

と罪善くんは言った。

「最後は、愛国くん自身の消失――そう、当主自ら消えちまった」

「ええ?」

思わずぽかんと口をあけると、

「ああ、これこれ」

罪善くんは右手にスプーンをもったまま、左手で制服のポケットから数枚の紙片を取り出した。

「当時の新聞。ざっと三紙ばかり図書館で調べてコピーしてきた。『華族当主、謎の失《しっ》踪《そう》』――んな? 四十三人目の消失者――それこそが、今園愛国くんその人なわけ。ある晩、普通に部屋にこもって、翌朝使用人が朝食の準備ができたことを知らせに行ったらもういなかったらしいぜ。散歩にでも出ているのかって最初思ったらしいんだが、昼になっ

ても帰らない。夕方についに警察に届けられ、そして翌日には公開捜査となった。まあこれには本家の意向も働いたんだろう。結局のところ、半年経っても見つからなかったんだけどな」

「………」

「その後一年間は、主《あるじ》なき館の管理を使用人たちで続けていたらしいんだが、その後本家から通達がきて、使用人たちはそれぞれ別の館に配属替えされ、ときどき掃除にくるとかの業務に変わったらしい。そして数年が経ち、失踪宣告を受けて死亡届が出され、それであの館はついに無人となった。その後、物好きな金持ちの間を転々と渡ったりしたらしいが、そこでもやはり人が死んだり、失踪したりなんかしたとか言うが——う—ん、どうだかなあ。こいつはまともな資料には出てこないから、眉唾《まゆつば》かもな」

猛烈に喋《しゃべ》りつつ、その一方チョコバナナパフェを食べるペースを落とさない罪善くんであったが、私はそれを聞きながら、あの館の奇妙な雰囲気を思い出して腕を抱いていた。

あれは——なんだったのだろう。

館内に入ったときから、何かが、すごく不自然であったような。

「まあ、それがあの館にまつわる噂の真相ってわけで——」

「あの……さ、罪善くん」

そこで、思い切って尋ねてみた。

「あの屋敷の二階に——ええと、階段上って、左側の奥。たぶん愛国くんの部屋だったと思うんだけど、あそこだけ鍵かかっているよね？　ひょっとして、あそこにまだ誰かいたりしないかな。ほら、ホームレスとかが住み着いているとか。誰かがこっそり住んでいるなら、その人の仕業だったりするかもしれないし、人が消えるのも説明つくでしょ？」

思わず興奮してそう尋ねてしまったが、「それはないな」とあっさりと罪善くんは首を振った。

「なぜなら、あそこの鍵をかけたのはこのオレ様だからだ」

……へ？

「それに、あそこにもし誰か住んでいるとしても、現代の話だろ。今、オレ様が話していたのは大正時代の話だ。ぜんぜん関係ねえじゃねえか」

「……あ」

いけない。私は消えた七雲のことで頭がいっぱいでとても危ないことを口走ってしまっていた。

「そ、それはそうだけど、ええと、その、ほらよくあるよね。事件の起きた館には隠し部屋があってそこには密《ひそ》かに怪人が住み着いているとか」

「ガストン・ルルーの『オペラ座の怪人』みたいにってか？　それはどうだろうなあ」

罪善くんはスプーンを口にくわえてぷらぷらとさせながら、天井を見上げた。

「構造的に隠し部屋はないと見たけどな、あの館には。屋根裏部屋も三階がロフト構造だからないし、さっき言った地下だってただの食料貯蔵庫だし」

……地下も、そうなのか。

だとすると、いよいよ七雲が消えた謎が解けない。ということは、七雲はあのとき一度死んでからしばらくして蘇生《そせい》して、それで自力で家に帰ったということなのか。でも、そうしたらとっくに私のところに警察が来ていてもおかしくないと思うのだが。

しかし、ここまでの会話で罪善くんがまだ七雲の死体を見つけていないと確信できた。見つけていたらこの人はもっと大騒ぎして、それこそ館の謎よりも先に殺人事件を追いかけていることだろう。

ということは、昨日、私がここを去った午後から、今日の午後の間に死体は消えたということだ。なぜ消えたのかを知るには、やはりこの館の謎を解くことが最優先だ――と改めて思い直す。

「それで、罪善くんは何か目星がついているの？　その……館で人がいなくなる謎について」

すると、名探偵を運命づけられているという隣のクラスの男子は、「うーん」とグラスの底の底まで生クリームとチョコレートの混じり合った甘味を掬《すく》い始めた。

「目星……なあ。そうだなあ」

やはり探偵志願少年では無理か、と思いかけていたら、

「悔しいが、ひとつだけしかないんだぜ」

と、罪善くんは言った。

「え？　目星、あるの？」

「しかし、だとすると、すげえ後味悪いことにしかならねえんだよなあ……」

「それは何？　教えて？」

勢い込んで尋ねると、罪善くんは納得いかなそうに髪の毛をがしがしと掻《か》きむしってから、教えてくれた。

「つまり、庭の大木だよ」

「……大木？」

そういえば、最初に罪善くんの存在に気がついたとき、彼は中庭で何かの樹木を執拗に調べていた。私が話しかけてもしばらく心ここにあらずといった様子で。

「あの木がどうして？　というか、あれ、なんの木？」

「はあ？　そんなことも知らないのか、おまえ」

「知らないよ、もういいかげん驚かないでよ」

そう抗議すると、罪善くんはすこしだけ申し訳なさそうな顔をして、

「あれはおまえだ」

と言った。

「要するに、そう——あれがホントの〝クスノキ〟だ」

4

「見つけた——下位交換」

薄闇《うすやみ》と夢の狭間《はざま》で、その声は響いた。

「——よくもやってくれたよね」

低い声だった。かろうじて声として成立しているだけの、男か女かもわからないくぐもった音の連なり。けれど、その最初の言葉だけで私には「七雲だ」とわかった。

私が自分の部屋のベッドにいるということはわかる。そこに横になり、暗闇《くらやみ》の中で薄目を開けていることもわかるが、それでも現実と夢との境界線は曖昧《あいまい》だった。

「——今から、そっちにいくからね」

その瞬間、頭を潰されて口元だけが赤くてらてらと光った七雲恋が這《は》い寄る気配がして、飛び起きた。

叫び出しかけたところで、かろうじて口を押さえる。パジャマは汗でぐっしょりと濡《ぬ》れていた。ゆっくりと横に顔を向けたが、ベッドの側には何もいなかった。

私の息づかいが、暗い部屋に響く。

昨日、担任の粉村から「仲良かったよな？　七雲のこと、何か知らないか？」と聞かれたことも影響しているのだろう。夕食後、居間のテレビで「女子高生が行方不明」というニュースを見かけたせいでもあるのかもしれない。その後すぐ耳をふさぎ、部屋に駆け上がって、ベッドの中に転がり込んで震えていたのだが、連日の睡眠不足もあって、いつしか朦朧《もうろう》とした眠りについてしまっていた。

どうして、人を殺してしまったのだろう。

今更ながら、そんな疑問が何度も喉元《のどもと》にせり上がっていた。

他にやりようはなかったのだろうか。たしかに七雲は私の人生における大きな恐怖であり、凄まじい高さの壁ではあったけれど、それでも、壁って乗り越えるものなんじゃないの？　ただ排除するのはズルじゃないの？　七雲にだってきっと私が気がつかなかったいいところもあっただろうし、そのうち打ち解けて仲良くなれたかもしれないのに。

心の中の善性が声高に非難してくる。

しかし、一方的にその声に打ちのめされるには、私の中には苦い思い出がありすぎた。七雲が笑顔で振りまく無数の皮肉。さりげない自慢。常に自分がどう見られているかを意識した彼女の行動は、すべてが私の精神へのマウント行為に繋がっていた。それらに傷つき、疲れ、心がすり切れる限界にまできていたことも又事実だったのだ。

私は、それでも防衛してはいけなかったのだろうか。繰り返し打ち据えてくる腕を振り払ってはいけなかったのだろうか。いや——無理だ。時間が巻き戻ったとしても、私はやはり七雲の頭に花瓶を振り下ろしていただろう。

ずっとずっと、テレビの中の殺人者たちは自分とは別の種類の人間だと思い込んでいたが——そうじゃない。この世界では、誰もが殺人者になる可能性がある。人の尊厳——そこに平気で土足で踏み込んでくる人間がこの世には存在して、そういう無意識で無自覚で無神経な人間と対峙《たいじ》するときは、やはり殺すか殺されるかしかないのではないか。深い森において、熊《くま》が自分のテリトリーに踏み込んできた同種の熊ですら外敵として排除するように。それは自分というアイデンティティを生き残らせるためだ。あのとき、尊厳の際《きわ》に追いやられた私の側にたまたま重い花瓶があっただけで——

と、そこではっと気がついた。

花瓶も、だ。

思いがけず七雲の死体が消えたことで忘れていたが、七雲の頭を砕《くだ》いたあれは、要するに私の犯罪行為を立証する「凶器」であって、私は未《いま》だそれすら放置している。

時計を見る。午前二時を少しまわったところだった。

今なら、自転車で往復しても、朝までに戻れるのではないか。

思いつくと同時に、私は服を着替えた。電車はもう終わっているだろうけど、自転車でも一時間はかからない距離だ。夜中にあの奇妙な屋敷にひとりで赴くことに恐ろしさを感じないわけではないが——

なぜだろう。

まるで、誰か親しい人に呼ばれているような心地がしていた。

○

満月に近い月がさえざえと照らしていたからだろうか。それとも、私がもう〝闇《やみ》〟の方の住人となってしまったからだろうか。

誰もいない、深夜三時の「青髭館」は不思議とこわくなかった。心は驚くほど冷静で、家から持ってきた懐中電灯で大広間の隅々《すみずみ》まで照らすほどの余裕があった。

先日と変わりなく、壁から落ちた額がある。

壊れたアンティークなスタンド照明が転がっている。

煤《すす》と埃でかつての色の判別できない暖炉があり、手入れされなくなって変色してところどころ破けた革張りソファがある。

一階の大広間は、相変わらず不思議な気配が漂う空間だった。

ここにはかつて「今園愛国」という人間が住んでいた。友人を求め、無数の人々がこの館で謎の失踪を遂げている。当の主人を含め、四十三人もの人間が、この館のどこかで。

そんなことがあるのだろうか、とも思うが、現に七雲恋は消えてしまったのだ。この館でなら、なんでも起きうるような気がし始めていた。

「……さて」

罪善くんの話を聞いた今ならより落ち着いて調べられるかもしれない、とは思っていたが、ここまで自分の心が静まっていることは意外でもある。

やはり、大広間には七雲はいなかった。しゃがんで懐中電灯の光をあててみたが、あの日に拾った七雲のリップ型スマホバッテリー以外の落とし物もない。埃だらけのカーペットには黒い染みが幾つもあった。そのうちのひとつが七雲の血だろうか。確かあの日、七雲は後頭部から血を流していたが、花瓶を片付けるのなら、これも片付けないとマズくはないか。

だが、周囲を見回して暗澹《あんたん》たる気持ちになった。駄目だ。とても女子ひとりの手には負えない。この部屋のカーペットは、敷いてあるタイプではなくて埋め込んであるタイプだった。何か工具も必要となるし、そこまでするとなると、朝、親が起きる時間までに戻ることも不可能となりそうだった。しばらく考え込んだ末、私は決めた。カーペットは次の早い機会になんとかするとして——今はとにかくひとつひとつ始末していくことだ。

件《くだん》の花瓶はそのまま窓際に転がっていた。というか、改めて持ち上げようとすると、花瓶というよりほとんど甕《かめ》に近い代物で、こんなものをよくも何度も振り下ろしたな、と不思議になる。腰に力を入れて抱きかかえ、そのまま大広間を出た。途中、何度か休憩しながら、入ったとき同様、厨房の外れた勝手扉から外に出る。

そこには館から出るゴミや不要品を処理していたと思われる、黒ずんだ焼却炉があった。

花瓶をそこまでもっていくと、上から持参したタオルをかぶせて、近くに落ちていたレンガ石を叩きつけた。三度ほど叩くとようやく一部が割れ、そこからは徐々に形を崩していく。近くの鉄製の大きなゴミ箱が割れ物専用らしかったので、その中に花瓶の破片をひとつずつなるべくばらけるように捨てた。

本格的に警察が動いたら、こんなものは小細工にしか過ぎなくて、逆に疑われそうな気もしたが、そもそもこの私にそこまで緻密な犯罪隠匿《いんとく》技術なんてない。七雲を殺してしまってから、ずっと頭の奥がぼんやりとしびれていて、捕まるならそれはそれで楽になる、というどこか投げやりな思いがあった。血がついているかもしれない花瓶を処理するという行為も、正しい犯罪者はそう動くべきだ、という変な固定観念であるような。

「……ていうか」

正しい、犯罪者って。

からん、かちん、と破片をゴミ箱に入れながら、立つ瀬のなさに膝が震え始めた。世の中に殺した人の死体を無くした殺人者ほど間抜けなものはないのではないだろうか。それがあれば、まだもっと自分は正しい殺人者として振る舞えるのに、とすら思う。七雲が死んでも私を苦しめようとしている気がして、腹立たしくもなってきたそのとき——

ふと、思い出した。

そういえば、罪善くんは昨日、人が消える謎の鍵は「庭の大木」と言っていた。それが「クスノキ」であるとも。あれは、どういう意味であったのだろうか。

腕時計を見ると、もうすぐ四時近かった。うっすらと空も明るくなりかけている。私は急いで残りの破片を捨てると、そのまま中庭めがけて駆け出した。

中庭の一角——確か最初に罪善くんを見かけた辺りにたどり着くと、私は懐中電灯の明かりを目の前の大木に向けた。それはどこか奇妙な大木だった。いや、樹木に詳しいわけではないので、どこがどう具体的に変なのかまでは指摘できないし、罪善くんにそう言われたからなのかもしれないが——確かに、周りの樹木と比べて何かがずれているような気がした。

そっとごわごわとした幹に触れて、それから頭上高く葉のついた枝に光を向けてみる。

——駄目だ。わからない。

どうしてこの木が「館で人が消える」という謎を解く鍵となるのだろう?

〝おまえは、ホント馬鹿だな〟

罪善くんの高らかな声が聞こえた気がしたが、ああ、その通り、私は馬鹿だ。

それでも、死体がひとりでに消えるなんてあり得ないことはわかる。そこには必ず理由があるはずで、それを知らないかぎり、いつの日か私が告発される。やっと七雲から守り通した私の人生は、結局終焉《しゅうえん》を迎える。それじゃあ、七雲という存在に出会ってしまった段階で私の人生は詰んでいるということじゃないか。それだけは悔しくてならなかった。

大正時代に、四十三人もの人間が消失した「青髭館」の謎。

それが解ければ、そこに七雲もいるような気がした。

全員死人ではあるのだろうが、ようやく私の中で成し遂げたという気持ちになるはずだった。

歪んだ決意とともに、私は館を後にした。

門の前に置いたままの自転車にまたがり、少しだけ欠けた月を見上げて、思う。

――いつか、真相が明らかになる日。

きっと、そこには罪善くんがいる気がする。

探偵として謎を切り裂き、高らかに笑っている予感がした。

5

翌日の昼休みを迎えるとすぐ、私は隣のクラスに赴いた。

罪善くんに昨日の「大木」について尋ねようと思ったのだが――

彼がちょうどクラスメイトたちと連れ立って廊下に出てきて、思わず柱の陰に身を隠してしまった。

すこし息を整えてから、もう一度そっと顔を出す。そのままなんとなくつけてみたのだが、学校での罪善くんは、ぜんぜん目立たない子だった。せっかく一緒にいる友人たちとも話すことなく、スマホをいじりながら淡々と購買部へとついていくだけだ。

昨日の喫茶店での饒舌《じょうぜつ》ぶりなんてどこにも見当たらず、購買部でもただあんぱんひとつと牛乳を買い、友人たちに軽く手を振って、そのまま歩き去っていってしまった。

どこかでひとりで食べるのかもしれない。さらに彼の後を追いかけると、罪善くんは廊下を進み、人混みを避けるように昇降口に入った。駆け足でそこまで行くと――

「おい、尾行するなら、もう少しうまくやりやがれ」

昇降口には、罪善くんが立ちはだかっていた。ぎょろりとした目で睨まれ、私は固まり、そして「ごめん」と頭を下げる。

「なんか用か」

「う――ううん、とくに」

ここで尋ねればよいのに、うまく切り出せないのが私である。

「飯もう食ったのか。一緒に食うか」

そう誘われたのでうなずき、一度購買部に戻ってあんぱんといちご牛乳を買ってきた。

「それだけかよ。ダイエットとかしてるのか？」

校舎裏のベンチに座るなりそんなことを言われて、あなたこそ男子とも思えぬ食事量ではないですか――なんて思っていると、

「オレ様は二時間目の終わりに弁当を平らげたのでこれで我慢しているだけだ」

こちらの心を読むようにそう言われた。

「そうか。罪善くんは私の視線からいろいろと推理するんだね」

「まあな。視線は心理推測の基本だからな」

この人は、意外と馬鹿じゃない——というより、抜け目がないところがある。やはり昨晩、花瓶を片付けておいてよかった、と安堵《あんど》していたら、罪善くんは唐突に言った。

「ああ、そういえばさ。今朝、あの館に行ってみたんだ。学校が始まる前に」

……え。

「朝の空気はきれいで、鳥どももたくさんいてさ、あの中庭、天国のようだったぜ」

「ど、ど、どうして、また？」

「どうしてって——謎を解くために決まってんだろうが。けどさ、おかしいんだよなあ。一階の大広間にあったはずの花瓶がなくなってる気がするんだ」

その言葉に、心臓が音を立てる。

「おまえも中に入ったんだろ？　一階のあの暖炉のある部屋とか。あそこの窓際にどでかい花瓶あったよな？　あれが今朝はなかったんだ。人を消すならまだしも、花瓶消してどうすんだ、あの館は」

……なんかもう、危ない。この子の行動パターンは読めない。

「す、すごい観察眼だね。私は気がつかなかった。花瓶なんて。いろいろあるし」

とりあえず、そうごまかした後——

「さすが探偵だね」

と持ち上げてみせると、すぐさま罪善くんは「探偵じゃねえ。名探偵だ」と訂正する。

「じゃあ、今、私が何を考えているのかわかったり——する？」

「もちろん。あの館のことだ。どうして人が消えるのか、ずっと考えているはずだ。女子がひとりであの館に訪れるなんて、一般の廃墟マニアを超えている。もっとずっと深い理由があるんだろ？」

　にまりと笑って指摘され、いよいよ鼓動が早くなる。

　どうしよう？　何か言わねばならない。しかし迂闊なことを言えば、より泥沼にとらわれていくような気配がすごい。この妙な少年の手管に絡め取られていくような。

けれど、焦れば焦るほど、うまい言葉は思い浮かばなくなった。

　何か。何か、言わねばならない。

「——ク、クラスの」

「ふむ」

「仲良かった女の子が、行方知れずなの」

「ほう」

「……昨日も、今日も学校に来ていなくて。彼女もあそこの館に興味を持っていたから、もしかしてひとりで行ったのかなって心配になっていて……」

　どうしてそんなことを話してしまったのだろう。言葉にしながらも、やめろ、やめておけ、と自分の中で警告する声を聞いたが、それでも掠《かす》れるような声で言ってしまった。

「あれか、七雲ってやつのことだな。聞いてるぜ。仲いいのか」

「……ん……ううん。どうなんだろう。周りには仲がいいって思われていたのかもしれない」

「本当は違う――ってか」

にまにまと笑いながら、罪善くんは袋を破ってあんぱんにかぶりつく。

「その、七雲ってやつはどんなやつなんだ？」

「どんな――？　ええと、かわいい子だったよ。女の子からも男の子からも人気あって。誰とでも人見知りなく喋れて、先生たちにも冗談言えて……実際、人気あったし」

七雲のきれいな顔立ちを思い浮かべてそう言うと、

「ずいぶんと過去形で話すんだな」

罪善くんは静かな口調で言った。

「まだ死んだわけじゃないんだろうからさ、それはねえだろ」

笑顔でツッコまれ、ホントだね、と私も笑いかえしながら、ストローをいちご牛乳のパックに突き刺したが――その指先が少し震えていて、必死に押さえる。

「なんか嫌な想像ばかりしてしまって。よくないね」

「そんなに心配なら、家に行ってみりゃあいいじゃんかよ」

「今日の放課後、寄ってみるけど――そこまでしていい仲なのか、よくわからなくて。仲がいいってどういうことなのか。趣味が合えばいいのか、どこかを尊敬できることなのか。それこそ『最高の友達』の定義なんて人それぞれだし」

「そりゃそうだ。端《はた》から見れば、今のオレ様とおまえなんてつきあっているようにしか見えないだろうし」

……え。

慌てて立ち上がり、辺りを見回す。ちょっと離れたところにいた女子数人がこちらをちらと見て、何事か話しているのが見えた。あげくなぜかその後ろに万年ジャージ姿の担任・粉村哲男がいて、私の視線に気がつくと、気まずそうに女子生徒たちを引き連れて去って行く。

「ちょ――それ、めっちゃ困るんだけど！」

「困るって、おまえがオレ様をつけてきたんだろうが」

「あ、違う」

と私は慌てて首を振る。殺人者なんかと噂になると、あなたが困るよ――と言いたいところだが、もちろん口にはできない。それは私が殺人者だと告げることになるし、それ以上に――もう私は誰とも幸せになることはできない身分なのだ、と認めることがつらかったからだろう。

「罪善くんは……いいね」

が――そんな心の軋みが漏れ出てしまったのか。

ぽつりと呟《つぶや》いてしまって、罪善くんは「なんぞ!?」とのけぞった。

「あ、いや、ええと……もう将来目指すものが決まっていて、いいなって。とりもなおさず、一心不乱に名探偵を目指せばいいわけでしょう？　目の前に次々現れる選択肢だって、どちらが名探偵に近いか、で選べるということでしょ？」

「はあ？」

するると、大きくため息をついて罪善くんは言った。

「おまえは本当にアホだなあ。そんなんですべて選べたら、もう神じゃねえか」

「名探偵だって、神様みたいなものじゃない」

「おい、楠。いったいおまえはどんなやつを頭に浮かべて、名探偵だって言っているんだ」

「それは、ええと——明智小五郎《あけちこごろう》とか、金田一耕助《きんだいちこうすけ》とか、それこそホームズ、エラリー・クイーン、あと、ええと、あの灰色の卵？」

「それを言うなら、灰色の脳細胞だろ。エルキュール・ポワロだ。つか、あーもう駄目だ、おまえは。まさかとは思ったが、まさかの真《ま》っ逆《さか》さまだな」

……え。何が。

「どうもおまえは本当になあああんも知らんようだから、教えてやる。いいか、よく聞け。そいつらはな、すべて小説の中の人物なんだぞ。実在しないんだ」

これは反則である。私だってそのくらいのことは知っているが、最初の最初に自らを『かのシャーロック・ホームズを超える、稀代の名探偵としてその名を轟かす運命の下に生まれてしまった男』と自己紹介したくせにこれはない。

「あいつらは確かにかっこいい。スーツを着こなしたり、謎の格闘技をマスターしていたり、実は怪力だったり、後付け設定でどんどんチートになっていく。それもこれも読者という神の支持を得るために、能力をブーストしていかなければならなかったからだ」

「わ、わかってるよ、そのくらい。けれどそこに突っ込み入れてくるんだったら、自己紹介で、せめて『探偵』にしてよ。『名探偵』なんてフィクションの中でしか見たことも聞いたこともないよ！」

「そうそう、いいところを突いたな。『名探偵』自体も存在しないんだ」

「……え？」

「言い換えれば、誰にとっても『名探偵』と称される探偵なんていないってことだ。誰かが絶体絶命で、それこそ危急のピンチってやつで、もう駄目だってときにどこからともなく現れて、頭がおかしくなるほどの謎を快刀乱麻《かいとうらんま》に解き明かしてみせたやつは、その誰かにとって『名探偵』となるだけさ」

それはそうだが。

いや、間違いなくそうなのだが。

「オレ様はそういう人間になりたいだけだ。できるなら、たったひとりの女の子にそう思われたいだけだ」

聞いた私の頬《ほお》が熱くなった。何を聞かせるのか、この唐変木《とうへんぼく》は――などと思っていたら、

「かーっ、何言わせんだよ、おまえ！」

真っ赤な顔して、ばんばんと私の背を叩き始める罪善くんは、真っ赤になっていた。意外と異性話には純情なのかもしれない。

「とりあえず、おまえ、楠！」

「は、はい」

「今日の放課後な！　調査いくぞ、あの館に！」

命じるように叫んだ罪善くんは照れ隠しのように立ち上がり、そのまま足早に去って行ってしまったのだが――

このときの私はまだわかっていなかった。

この約束が果たされることはない、ということを。

そう――

私と罪善くんは、この時を最後にもう二度と会うことはなかった。

6

それは、純白の封筒だった。

差出人の名前はないが、丁寧に封がしてあり、表にただ「楠乃季様」と記されている。

放課後、昇降口に赴き、怒りとともに下駄《げた》箱を開けたらそれが落ちてきた。なぜに怒りかといえば、罪善くんとの待ち合わせ場所にしていた旧校舎連絡通路沿いにある、人類進化の図の前で三十分以上待っても彼は来ず、仕方なく罪善くんのクラスまで行ってみたら「もう帰ったみたいだよ？」と言われたからなのだが——そんなことは謎の手紙の出現によって一瞬で頭から消え去ってしまった。

普通に考えて、ラブレターとかそういう甘い展開を想像する状況なのだろう。

しかし、なぜかとてつもなく嫌な予感しかしなかった。封じられたのは悪意そのものであるかのような、異様な臭気を放っているような——いや、実際はほのかなよい香りなのだが、私はその香りに覚えがあった。

あの館だ。

あの館の至る所に漂っていた、つんとくる香りがこの手紙に付着している気がした。

周囲の生徒たちに気がつかれないようにそっと手紙を鞄にしまうと、私はひとり図書室に向かった。一番奥の隅《すみ》っこの席につき、誰からも見られないように鞄の中で封筒を開ける。

中には便せんが一枚入っていて——

《ご友人を預かっています》

その最初の一行が目に入った瞬間、激しく心臓が鳴った。

《あそこに放置されても困るのでね。もしも返却を願われるのなら、今夜十二時、館にいらしてください。二階奥にある我が部屋であなたをお待ちしております。　今園愛国》

しばらく自分の見た文字の意味が頭に入ってこなかった。

「ご友人」とは誰のことで、「我が館」がどこを指し、そして「今園愛国」が誰であったか……。ぼんやりとそれらの文字がひらひらと網膜を漂い、やがて濁《にご》った頭の中ですべてが溶け合った瞬間――

静まりかえった図書室に、私の叫び声は響き渡った。

○

「――ずっと、眉をしかめてるっすね」

入学式の後のことだった。ひとりで中庭のベンチにいたら、突然声をかけられて顔を上げると、そこには人好きのするくるくるとした瞳の女子がいた。

「ここ、いいすか？」

彼女は私の隣を指さすと、こちらの返事を待たずに座ってくる。

「校長の話、長すぎっす」

いきなりそんなことを言ってきたけど、私は黙っていた。

「……おまけに怒りを覚えるほど退屈だったっす」

「…………」

「……大人って、どうしてあんな馬鹿なんすかね」

「…………」

思わず顔を向けると、にかりと彼女は笑った。それだけで、ぽんとこちらの心の中に入ってこられたようで、そしてそれがぜんぜん不快じゃないことに、自分でもびっくりする。

それが、七雲恋との出会いだった。

この頃の七雲は、体育会系の部活に入っているわけでもないのに語尾に「す」をつける変わった子という認識しかなかった。しかし、その笑顔はとにかく明るく、どちらかといえば人見知りであった私が一目で好きになれるものだったのを覚えている。

「親って、こっちは親を選べないってことをもっと理解してほしいっすよねー」

「……そうだね」

その言葉は身に染みた。当時、私は母親の再婚した相手がどうにも好きになれなくて、家に居づらくなっていたからだ。別に悪い人じゃない。不潔なわけでもない。無神経なわけでもなく、服のセンスが悪いわけでもない。それでも、どうしても好きになれないのはなぜだろうと自分でも考えるのだが、視線が合うだけでぞわぞわとした嫌な悪寒《おかん》が上ってくるのはどうしようもない。

「──それって、お母さんが変わってしまったからじゃないすかね?」

いつしかそんなことを話してしまっていた私に、七雲は言った。

「お母さんの女の顔を見るのが嫌なんだと思うんすよ。お母さんはお母さんなわけじゃないすか、ずっとわたしたち子供にとって。一方、お母さんはお母さんで新しい男と新しい関係を築いている最中で、どうしたって女として行動しないといけなくなる。それが癇に障《さわ》るんじゃないすかね」

その言葉で、憑《つ》きものが落ちたように力が抜けていくのを感じた。

それから一週間も経たないうちに、私と七雲はいろいろなことを話すようになっていた。

「──お義父《とう》さんとはどうすか?」

「相変わらずだよ」

というか、よりひどくなっていた。嫌って避けているうちに、相手にもそれが伝わったのだろう。向こうも私を嫌い始めたのがわかった。今では名前も呼ばれなくなり、私はあの家で「おい」という名前に変わった。

「なんか、非常に、むかつくやつっすね! 後から来たくせに」

「ホント、嫌。もう限界の限界」

「家、出ちゃえばいいんじゃないすか？　彼氏とかいないんすか？」

「彼氏なんていないし、出て行く場所なんてないよ」

「あー世の中世知辛《せちがら》いっすね……。居場所を無くされるって超残酷なのに」

不思議と七雲とは誰にも言えなかったことまで話せた。また話すことによって、自分の中でもまとまっていなかった考えがかちりと嵌《は》まるように形を成すことを知った。私がひとりでいれば、彼女はいつしか横にいてくれて、明るい笑顔で話を聞いてくれるようになった。

こうも短期間に仲が良くなったのは、私の家の問題もあったが、七雲のいろいろなことが私の理想に近かったというのもあるのだろう。彼女は、私がこうであったらいいのにと思う髪質をしていて、こうであったらいいのにと思う肌をしていた。いつしか七雲のようになりたいと思った。家の鏡の前で七雲の笑い方を真似《まね》してみたこともある。彼女の話し方を真似てみようと思ったこともある。けれど、ぜんぜんうまくいかなかった。当たり前なのだが、七雲は七雲で、私は私だった。

しかし——ある日曜日のことだった。

街に一緒に出かけたとき、ふと七雲が持っていた鞄に気がついた。それは私が欲しくて欲しくて、でもどうしてもお金が足りなくて買えなかったものだった。七雲が着ている服は、私が憧《あこが》れていたブランドのものだった。「それ、かわいいね」そう褒めたけれど、その声は掠れていた。

「ありがと」

七雲の語尾から「っす」というものが消えていることに気がついたのもこの頃だった。彼女の中でブームが去っただけかもしれないが、なんとなくこちらを低く見るような視線を感じて、嫌な気持ちがした。そしてその小さなとげのような気づきは私の中で次第に大きくなっていき、やがて、ひとつの理解へと行き着く。彼女にリスペクトなんて最初からなかったのだ。親切にしてくれていると思っていた彼女の言動はすべて、顔色の悪い野菜の様子を見てみただけだった。かわいいと褒めてくれたノートも「わたしの持っているノートの次に」という枕言葉《まくらことば》が隠されていた。私の仲が良かった友人たちもいつしか彼女の方とよく話すようになっていて、そして——私が密かに気になっていた軽音部の清生くんと七雲がＬＩＮＥの交換をしたことにより、ついに私は自分の気持ちに気がついた。

七雲は味方なんかじゃない、敵だったのだ。

彼女に少しでも近づこうと私は私なりに頑張ったが、そんな私の努力をくすりと笑い、いつだって彼女は私のさらに上を滑空《かっくう》してみせる。

七雲のように話したい。

七雲のように笑いたい。

七雲のように生きたい。

やがて、そうなれない自分を嫌うようになって、だけど自分を嫌うことにも限界がきて——いっそ敵だと規定した方が、ずっと楽に生きることができると気がついてしまった。

だから、私は七雲を殺した。あれしかなかったのだ。私が死ぬか、七雲が死ぬかしかなかったのだ。それのどこが悪いというのだ。

〝今夜十二時、館にいらしてください〟

深夜を待って――

用意していた靴を部屋で履き、私は自分の部屋の窓から外に出た。

闇夜《やみよ》の中、暗い炎を瞳に滾《たぎ》らせ、自転車を飛ばした。

7

軋む床を踏みしめ、すべてが死に絶えたような闇の中を進む。

ここでは、視界も、音も、空気も、時間さえ凍《こお》りついている気がしていた。

この館は、今園愛国が消えた当時から刻《とき》が止まっているんだ――ふとそんな考えが頭をかすめ、これから向かう二階のあの部屋の方角へと顔を向けた。

スマホのライトをかざして進む階段は、どこかが歪んでいるような気がした。ライトに照らされて歪《いびつ》に伸びる影がそう思わせるのかもしれないが、上っていくにつれ、頭が捻《ねじ》れていくようでくらくらとする。

深夜十二時。

ひとりきりで。

人さらいの殺人鬼に呼び出されて出て行くなんて、頭がどうかしている。誰だってそう言うだろうし、自分でもそう思う。けれど、今の私はそんな自分をどこかすごく高いところから見下ろしているような冷静さがあった。すべてが当事者感覚から外れていて、まるで映画を観《み》ているような達観性に包まれているようだった。

二階に上がりきると、廊下の窓から月の光が差し込んでいた。

それは青く、明るい。視界を確保するのに充分であったので、スマホのライトを切ると、それだけで虫の声が大きくなった気がした。

今園愛国──私に手紙を送ってきた、大正時代に生きた華族出身の館の主人。ある日、忽然とこの館から消えたはずの人さらい。その人が、この奥の部屋でいち女子高生に過ぎない私を待っているなんて、誰に話しても信じてもらえまい。

彼は「友達を望んだ」と罪善くんは言っていた。それも最高の友達を。とっかえひっかえ次々に友人候補を館に連れ込み、そのすべてが二度と館から出てこなかった。そうしてこの館は「人が消える館」と噂されるようになった。

皮肉なことだ、と思う。

その噂を聞いた私は、七雲を消そうと思いついたのだから。この館に七雲を連れてきさえすれば、あわよくば消えてくれるのではないか、と思ってしまったのだから。

確かに、この館は本当に七雲を消してくれた。それは望外の出来事であり、奇跡でもあったが、しかし現実問題として少々遅かったのだ。せめて私が殺す前に消えてくれれば、こんなに困ることはなかった。私と出会う前に消えてくれていれば、互いにそれなりに生きていくことだってできたはずだった。私たちはあまりにも同じ方向に生きていた。共に歩むには高校生活という道は狭すぎて、どうしたって肩はぶつかりあってしまう。押されれば押し返すしか、バランスをとる方法はない。

と——そこで、用済みとなったスマホをいつまでも手にしていたことに気がついた。しまおうとしたころ、ポケットストラップがポケットのへりにひっかかる。それは、七雲のものと同じリップ型のスマホバッテリーだった。一度手に取り、渾身《こんしん》の力で握る。

「だから、私が七雲を殺したのは、正しい」

改めてスマホをポケットにしまったところで、廊下の奥へと行き着いた。

それは、今園愛国の部屋の前だ。ふと視線を落とすと、扉の下からほのかに明かりが漏れていることに気がついた。

——いる。

誰かが、この扉の向こうにいる。

少し考えれば、最初からわかったはずだった。この館には、この部屋には、ずっと誰かがいたのだ。そうじゃなきゃ死体がなくなるわけなどなかった。〝青髭〟は今も存在するのだ。この部屋の中には攫われてきた人々の死体があって——その中には七雲の死体もきっとあるのだ。

そう震える手を伸ばし、冷たい真鍮《しんちゅう》製のドアノブに手を触れかけたとき――

扉は向こうから開いた。

すうと音もなく内側に吸い込まれるように開かれ、その向こうにある丸い奇妙な部屋が露《あらわ》となる。薄暗いから部屋の全貌《ぜんぼう》までは見渡せない。けれど、その中央には一脚の椅子がこちら向きに置かれていて、そこで誰かが足を組んでいることがわかった。足下には無造作にランタンが置かれていて、その仄《ほの》かな明かりがその人物の口元を照らす。

そこに、奇妙なカーヴを描く「青色の髭」を認めると同時に、丸みを帯びていると思い込んでいた部屋の真の構造が理解できた。

違う、壁じゃない。

それは、壁を埋め尽くすようにぶら下げられた人々の体だった。

男がいる。女もいる。老人も、学生も、誰もが首に荒縄を巻き付けられ、後ろ手に縛られて高い天井から吊《つる》されていた。その一番扉寄りの場所に、見慣れた制服を着た体を認めたとき、ひくっと喉が鳴った。

「……七雲」

靴下についているデザインでわかった。

それは、私が殺した七雲恋の体だった。

「あなたが、今園……愛国」

震える声を絞り出すと、薄暗がりの向こうで影は頷いた。

「……あなたが、七雲を隠したの？」

それには答えず、彼はしばらくこちらを品定めするように黙って見つめてくる。

「あなたが――」

もう一度尋ねかけた、そのとき。

「ここは、隔離病院だったんだ」

「――え？」

「本家から来た使用人たちは、使用人じゃなかった。ただひとりの患者を診るための、医療施設員だったわけさ」

「その、患者って……まさか」

「そう、僕のことだよ」

今園愛国は悲しげに言った。

「患者――つまり、病気って……これだけの人を殺したから？」

私が吊された人々を指さすと、青い髭を一度触り、彼は悲しげに首を振る。

「いいや、この中のひとりを除いて、だ」

「――そうだろう、クスノキ？」

その言葉と同時に――

音もなく吊されていた七雲が、ゆらりと首を傾けるのを見た。

白濁した瞳で私をにらみつけ、赤い口を開きかけた瞬間、凄まじい声が館に響いた。それが自分の声であると気がついたのは、廊下を駆け抜け、転がるように階段を落ちた後だった。

――殺さなければ、殺されていたんだ。

体を殺すのは駄目で、心を殺すのはいいというのか。七雲は私を「下位交換」と呼んだ。私のアイデンティティをずたずたに殺そうとしたんだ。殺されて当然だ。頭を割られて当然だ。消えて、当然なんだ。

涙とともに溢《あふ》れる言葉をまき散らして、私は起き上がり、玄関ロビーへと駆けた。とにかく外に出ようと思った。大きな玄関扉を開けようと試みるが、それは外から板で打ち付けられていることすら忘れていて開かない。どれだけ力を込めても、叩いても。

体を包む暗闇には、嫌な気配があった。

水のようにぬるく、気配もなく、体中に何かがまとわりついている。

そして、突然のように誰かの気配を横に感じ、私は扉にかけていた手を止め、ゆっくりと顔を横に向けた。

それは、初めて七雲とここに来たときに、強烈な違和感を覚えた大きな姿見だ。

扉に取り付けられた曇りガラスから差し込む月明かりで、ぼんやりと鏡の中の私が浮かび上がる。

――この鏡は、駄目だ。

やはり恐怖がこみ上げてくるが、体は動かない。

何かに強く体を掴《つか》まれているように、動かすことができない。

震える手でポケットの中からスマホを取り出し、ライトをつける。

そうして鏡の中を照らせば、白くまばゆい光が闇を裂くはずだった。すべての不安をかき消してくれるはずだった。けれど、闇の中に現れたのは――

「……ひっ」

どこまでも白く長い腕だった。

そう――今、私の首には誰かの手が巻き付いていて。

その指ごとに異なるカラーで染められたネイルポリッシュでわかった。

「……七雲」

カラフルに彩《いろど》られた爪が私の首にめり込む。その指を私は掴み、外そうと力を込める。

力と力は拮抗《きっこう》する。

「……七……雲!」

口元から漏れた声とともにさらに力を込める。

「おまえなんか」

もみ合うごとに、スマホが天井を照らし、壁を照らす。

「おまえなんか、殺して――」

しかしその光が再び鏡に向かい、私の髪を照らした瞬間だった。

鏡の中に、きらめく銀を見た。

それは私の前髪の中にあり――細く伸びる、ひとすじの髪だ。

ずっと気にしていた、いつの間にか現れる、私の白髪だった。

それを見た瞬間――なぜだろう。

マグマのように煮えたぎっていた憎しみが音もなく消え去っていた。

――私の時間は、流れているのだ。

七雲の刻は止まったのに。愛国くんの刻は止まったのに。この館の刻は止まっているのに。私の時間はまだ流れているのだ。

とめどなく涙があふれ出る。恐怖、哀切、悔恨、苦痛――どこか私の知らないところに封じ込められていた感情という感情が、今、堰《せき》を切ったようにあふれ出てくる。

「おまえなんか……殺して――」

そんなことで。

「殺して……」

いつ生《は》えてくるのかわからない、憎らしい白髪ごときで。

私は、誰かの刻を止めたという、とりかえしのつかない重みを思い知った。

――七雲。

「――殺して、ごめんね」

8

ずっと、ずっと――

もう醒《さ》めないいんじゃないかというくらい長い夢を見ていたような気がする。

どこまでも広く白い世界で、誰かと何かとてもきれいなものについて話している夢だった。夢が終わっても、まだ私の意識は白く濁ったままで、虚空《こくう》をゆるやかに三匹の魚が回遊している。魚たちは互いが互いを追いかけ合うように泳いでいて、私は白く霞《かす》む意識の底で、いいなあと思う。そのゆっくりとしたスピードも、誰かと一緒に生きているという有り様もうらやましい。

本来、生き物とはこうして生きるべきなのだろうか。互いが互いに合わせ、結果としてそれが集団としての動きをひとつの美へと昇華していくかのごとく――

しかし、頬に風を感じると同時に、魚たちはその形を変えていった。白い世界は徐々に様々な色を帯び始め、やがて魚は魚ではなく天井のシーリングファンだと気がついた。

ゆっくりと目を横にやると、少しだけ開けられた窓ではカーテンが揺れている。女性の看護師さんがカルテを手に歩いているのが見えて、ここが病院であることを悟った。

「——ん。起きたかな。おはよう」

声のする方向を見ると、優しそうな顔の男の人が椅子に腰掛けるところだった。

自分がベッドに横になっていることに、ようやく気がつく。

「さて、名前は言える？」

……私。

……私の、名前……たしか——

「……七雲。七雲、恋」

「ああ、そうだね」

しかし、男の人は微笑んで言った。

「でも、そっちの名前じゃなくて、もうひとつのほうも聞きたいな」

——もうひとつ？

その言葉を聞いた瞬間、どこか大きなお屋敷の中庭に伸びるクスノキが脳裏いっぱいに広がった。

濃い緑に、鮮やかな木漏れ日に、視界が滲《にじ》んでいく。

——誰かに苦しみを聞いてほしかった。

——本当の友達がほしかった。

そんな声がどこかで響き、それだけで私はすべてを理解していた。

「……私は、楠——楠乃季です」

○

「まあ、そういうことだ」

お母さんと担当医が手続き関連で病室から出て行くと、見舞いに来てくれていた担任の粉村哲男はぽつりと言った。

「おまえの治療には、別の人格を否定することが一番よくない——というのが一番頭を悩ましたところでな」

その口調はいつもよりゆっくりでどことなく優しい。粉村は相変わらずのジャージ姿で、居場所がなさそうに無精髭を撫でながら、少しずつ語ってくれた。

「入学してすぐ、俺たちはおまえの症状のことをお母さんと担当医さんに聞いた。で、学校で対応を協議した結果、みんなでなるべくおまえに合わせようということになったんだ。いや、俺だってずいぶん勉強したんだぞ。結局、この俺が十数冊も本を読んじまった。中坊から十五年、バスケ一筋のこんな俺がだぞ?」

照れくさそうに言われて、私もつられて微笑んでしまう。確かに、漫画にでも出てきそうな、超テンプレートな「体育教師」である粉村が本を読んでいる姿は思い浮かべにくい。

「とにかく、おまえの場合『別人格を別人格だと思っていない』ということが問題だった。これは専門家によっていろいろな見方があるが、ときに子供になったり、異性になったり、年齢まで違ったり、筆跡まで違うこともあるらしい。類型に分ければ、主人格に対しての、迫害者、保護者、自己救済者、管理者など、役割はそれぞれあるらしいんだが――あ、ここまではわかるか？」

「……うん」

なぜか、さっきまで聞いていた担当医の先生の説明よりもずっとわかりやすい。

「つまり、私と七雲は同じ人間であった……ということ、だよね」

「ああ、そうだ。たぶん、七雲っていうのは、最初は苦しんでいたおまえを救おうとして現れたんだろう。けど、そのうち現実との折り合いがつかなくなっちまったんだな。おまえの望みを先に叶《かな》えていくキャラクターへと変化した。それは本来、楠乃季自身の望みであって、当然おまえは面白くない。そこから、次第に『敵対者』へと変わっていったんだ」

専門家でもないのにどこか断定的になった口調に、

「それもお医者さんが？」

と尋ねると、粉村は恥ずかしそうに「あ、いや」と首を振った。

「まさか、先生の考え？　本で勉強して？」

「いやいや……実はB組の罪善から聞いた」

「……あ」

「あいつは、最初からわかっていたみたいだなあ」

そこで粉村は、上着の内ポケットから使い古した手帳を取り出した。

「まあ種明かししちまった以上、読み上げたほうが早いな。えーと、罪善から聞いたことを伝えるぞ。おまえが気を失っていたあの館の元の主は今園愛国。大正時代に行方知れずとされているが、殺されている可能性が高い。すでに警察には伝わっているからまもなくわかると思うんだが、中庭にあるクスノキの下にいる、とやつは言っていた」

「……殺され？　て、クスノキ？　あの庭の？」

初めて罪善くんと会ったとき、大きな虫眼鏡で執拗にあの樹木を調べていたこと。喫茶店で「館で人がいなくなる謎の目星」と言っていたことを思い出す。

「あの館は当時の華族が建てたもので、その理由は一族から出た異端者——つまり今園愛国を治療・隔離する施設であったそうだ。愛国が隔離されたその理由とは『他人となること』だと罪善は言っていた。あの館にはいろんな噂があるんだってな。人が消えるとか食われるとか。その噂の元になったのは、様々な客人が館に招かれたにも拘《かか》わらず、客人が館から出て行く姿を誰も見ていない、という事実に基づく。それがどういうことかといえば——」

「……ああ」

そうか——そういうことなのか。

「そう、館に招かれた、老人、男性、女性、学生——そのすべてが今園愛国その人であったことに由来するんだ。ただの変装趣味で済んでいるうちはまだよかったが、それが近隣の噂となり、華族家に対する誹謗《ひぼう》となった頃から放置しておけなくなった。折しも、その今園本家は皇族との縁談が進んでいた時期でもあったらしいんだな。それで愛国に館を与えて隔離したわけだが——しかし、彼は館に来てから、より変装趣味が高じてしまった。まあ罪善に言わせれば、理想の友達を求めるあまり、自ら自分の友人となってみせたらしいんだが——後はわかるな？　本家には時間も余裕も無く、愛国は封じられた。館の使用人たちによってね。それが、あのクスノキの下だそうだ」

「罪善くんは……どうしてそれがわかったんですか？」

「先生もそれ訊《き》いたんだがな、鼻で笑われたよ。おまえ馬鹿か？ってさ」

ついくすりと吹き出すと、粉村も笑いながら固い髪をがしがしと掻く。

「まったく。あいつ教師のことを教師とも思ってねえ……まあいいや、オレは格別自分が頭いいとも思ってないからな。とりあえず、あいつの台詞だ。『んなの、一目瞭然《いちもくりょうぜん》だろ！』『あれだけある庭の樹木の中で、あのクスノキだけが原産地が違う。それは、あれだけが別の時期に別の場所からある特定の理由によって植えられたからだ！』ってさ」

……はあ。

そんなことが一目瞭然なのは、罪善くんだけだろう。というか、彼は——本当に探偵であったのか。そんな特殊な子が、こんな普通の公立高校に存在したのか。

そのことを尋ねると、

「あれ？　おまえ、まだ何もわかってなかったか？」

粉村は目を大きくして、パイプ椅子に座り直した。

「いかんな、俺。順序立てて説明せんとは、教師失格だ。いいか、楠。罪善はおまえを助けるためにやって来たんだぞ」

「……え？」

「おまえは七雲という人間を殺したと思い込んでいた。自分は殺人者だと。しかし、本当はそうじゃないことはみんなわかっていたんだが、別人格の存在を否定せずにその誤解を解くことが難しくてな。おまえのお母さんも俺も担当医さんも困っていたときに、あいつが一芝居うちたいと相談してきた。楠をあの館に呼ぶ。七雲を預かっているから取りに来い、という手紙を書くって」

……ああ。

そうだったのか。あの手紙も、今園愛国から来た手紙も、いや——「青髭館」の噂自体も……すべて、罪善くんが私に向けて作った仕掛けだったのか。

あれ、でも——

「あの、先生。罪善くんは前に言っていました。今園愛国の部屋に鍵をかけたのは自分だって……あれはどうしてですか？」

そう尋ねると、ええと、と粉村は手帳のページをぱらぱらとめくる。

「ああ、これか。あの部屋には幾つかまだ今園愛国のものが残されていたから、らしい」

「……え？」

「あの部屋にはでかいクローゼットがあってな、その中に、男物、女物、老人風、学生の着そうなものまでずいぶんあったみたいだ。まあ、ほとんど古くて虫食い状態で着られる状態ではなかったらしいが」

そこで少し言い淀《よど》んでから、粉村は言った。

「ほら、おまえを呼び寄せたとき、あの部屋で何か見なかったか？」

「……見ました」

それは、部屋に吊された無数の遺体の光景だった。

「あれは全部、罪善がただ服を人型ハンガーにかけて吊しただけさ。うちの女子の制服はクラスメイトに借りたらしい。とどめにあいつは偽髭までつけて椅子に座っていたってわけ。それらはすべて、あの部屋をいかに劇的におまえに見せるかという演出だったんだろう。だからあいつは、そのときがくるまで部屋に鍵をかけた。その甲斐《かい》あって、おまえはまだ今園愛国があの館にいると思い込んだろう？」

——思った。

でも、そのおかげで、私の中で現実と虚構が溶けたのだ。七雲と私が溶けたのだ。

溶けた――精神医学用語で何と言うのかはわからない。けれど、罪善くんが現実と虚構の垣根《かきね》を取っ払ってくれたおかげで、七雲恋と楠乃季は溶け合った。どちらが主人格ということもない。ふたりでひとつの体を奪い合う異常事態は終わりを告げたのだった。

「あの、先生」

無性にあの笑顔が懐《なつ》かしくなって、私は尋ねる。

「今、罪善くんはどこに？」

すると、粉村はなぜか言いづらそうに髪をかきむしった。

「あ、ええと、あいつなら――もうおまえの窮地を救ったからな、次の事件に向かったんだろう。もうこの学校には来ないと思うよ」

「……え」

「本日付で、罪善葦告は転校した。また縁があったら会えるだろう。その、元気でやれと言っていたぞ」

そのとってつけたような台詞に、ふと奇妙なざわつきを覚えた。

それは、いつかどこかで感じたことのあるもので――

ああ、そうだ。

それは、初めてあの館に入ったときに感じた違和感に似ていた。

今ならよくわかる。あの館での違和感とは、置き捨てられたガラス家具に由来した。薄暗い室内でガラスは鏡のように反射率が高まり、鏡のようになる。そこには、館をひとり探索する私が常に映し出されていて、七雲と探索しているはずの自分と明らかに矛盾《むじゅん》していたから生じたものだった。そしてそれを決定的にしたのは、ロビーにあった大きな姿見だ。だからこそ、すべてはあの姿見の前で終結したのだけれど――

しかし、なぜなのだろう？

今、あのときの違和感と同じ何かが粉村の言葉に感じられていた。

「……ちがう」

私は、粉村に向けてというより、独《ひと》り言《ごと》のように呟く。

「先生、それは……何かが嘘だよ」

粉村の言葉には、どこからか温かな嘘が混じっている。それはどこだろう？　そして、なぜだろう？　ここまでこの病室で語られた粉村の言葉を、ひとつひとつ思い出そうと顔をあげ、天井を見上げたときだった。

あのシーリングファンが目に入り、その瞬間――さっきまで見ていた夢が鮮やかに思い出された。

「――なあ、ジル・ド・レってどんなやつだと思う？」

そう――

あのどこまでも白く霞む世界で、あの子は言っていた。

「神の名の下に戦った盟友・ジャンヌを殺されたジル・ド・レは神を恨み、悪魔に魂を売った——とまあそういう解釈が有名だが、しかしやつの前半生を知るとそうとばかりも言えない、とオレ様は思うわけだ」

私と変わらない背丈《せたけ》の罪善くんは、得意げに胸をそらす。

「ジルくんには、ジャンヌと出会う前から少年趣味があったって記録もあるからな。ま、やつの場合、爺《じい》さんからそういう趣味は受け継いでいるらしいし、あの時代、男色《だんしょく》がそれほど咎《とが》められるものであったかって問題もあるが——何にしても、ジルくんが百年戦争後に繰り返した大量殺人はけして許されるものじゃない。戦争でたくさん殺すことはけして咎められないくせにって問題があったとしてもだ。ただ——」

オレ様はこうも思うんだ、と手をさしのべてきたので、私は自然にその手をとってしまった。

「ジャンヌと出会う前からいろいろと問題のあったジルくんの前に、神の声を聞いたという少女が現れた。ただの農民の娘に過ぎなかった彼女は、甲冑《かっちゅう》に身を包み、旗を振り、ついにフランスほぼ全土からイギリス軍を追い払うという奇跡に近い戦果をあげた。その細い背中を見つめ続けたジル・ド・レは、何を思ったんだろうなって」

「……憧れ？」

「いいや、ちょい違うんだぜ。まー確かに、ジルくんがこの戦いで活躍したのも、意気消沈していたフランス軍が勇猛さを取り戻したのも、オルレアンの少女の鼓舞《こぶ》によるものだと思うが、オレ様的解釈だと、ジルくんはジャンヌの背中に青空を見たような心地がしたんだと思うんだ」

「青空……？」

「ああ、前に言ったよな？　悩んで悩んで選び取った選択が正しかった、なんて感じる瞬間——人生という航路の先が一面の青空に包まれているような心地がするはずだって。それがきっと運命なんだって。人は運命なんて、あるかないかもわからないものを感じた瞬間、自分の今までの苦しみや葛藤《かっとう》がすべて肯定されたかのような全能感を味わうんだぜ」

あっけにとられていると、彼はおさまりの悪い髪の毛をがしがしと掻き回しながら「まあ、けどな」と付け足した。

「歴史的事実としては、ジルくんはただの殺人鬼だ。けどそれはジルくんは生き残り、ジャンヌは死んだからだ。人間の善性を発揮した瞬間に死ねば聖女であり、悪性を発揮したとき死ねば悪魔扱い——それがこの世界の真理であり、人なんて誰でも悪魔でも天使にでもなり得るってこと」

「つまり——」

私は、後を引き取って言った。

「つまり、私は、運良く何かに引き留められたってこと」

「訳知り顔のやつは、そいつを『内的守護者』とかって呼ぶがな」

「それが」

夢の中で、静かに涙が頬を伝っていた。

「あなただったんだね、罪善くん」

私は頭の中にふたつの人格を持っていた。家に居場所をなくし、いつしか心の中に友人を作り、友人と遊び、友人を殺した。そんなことで苦しんで苦しみ抜いて、周りに迷惑をかけて、そして――また自分の中に新たに作った友人に救われる。

どこまで――

私は、どこまで壊れているんだろう。

手の甲に涙がこぼれ落ちた、そのとき。

「おまえは、ホント馬鹿だな」

罪善くんは、呆《あき》れたような顔で言った。

「いいか、よく聞け。そしていいかげん覚えろ。オレ様はおまえの友達でも守護者なんかでもねえ」

ぐいと引き寄せられ、耳元で告げられる。

「誰かが絶体絶命で、それこそ危急のピンチってやつで、もう駄目だってときにどこからともなく現れて、頭がおかしくなるほどの謎を快刀乱麻に解き明かしてみせた――ただの〝名探偵〟様だ」

その言葉が最後だった。せり上がる嗚咽《おえつ》に泣き笑い状態になってしまった私の頭に、罪善くんの手が優しく置かれた瞬間、夢は覚めたのだった。

「……おい、楠？　大丈夫か？」

いつしか粉村が心配そうに声をかけていたが、私の耳元には罪善くんの声がまだ響いているような気がした。

その言葉に導かれるように、病室の窓に目をやる。

空は、パレットの上で灰と黒と白の絵の具をごちゃ混ぜにしたような雲が渦巻いていたけれど、水平線近くでは雲間から光が差し始めていた。

そこから覗《のぞ》けていたのは、そう——

高く、突き抜けるような、蒼。

古野まほろ

『文化会館の殺人――Dのディスパリシオン』

古野まほろ（ふるの・まほろ）

二〇〇七年、故・宇山日出臣氏に絶賛され『天帝のはしたなき果実』で第三五回メフィスト賞を受賞しデビュー。「臨床真実士ユイカ」シリーズなどで、伏線と論理にこだわりながら青春小説としても高い評価を受け、時代を超えて若い世代の支持を集めている。

I

東京都、吉祥寺《きちじょうじ》。
高校は冬休み期間の、とある日。
井《い》の頭《かしら》文化会館。
メインホールが一、四五〇席。サブホールが六二四席。
今使われているのは、サブホールの方だ。
東京都高等学校アンサンブルコンテスト。
吹奏楽の、夏のコンクールとならぶ一大行事。
今日は、そのアンコンのうち、金管《きんかん》部門の本番だ。
東京都の金管部門だけで、七一チームが出場する。
結果は、金・銀・銅の、三種類で発表される。
うち、金の評価が獲《え》られるのは、七一チームのうち、四分の一くらい。
けれど、全日本大会に出られる『ゴールド金・代表』は、わずか三チームと聴いた。
七十一分の、三――

狭き門だ。

入試間近、卒業間近の行事でもある。

夏の『吹奏楽者の甲子園』とならんで、出場する高校生たちには、夢と野心があるだろう。さらに、あえて三年生で出るとあらば、もっと期するものが。

ただ……

……午前九時三五分過ぎ。

都立・吉祥寺南《きちじょうじみなみ》女子《じょし》高等学校の演奏が終わったとき。

私は隣席の巨漢をうながして、次の演奏が始まる前に、サブホールを出た。

隣席の巨漢も、私の意図を察《さっ》したようだ。すみません、すみませんと身をかがめながら、灯《あか》りの締《しぼ》られたサブホールの通路を、脚早《あしばや》にくぐりぬけてゆく。そのまま、ホールにありがちな重い二重扉を、私のために開けてくれる。

私達ふたりは、関係者や父兄でざわざわしているホワイエに出ると、約五分強ぶりに言葉をかわした。

「……唯花御嬢様《ゆいかおじょうさま》」友崎《ともさき》警視がいう。「なんというか、その、可哀想《かわいそう》でしたね」

「あら」私は雑談としていった。「機動隊上がりの猛者《もさ》でも、そんな顔をするのね。あなたがそこまで悲しそうな顔をするなんて、たぶん初めてだわ」

「いや、俺のフィールドでいえば、剣道でもそうですけどね。朝一発目っていうのは、それだけでプレッシャーですよ」

「諾《だく》。籤運《くじうん》が、激しく残念だったわね。午前九時三〇分開始の大会で、なんとトップバッター、だなんて」

「会場とギャラリーが温まっていないっていうのは、それだけで不利なもんです。あと、なまじ地元の利があるのもよくありません」

「諾、典型的に諾。というのも、ここ井の頭文化会館といえば、吉南《きちなん》女子高校のショバ。学校直近のホール――コンクールやコンテストじゃなくっても、よく演奏をする会場だっていっていたわ」

「そういうのは、ここ一番では、嫌な緊張感を刺激することがあります」

「ま、剣道六段の友崎警視にあっては、微塵《みじん》も感じないようなプレッシャーでしょうけど」

「唯花御嬢様。ここ一番でプレッシャーを感じない奴《やつ》は、初心者かマル精ですよ。

これは臨床心理学者にして社会心理学者の、御嬢様の御専門ですが――『恐怖を感じる』っていうのは、人間のいちばん原始的で、しかも重要不可欠な感情ですからね。そこで」

「闘争か逃走か《ファイトオアフライト》」

「そうです、闘争か逃走か。最も原始的で、原初的な脳が刺激される。そのとき」

「克己《おのれにかつ》。それが剣道であり――」

「――この場合は、吹奏楽でした」

……吉南女子のホルン四重奏は、私がリハーサルで聴いた平均値では、四分三〇秒の曲を演奏する、はずだった。

『真夜中の喇叭《らっぱ》』というアンサンブル曲だ。

そして実際、四分以上は演奏していた、と思う。

と思う、というのは――

きっと、私も友崎警視も。

いや、会場を埋め尽くしている六〇〇〇人以上も。

気の毒で、最初の数秒以上は、聴いていられなかったからだ。

――この、『真夜中の喇叭』という曲。

ホルン四重奏曲だから、吉南女子の、ホルンパートの選抜メンバーが出る。

吉南女子といえば、全国大会常連の――甲子園常連校のイメージでいい――吹奏楽名門校。さらに、その選抜メンバー四人だ。だから、サブホールの六〇〇〇人以上からは、格別の熱気と期待と、ある種の意地悪な集中力が、舞台の四人に集まっていた。

さて、どんな演奏を聴かせてくれるのか、と。

まさか東京大会ごときで、吉南女子が落ちるはずはない、と……

そして。

私と友崎警視が、縁あってリハーサルを聴かせてもらったかぎり、四人の演奏は、まさかその熱気と期待と集中力を、裏切るものではなかった。

ただ、今の本番は……

「本番には、魔物が棲《す》むといいます」

「それは往々にして、自分のこころが生み出したオバケなのだけどね」

――あの、『真夜中の喇叭』という曲。

冒頭は、一番奏者のソロだ。

いや、ソロというほどでもない。

譜面《ふめん》としては、D《デー》の音を数拍、伸ばすだけだ。

――私はピアノを嗜《たしな》んでいた。だから分かる。そのD《デー》の音というのは。何の変哲《へんてつ》もない、普通にシドレと上がってゆくそのDの音。吹奏楽風にいえば、ドレミか。というのも、リハーサルで分かったのだが、吹奏楽読みでは一音、イタリア読みがズレるから。

一番奏者は、冒頭、そのD《デー》を数拍、伸ばす。

クレッシェンドもデクレッシェンドも、まさかグリッサンドもありはしない。High-Dでもない。あえていえば、とても美しい弱音《ピアノ》であることが必要だったが――しかし、美しい弱音《ピアノ》を響かせることこそ、音楽者の基本で、目標だ。

そして、一番奏者の弱音《ピアノ》のDに乗せて、他の三人がゆっくりと音を、旋律を重ねてゆく。

（一番奏者の娘《こ》。あの子。名前は確か）

……御殿山《ごてんやま》さんだ。御殿山絵未《えみ》さん。

最初に、その絵未さんがDを伸ばす。

そこへ二番奏者の、確か、五日市美智子《いつかいちみちこ》さんが重なる。すぐに三番奏者・緑町椎菜《みどりまちしいな》さんと、四番奏者・境南輝美《きょうなんてるみ》さんが入ってくる——

——彼女たちは、この曲を、何十回、いや何百回繰り返したろう。

縁あってリハに招かれた私達が聴いたのは、たった三度だけだが。

（まさか、一番奏者の御殿山さんが、最初の一音を、あざやかに外すとは）

……あまりに意外なので、あえていうが、それはとてもシンプルなDの音。

熟練の吹奏楽者が、まさか、外すはずのない一音だ。

D《デー》の、突然の欠落。

そして、その瞬間。

私はサブホールの六〇〇人以上が、まさに凍《こお》りつくのを感じた。ある意味、殺人的に。

——それはそうだ。

『真夜中の喇叭』は、絵未さんの最初の一音がなければ、始まらないのだから。

……そのときの、あの舞台の白々《しらじら》とした輝きに浮かび出された、四人の姿。

コンテスト最初のチームの、最初の一音が、あざやかなまでに、外れた。

もう、どうにもできない。

あわてて二番の五日市さんが入り、三番の緑町さん、四番の境南さんが楽曲を続けてゆくけど……

正直、三人が三人とも、あまりの事態に、何を吹いているのか分からなかったと思う。

もちろん、当の絵未さんも。

見るに堪《た》えない、というのは、ああいう舞台をいうのだろう。

みっともない、などという意味ではない。可哀想すぎて、ということだ――

「どうですか、とは？　御嬢様」

「楽屋《がくや》は確か、地下一階の、ええと1楽屋ですから、元気づけに。

御嬢様はカウンセラーですし。御招待のチケットをもらったお礼も、あります」

「たぶん楽屋は引き払って、もう荷を纏《まと》めているはずよ。確か、そんな進行表だった。

そしてあと七〇校あるのだから、単純計算で、結果発表は午後六時を過ぎるはず……

彼女たち、いったん、吉南女子に帰るんじゃないかしら。今年この金管アンサンブルに
出るのは、吉南女子では、彼女たちワンチーム四人だけだし」

「……そういえば、もうワンチームは木管楽器で、明日本番だそうですね。

ということは、今日は。

おなじ学校の奏者もいないし、ライバル校の演奏を聴くって心境には、なれない」

「友崎警視。

私は論文を幾つか持ってきているから、ここのホワイエで、ちょっと時間をつぶしてみるわ。あなたはさっきから吸いたくて吸いたくて堪《たま》らない、そのホープでも二、三本消費

してくればいい。そのあいだに、四人の誰かと出会えるかも知れないしね」

「お見透しでしたか。いやあ、最近の公共施設ってのは、ナチュラルに全面禁煙で」

「じゃあ、ここらへんに座っているから、もしあなたの方で誰かを見掛けたら、特段の注意を払って任意同行するのよ――」

彼女たちにとっては、生きるか死ぬかの舞台で、まさに死んでしまったのだから」

「死んでしまった、ですか。

いえ、それは解《わか》ります。真剣勝負、でしたからね」

「あなたがそれを解ることのできる武芸者で、よかったわ――そう、真剣で死んだのよ」

「ただ、人生はながい。十年二十年が過ぎれば、笑い話になる」

「それは、あなたが四〇歳近くを生きてきたからいえる軽口《こ》ね」

「確かに。そして十七・十八の娘のカウンセリングなら、二〇歳の御嬢様が適任ですね」

――では。

友崎警視は、飄々《ひょうひょう》と、それでもどこか悲しげな脚どりで、文化会館の外へ出ていった。

私はトートバッグから、義務的に読まなければならないトリビアルな論文を採り出し、読んでゆく。

数分かが、過ぎたとき――

「あっ、本多《ほんだ》先生」

「唯花でいいわ――五日市さん」

「あっあたしも美智子でいいです、唯花先生」

文化会館の、舞台裏からオモテ側へ出てくる通廊《つうろう》からやってきたそれは五日市美智子だった。吉南女子ホルン四重奏・二番奏者の美智子さんだ。

「あっ、あの……」

「どうしたの？」

「いえ、あの、せっかく唯花先生にも来ていただいたのに、あの……」

「ううん、私の井の頭大学は、知ってのとおり御近所だし、散歩ついでよ。それよりも、よく頑晴《がんば》ったわね。最後まできちんと演奏したの、立派だったわ」

「……そういってくださる方、唯花先生が初めてです」

「無理もないわよ。皆《みんな》、意地悪で黙っているんじゃないわ。あの強豪の吉南女子が――っていう衝撃で、どう接していいのか、分からないのよ」

「あたしたち……あたしたちは、その、確かにビックリしましたし、まさか、って思いましたけど……コンクールやコンテストはイキモノですから。ハプニングはつきものです。だから、もう落ちこんではいません。

ただ」

「ただ？」

「やっぱり、絵未先輩は……」

「一番奏者の、御殿山さんね？」

「すごく責任を感じてしまって……」

「——もし私でよかったら、お話をさせてもらってもいい？」

「はい、唯花先生は、井の頭大のセラピスト先生だから、ぜひお願いしたいんですけど」

「何かあったの？」

「それが、絵未先輩、楽器とか譜面とかと一緒に、文化会館からいなくなってしまって」

そこへ、吉南女子の制服を着た娘がふたり、合流した。

三番奏者の緑町椎菜さんと、四番奏者の境南輝美さんだ。

「あっテルミ」美智子さんが叫ぶ。「どうだった？」

「ああミチコ、やっぱり駄目」輝美さんが首をふった。「どこにもいらっしゃらないわ。確かにひろい施設だけど、あたしたちが使う部分って、すごくかぎられるし……1楽屋はもう、次の学校に明け渡さないといけなかったし……」

「あたし、お手洗いとかも」椎菜さんがいう。「ぜんぶ確認して回ったんだけどね」

「……やっぱり、椎菜先輩の方も駄目でしたか」

「うんミチコ。絵未ったら、どこにもいないわ」

——私は四重奏者の関係を整理した。

一番の御殿山絵未さんと、三番の緑町椎菜さんは、三年生だ。

二番の五日市美智子さんと、四番の境南輝美さんは、二年生。

そしてどうやら、一番奏者の絵未さんは、文化会館からいなくなってしまったらしい。

D《デー》の音に続いて、その奏者が、消失してしまったのだ。

「あたし、絵未先輩が舞台袖《そで》から駆け出していってしまったとき」美智子さんが続ける。「なんだか、すごく嫌な予感がして……今もする……

だって、すごくおつらそうだったもの‼」

「解るよ、ミチコ」二年生コンビの輝美さんも続ける。「ものすごく思い詰めたような、それこそ自殺……じゃなかった、飛んでもないことしてしまいそうな、悲愴な、壮絶な、悲しい顔されていたし」

「楽器ケースとかと一緒に消えた、っていうことは――」

ひとり残された三年生の、だから絵未さんと同級生の、椎菜さんがいった。

「――たぶん、吉南女子に帰っちゃったんじゃないかな。ただ、急いでいたわね。だってスクールボストンは残っているもの、ほら」

「だったら、お帰りになったかもですね」美智子さんは心配そうに。「ええと、本番が終わって、あれから……実はあたしあれから、絵未先輩のお姿、ほとんど見ることができていないんですけど……椎菜先輩はどうですか？」

「あっ、そういえば、ミチコしばらくいなかったね」椎菜さんが答える。「あたしとテルミは、『絵未大丈夫かなあ』なんて話をちょっとしてから、1楽屋に帰ったんだけど。そのまえに、絵未つかまえて、笑い飛ばしておけばよかったかなあ。舞台を下りるとき、一瞬だけ話せたから、それらしいことはいったんだけど」

「で、椎菜先輩が1楽屋に帰られたとき、絵未先輩は……」

「もういなかった。ていうか、1楽屋は無人だった」

「あたしも確認したわ」輝美さんがいった。「あったのは、あたしたちの楽器ケースとかと私物だけ。あたし、絵未先輩が楽屋出るとき、どこに楽器ケース置いたかとか、結構憶《おぼ》えていたんだけど、スクールボストン以外、お荷物が丸ごとなかったの。ハッと気付いて見たら、楽屋の机に置いてあった、絵未先輩のペンケースすらなかったわ。もちろん、メモとか伝言もなかった。そもそも、紙がないわ。


でしたよね、椎菜先輩？」

「だったわねテルミ、一緒に確かめたとおりよ」

「あれっテルミ」美智子さんが訊《き》く。「アンコンの『進行表』は、残してあったはずだけど。ていうのも、その、あの……当然、タイムテーブルで結果発表の時間、確認しないといけなかったし……じゃなかった、いけないから」

「そういえば、進行表は見ていないわ。椎菜先輩は御記憶にありますか？」

「どこかに仕舞《しま》っちゃったのかしら。確かに1楽屋にはなかったわね。


ただ、とりあえずは絵未よ――

さっきいった感じで、1楽屋は無人、楽器ケースすらない。

で、胸騒ぎを憶えて、すぐテルミに頼んだの。絵未を捜してって。だからテルミは、楽器も携《たずさ》えたまま素っ飛んで行った――

確かそのあと、すっごくおろおろしたミチコが入って来て」

「そうです、確かに、1楽屋で椎菜先輩とお会いしました。

そして確かに、あたし、すっごくおろおろしていたと思います。

だってあたし、本番が終わった舞台袖でのことですけど、最後に絵未先輩の瞳《ひとみ》を盗み見たとき、もう、自分が死にたくなるほど悲しくなって……だからそのあと、どこをどう動いていたのか、自分でもよく憶えていないんです。

あたしたちの1楽屋へ帰る道すら、なんだか全然、分からなくなっていたほどで……」

「で、あたしは、とうとう帰ってきたミチコにも頼んだ――『絵未を捜して』って」

「そうですね椎菜先輩。ていうか、先輩とあたし、ほとんど同時に1楽屋を出ましたけど」

「顧問の先生とかは、いらっしゃらないの？」

「それが、唯花先生、吉南女子はかなり自由な校風で、部活も生徒主導なんです。だから、ホールにいる友達とかをのぞけば、今朝の『関係者』は、あたしたち四人だけ」

「もちろん、そのホールに絵未さんがいる――ということはない」

「楽器入りの楽器ケース、譜面、譜面台をぜんぶお持ちですから。それでホールに入ったり座ったりするのは、ちょっと無理です」

「なるほど」

――三人のホルン奏者は、みんな蒼白《そうはく》だ。

無理もない。

他の誰がどう感じようと、他の誰が何と言おうと。

御殿山絵未さんの主観としては、死にたくなるような、死んでお詫《わ》びがしたくなるような、そんな大失態を演じてしまったのだ。まさに友崎警視がいっていたとおり、真剣勝負の死。思い出として笑い飛ばすには十年二十年を要する、そんな青春の恥辱《ちじょく》……するとそこへ。

恐らくホープを三、四本は満喫《まんきつ》して、御満悦《ごまんえつ》の友崎警視が帰ってきた。

しかし流石《さすが》に、四〇歳近くで警視にまでなった警察官だ。

三人のホルン奏者と私とをつつむ、異様な雰囲気をすぐに察知した。そしていった。

「……御嬢様。御様子からすると、容易じゃないトラブルのようですね？」

「まだ事案詳細不明だけど。

あなた、管轄の吉祥寺署には、幾つか貸しがあったはずよね？」

「正確には、御嬢様と小職でつくった貸しですが、はい」

「行方不明者の捜索、してくれる？　それも、急いで。

女学者なり、女子高生がオモテからお願いしても、きっと体捌《たいさば》きされてしまうから」

「了解です、御嬢様。確認ですがそれは――『御殿山絵未』さんでよろしいですね？」

「諾《だく》。すぐに危惧《きぐ》を共有してくれて嬉《うれ》しいわ。

他害のおそれはないけれど、自傷のおそれ、悪くすると自殺のおそれがある。

彼女の魂は、今のところ殺されてしまったし――

――それを癒《いや》す機会を、永遠に殺してしまうおそれがある、彼女自身で。これぞまさに警察の出番よ」

「状況が状況ですから、あそこの副署長にすぐお願いして、PB勤務員を動かしてもらいましょう、あとPCも」

「あ、あたしたちは……どうしたら……」

依然として動揺している、五日市美智子さんが訊く。

すると、緑町椎菜さんがいった。

「ミチコ、テルミ。あたしたちは吉南女子に帰りましょう。撤収よ。ここには楽器とかを保管してくれる場所はない。そしてどのみち、吉南女子で絵未をお説教しないといけない。

そして絵未がはやく見つかれば見つかるほど、友崎警視や吉祥寺署さんに、迷惑を掛けないですむ――

――三人いるから、コースを変えた方がいいわ。

あたしはバスで、吉南女子にそのままゆく。

ミチコは、悪いけど電車で駅前まで出て、ぐるっと捜してから合流して。

テルミは、これも悪いけど、徒歩で学校まで、パトロールな感じで歩いてみて」

はい先輩、と体育会系らしい声で、二年生ふたりが答える。

「みんな、捜している側が事故に遭《あ》ったら、絵未さんが悲しむわ」私はいった。「それぞれ、交通事故とかには十分気を付けてね。何かあったら、これ、私のスマホの番号とアドレス。遠慮しないで、すぐに連絡して。この友崎警視と一緒に駆けつけるから」

はい先生、と体育会系らしい声で、ホルン奏者三人が答える。

「あと、絵未さんのスクールボストン。私と友崎警視が責任をもって預かるわ。あなたたち、自分の荷物以上のものは搬《はこ》べないでしょうから。

じゃあ友崎警視、お馴染《なじ》みの吉祥寺署へ、貯《た》まった貸しを引《ひ》き剝《は》がしにゆきましょう」

「臨床真実士の直訴《じきそ》じゃなきゃ、確かに門前払いの事案ですからね」

「警察自身がなんていう開き直りをするの。それから、そのヘンテコリンな綽名《あだな》はやめて頂戴《ちょうだい》。

そもそも警察は、もっと、最悪のことを想定して動く癖《くせ》をつけた方がいい——最悪のことをふせぐためにね」

——女子高生三人と、女学者ひとりと、警察官ひとりが文化会館を去って。

一時間も過ぎないうちに。

御殿山絵未が投身自殺をした、というメールが入った。

吉南女子の校舎四階から飛び下りて即死、というメールだった。

II

【二番奏者・五日市美智子の手記】

友崎警視さんに頼まれたので、あたしが知っているかぎりのことを、文章にします。

あの、アンサンブルコンテストの朝。

絵末先輩は、確かに、不安そうでした。

絵末先輩は、吹奏楽の強豪校・吉南女子で、アンコンの選抜メンバーに抜擢《ばってき》されるひとです。腕前というか、技倆《ぎりょう》というか、とにかく都下随一《ずいいち》のホルン吹きだということは、間違いありません。たぶん、全国的にも。いってみれば、甲子園のスタメンですから。

ただ。

たぶん御存知でしょうが、吉南女子は、夏のコンクールで、全国大会への切符を逃しました。

金賞は獲《と》ったけれど、出場権はない、いわゆる『ダメ金』という奴です。

それは、あたしたちの実力がそうだったから。

だから、コンクールに出ることができた部員は、悔《くや》しいけれど、これは皆《みんな》の問題だということで、納得をしていました――

――恐らく、絵末先輩以外は。

絵未先輩は、これも信じられないことだったのですが、夏のコンクールで、ソロを失敗したのです。

あたしは二年生なので、絵未先輩とは二年ほど一緒に吹奏楽をやっていますが、後にも先にも、絵未先輩がソロを失敗するなんて、それが最初で最後の経験でした……そうです、今朝までは。

といっても、夏のコンクール以降、文化祭でも、吉祥寺でのイベントとかでも、絵未先輩はソロを辞退して、ぜんぶ、椎菜先輩に譲《ゆず》っておられたんですが……

一番と三番は音域が近いので、これは、そんなに不思議な現象じゃありません。ただ、それをお願いする絵未先輩のおつらそうな顔と、それを受けざるをえない椎菜先輩の複雑な顔は、やっぱり一緒のパートですから、どうしても瞳《め》に入ってしまいます。

だから、二年生どうしで、特にテルミと、話をしました。恐ろしい想像です。つまり。

……絵未先輩は、夏のコンクールのこと、すごく責任を感じておられるんじゃないかなあって。もっといえば、自分がソロを失敗したから、吉南女子は『ダメ金』で、全国大会への切符を逃したとか、考えておられるんじゃないかなあって。

それは、二年のあたしがいうのも生意気ですが、幻想っていうか、妄想です。

というのも、ソロは、コンクールの審査に、ほとんど影響しないので。

それは、吹奏楽者にしてみれば、常識です。まして、吉南女子でスタメンをはってきた絵未先輩が、知らないはずもありません。

けれど。

すごく立派な、すごく上手な絵未先輩だからこそ、自分のまさかの失敗が、どうしても許せなかった。それが、あえていえば、変な妄想につながってしまった。そう考えるのも、今となっては、荒唐無稽《こうとうむけい》とはいえない気もします。

よく考えてみれば。

絵未先輩は、その夏のコンクールまでは、ほんとうに明るくて気さくな先輩でした。どちらかといえば、理知的で、厳しくひとを責めることもあるクールな椎菜先輩より、面倒見のいい、お姉さんタイプのひとでした。部活のことでも、それ以外のことでも、何でも相談に乗ってくれましたし、先輩なりの答えを、キチンと教えてもくれました。そこには、吹奏楽に何年もの人生を懸けてきた先輩の、凛々《りり》しさとたくましさが、ありました。

ところが……

夏のコンクールが終わってから、ちょっとだけですが、人が変わったように思えます。音に、なんていうか、自信がなくなったっていうか……それまでになかった、迷いみたいなものが、強く感じられるようになったのです。

あたしは、二番奏者ですから、バンドの編成というか、楽器の配置として、一番奏者の隣になります。とりわけ、ホルン四重奏ではホルン四人しかいませんから（それはそうですよね）、秋からは、ずっと絵未先輩の隣に座って、一緒に音楽をしていたことになります。もちろん、練習をしていたのは『真夜中の喇叭』です。

だから、絵未先輩が、どんな顔で、どんな態度で『真夜中の喇叭』を吹いていたかは、たぶん、三番の椎菜先輩、四番のテルミより、じっくり観察できたはずです。ふたりは、あたしを挟んで、あたし越しに絵未先輩を見るかたちになりますから……

あたしが秋から、絵未先輩を見るかぎり。

絵未先輩は、ちょっと、おつらそうでした。

おつらそう、というのは、『真夜中の喇叭』を演奏することがつらい、という感じでもありましたし……

とりわけ、最初のミを伸ばす、そのことがとてもお苦しそうでした。

これは、吹奏楽者としては、考えられないことです。

というのも、High-Dでもなんでもない、いってみれば普通のミだったから。

それはもう、音階の練習と一緒――というか、最初の唇《くちびる》慣らしと一緒です。チューニングと一緒、といっていいかも知れません。

難易度としては、上手《うま》く喩《たと》えられませんが、そうですね……肩慣らしのキャッチボールみたいなもの。それを暴投する方が難しい、っていうか……

確かに、『真夜中の喇叭』の第一音は、とても大切です。

譜面上、とても繊細で、しかも美しい弱音《ピアノ》であることが求められますし、キャッチボールといっても、何百人の、ある意味意地悪な視線のなかで、いきなりやるわけですから。

けれど。

あたしたちは、そのために、短いですけど人生を捧げてきましたし、もちろん絵未先輩は、あたしなんかよりずっと、音楽に一所懸命でした。ひたむきでした。天性の才能もおありになったけれど、それを感じさせないほど、努力家でもありました。そういった、御性格面については、ずっと親友の、椎菜先輩の方がよく御存知だと思いますが……

いずれにしても。

才能もおありになった。努力も惜しまなかった。

そんな絵未先輩が、今朝みたいな失敗をしてしまうなんて、まったく理解できません。

いいえ、正確に書けば……

……ひとつの原因をのぞいて、理解できません。

その、ひとつの原因というのは、やはり、夏のコンクールでの『ミス』です。

絵未先輩が、『真夜中の喇叭』のソロというか、独《ひと》りで第一音をやるのを、あれほど苦しがっていたのは、やっぱり、夏のコンクールでの『ミス』が、なんていうのか……トラウマになってしまっていたから、かとも思うんです。

周りからしてみたら、なるほど、夏のミスはミスでも、致命的なものじゃありません。もう一度強調すれば、ソロのミスは、コンクールの審査に、ほとんど影響しませんから。まして、あたしの知るかぎり、誰もそのことで、絵未先輩を責めた部員はいません。陰口《かげぐち》ひとつ、聴いたことがありません。それも当然で、吹奏楽者としては、陰口とかする理由がないからです、まったく。

ただ、絵未先輩本人が、それをどう感じておられたか……

それは、客観的な事実と、全然違っていてもおかしくありません。というのも、絵未先輩は、一番奏者を務めるほど、責任感とリーダーシップのある先輩だったから。このアンコンの練習だって、ほんとうにひたむきだったし、ほとんど毎日、テルミとあたしに——きっと椎菜先輩にも——励《はげ》ましとか、アドバイスとかの手紙、くれましたし。絵未先輩、すごく筆まめな方で。大きなポストイットはもちろん、小さなレターセットまで、いつも用意しておられるんです、楽器ケースに。しかも吹奏楽者って、すごく速筆になりますし。演奏の指示事項とか、すごいスピードでメモ採らなきゃいけないんで、職業柄、速筆になるんです。あとは御性格でしょうか、はやいだけじゃなく、すごく達筆《たっぴつ》……しかも、絵未先輩の手紙って、ネガティブなものは、これまでひとつもなかったです。いつも前向きで、あたしたちを元気づけてくれるような、そんな手紙をたくさんくれて。今も大事にとってあります。唯花先生にならお見せしてもかまいません。絵未先輩本来の、明るくてポジティブなお人柄が、解っていただけると思うから。

けれど。

あたしたちに相談できない悩みを、きっと、ずっと携《かか》えておられたのかなって……

……ひとつのミスを、境に。

プロの料理人が、包丁も握れなくなったとか、プロのテニス選手が、ラケットを見るのも恐《こわ》くなったとか、そういう話はよく聴きます。それぞれの道に人生を懸けてきたひとだからこそ、起こることだと思います。

そして、『高校二年生で、そんなのおかしい』と笑われてしまうかも知れませんが。吹奏楽者は、音楽に命を懸けています。それぞれの人生を。ぜんぶ。朝起きてから夜寝るまで。いいえ、夜寝ているそのときも、ずっと。ちょっと恥ずかしい言葉でいえば、青春のすべてを懸けています。たった一度の、演奏のために。たったひとつの、音符のために。

それが、キャッチボールすらできなくなったときの、絶望。

イザというとき、ミの音が数拍伸ばせなくなったときの、苦しみ。

……あたしが、もっと気付いて差し上げるべきでした。

もう一度いえば、四重奏で、ずっと隣に座っているのは、一番奏者のあたしでしたから。いえ、絵未先輩の楽器ケースを片付けるのも、あたしの役割でしたから。吉南女子の吹奏楽は体育会系ですから、そうした雑用は下の者の役割ですし、特段、苦にもなりません。もちろん、絵未先輩だけでなく、椎菜先輩の楽器も、整えさせてもらいます。

ただ、とりわけ絵未先輩は、そうした風習を嫌っていたんです。アナクロだからって。意味のある下働きと、意味のない下働きがあるって。でも、あたしからお願いして、ずっと続けさせてもらっていました。絵未先輩、最初は『やめて恥ずかしいから。自分のことは自分でするわ』って苦笑しておられたんですけど、最近は『あたしよりあたしのやり方で仕舞ってくれるから、もう自分でやるの、面倒になっちゃった。ミチコって、椎菜よりあたしのこと知っているわね』なんて冗談を言っておられて……気さくな先輩でした、ほんとうに。実際は、絵未先輩のこと、何も知らなかったあたしに、あんな風に……

でも、そうした日常のなかで、ふと絵未先輩の横顔を見ると、やっぱりおかしいんです。

心ここに在らず、っていうか、どうにも気懸かりなことがある、って感じで。

それは確かに、『真夜中の喇叭』のミの音に、現れていました。

もちろん、今朝みたいな、その、大失敗はありません。だってこれまで、通しでもリハでも、この曲を何度演奏したか分かりませんが、まさかあんなことはありませんでしたから。あんなことがあれば、さすがにあたしたちも真剣に相談しますから。

だから、あれは、まさに前代未聞《ぜんだいみもん》です。

あたしたちホルン四重奏の全員にとって、青天《せいてん》の霹靂《へきれき》そのものでした。

言い換えれば、今朝以前は、あんなハプニング、まさかありませんでした。でも……

でも例えば、音程がおかしかったり。

例えば、音形がおかしかったり。

例えば、音色がおかしかったり。

……ホルンって、オーボエとならんで、吹奏楽でも管弦楽でも、いちばん難しい楽器っていわれています。あたしは、それはほんとうだと思います。というのも、例えば、音の立ち上がりがすっごく悪いんです。これも、どう喩《たと》えればいいのか……ノーモーションで、時速一二〇kmを出さなきゃいけないピッチャー、それがアタリマエ、みたいな。実際、金管楽器のなかで、異様に管がながい楽器のひとつなんで。だから、いちばん音域がひろい楽器のひとつなんで。つまり、それだけ取り回しが悪くて、コントロールが難しい。カタツムリみたいな姿形《すがたかたち》ですけど、ものすごく繊細で、ワガママなカタツムリ……だから、最初の一音を聴いたとき、ホルンどうしなら、すぐ分かります。

何かがおかしいって。

それは、最初の一音のアタックだけで……入《イ》りだけですぐ分かります。

そして、絵未先輩のミは、ずっと、所在なさげでした。

これも、喩えが難しいんですが……ずっと貧血気味、みたいな感じで。

あっ倒れそう、まではゆかないけど、『なんか具合悪そうだなあ』みたいなかたちで。

あたしとテルミの二年コンビが不安に思っていたくらいだから、椎菜先輩なら、きっともっと直接、絵未先輩と話し合っていたと思います。そして、あたしたちにはとてもいえないけれど、三番奏者と一番奏者のチェンジとか、御検討されていたかも……

それは、音域的には問題ないですし、なんといっても、絵未先輩と椎菜先輩は楽器も一緒の同志で、大親友ですから。それに実際にも、さっき書いたとおり、文化祭でも吉祥寺でのイベントとかでも、絵未先輩は、ソロを椎菜先輩に譲っていたわけですから。

でも結局、そうしたチェンジはなくて……

どうして、『真夜中の喇叭』では、絵未先輩が独りで演奏するところ、そのままにしたのか。そのあたりの詳しいところは、椎菜先輩でないと解りません。

ただ、絵未先輩の御性格からすると、チェンジは望まれなかっただろうなあ——とも思います。

絵未先輩、根性のひとだったんで。

そのポジティブさが、その……頑固なかたちで出ちゃったのかも知れません。

一番奏者が、パートリーダーが率先して逃げるなんて、許されないって。

ソロ、ソロといっても、ミの音を数拍、伸ばすだけじゃないかって。

吉南女子の三年が、そんなチューニングレベルのこと、できないのはおかしいって。

夏の『失敗』は、必ず冬の大一番で取り返してやるって。

そして椎菜先輩と、笑って全国大会へ行って、笑って金賞獲《と》って、笑って卒業するって。

……あっ、そういえば、まさに今朝も、そんなこと、おっしゃってました。

今朝の、だから本番の日の鍵《かぎ》当番は、あたしだったんです。この冬休みに新しくなったばかりの鍵で、職員室でキチンと手続きをしないといけません。そして、あたしが音楽室と音楽準備室の鍵を借り受けて、準備室から四人分の楽器を採り出し始めたとき、次に音楽室入りしたのは、絵未先輩だったんです。すぐにあたしが『おはようございます‼』って挨拶《あいさつ》をしたら、『おはようミチコ。全国への切符、獲るわよ‼』って、ニッコリおっしゃいました。そのあとポツリと、『三年間の、総決算だから。最後に勝てば総勝ちよ。しかも、チョロい勝負だもの』とも……

そのとき、いま考えてみれば、なんともいえない恐い予感が、しました。

それは、最悪のかたちで当たってしまった……

すみません、御遺体とかの話は、とてもあたしからはできません。ごめんなさい。

Ⅲ

【三番奏者・緑町椎菜の手記】

いつも吉南女子の吹奏楽がお世話になっている、本多先生と友崎警視の御依頼ですので、あたしが知っていることを、書きます。

今朝。

御存知のとおり、彼女が文化会館から消失してしまってから。

彼女と一緒の、三年のあたしと、それから二年の五日市《いつかいち》さんと境南《きょうなん》さんも、文化会館を出て、彼女を捜しました。三人の誰もがそうだったと思いますが、とても嫌な予感がしたからです。

吹奏楽者にとって。

夏のコンクールと、冬のアンコンは、二大行事です。どちらも、夏の高校野球のようなもの。

そして、吉南女子には、強豪校としての、特別のプレッシャーと自負があります。

しかも、今年、金管アンサンブルに出場したのは、あたしたちホルン四重奏だけでした。

だから、あたしたち自身、東京大会は突破して当然——という思考がありましたし、それは、今日金管の部に参加した七一校の誰もが、そう確信していたはずです。

それが、あんなかたちになってしまって。

彼女は、ほんとうにショックだったと思います。

あたしは、彼女とは親友でした。きっと、彼女もそう思ってくれていたと信じます。

だから。

今朝の、午前九時三〇分が過ぎた、あの刹那《せつな》。

あたしは思わず、舞台で、本番のさなかなのに、彼女の顔を凝視《ぎょうし》してしまいました。

そんなバカな、あるはずがない——という気持ち。

ああ、やっぱりこうなってしまった——という気持ち。

矛盾していますが、そのふたつを感じました。そして、絶望しました。

絶望、というのは——

もちろん、彼女が冒頭の一音を外したことに対して、では、あ、り、ま、せ、ん。

彼女の目に、表情に、恐ろしいまでの絶望が浮かんでいたから。

二番奏者の、五日市さんも心底、ビックリしていました。

四番奏者の、境南さんは、思わず舞台の天井をあおいでしまったくらいです——

——それは、彼女の絶望が解ったから。

あたしたちのアンサンブルは、四分三〇秒の奇跡。

ながい人生で、たまたま邂《めぐ》り逅《あ》った四人が、いま、ここでしか演《や》れない奇跡。

そして、もう二度とおなじメンバーで、おなじ曲を演ることはない。

それが、最初の数秒で、残酷なことになってしまった。

もちろん、彼女にとってです。

もし彼女が……こんなことになっていなければ、きっと十年が過ぎても、二十年が過ぎても、絶対に忘れられない、つらい思い出になったことでしょう。そこは、おなじ吹奏楽者です。自分自身に置換すれば、その残酷さ、つらさ、やるせなさは、死ぬほど理解できます……

だからといって、死んでしまうなんて、理解できませんし、許せませんが。

——彼女は、責任感の強い娘《こ》でした。

その責任感が、最悪のかたちで、出てしまった。

そもそもあたしと彼女は、三年生です。すぐに大学受験があります。それはそうですよね、冬のアンサンブル・コンテストですから。夏のコンクールとは、全然、状況が違います。そして吉南女子は、都立では進学校です。だから、ふつう、冬のアンコンに、三年生は出ません。

ところが今年は、いろいろな事情があって、他の金管チームが編成できなかったんです。ホルンパートについてもです。そうなると、とりわけ、五日市さんと境南さんが、気の毒なことになります。

というのも、そうです、三年生はふつう冬のアンコンには出ませんから、冬のアンコンにかぎっていうなら、ラストチャンスは二年の冬。そして三年の夏のコンクールで引退。これが流れです。

換言すれば、今年、五日市さんと境南さんから、冬のアンコンの機会を奪ってしまうことは、二年ふたりがもう二度と、吉南女子の高校生として、冬のアンコンには出られない――ということと一緒なのです。

とりわけ彼女は、それを気に病んでいました。

だから、おなじ三年のあたしを誘って、今年出よう、三年だけど出ようっていいました。もちろんアンコンのかなり以前、秋のころです。ううん、夏のコンクールが終わって、ほとんどすぐだったと思います。

――実は、あたしも彼女も、学業面に、あまり不安はありませんでした。

もし冬のアンコンに出たとしても、もしそれがセンター試験とかにカブったとしても、試験がガタガタになったりすることはない。三年間、おなじ部活で、おなじ楽器をやってきた親友です。そのことは、おたがい解りきっていました。だからあたしも、二つ返事で『いいよ、やろう』といいました。

たったひとつの留保《りゅうほ》をつけて――

そうです。

しっかりリハビリをすること。

もう五日市さんや境南さんからお聴きかも知れませんが、彼女は夏のコンクール以来、大きなトラウマを引きずっていました。夏のコンクールで、ホルンの一番奏者として、大事なソロを失敗してしまったことです。あたしは彼女の実力を知っていましたし、正直、ホルン奏者としては彼女の脚元にもおよばない、と感じていました。だからそれはすごく意外で、啞然《あぜん》としたというか、ビックリしたというか――とにかく、そんなことあるはずない、という異常事態が、この夏、眼前で起こったのです。

親友といっても、もちろん別人格であるあたしがそう感じたのですから、彼女本人とすれば、信じられないほどのショックと、絶望を感じたと思います。

そのショックと絶望は、コンクール以後の、文化祭の練習とかでも、あきらかでした。五日市さんや境南さんには、絶対にそんな弱音を吐《は》きませんでしたが……

……彼女はいったんです。どうしても夏のコンクール以来、ソロができないって。どんなカンタンなパッセイジでも、独奏となると、唇が震動して止まらないって。

――そしてあたしには、それが事実だとすぐ分かりました。

それはそうです。

三年間、一緒の夢を追い続けてきた親友だから。パートだって一緒です。一年からの、下働きも一緒。

だから。

彼女のアンブシュア――唇のかたちのことです――すら真似《まね》できますし、チューニングのとき、彼女が音楽室周りのどこで音を出し始めるかとか、彼女がふつう、どれだけ管を抜き差しするかとか、スライドグリスはどれだけ注《さ》すかとか、好きなヴァルヴオイルはどこのブランドのものかとか、クリアファイルの――あの、楽譜を入れる差入れ式のアルバムのような奴ですけど――どこに何の楽譜が入っているかとか、楽器を仕舞うとき、把手《とって》をどう持ってどう棚に入れるかとか、そのときの決め台詞《ぜりふ》は何かとか……『明日の朝もこの調子でね!!』か『明日の朝は機嫌、直してね!!』だったんですが……そこまで知っています。というか、知らない方がおかしいです。五日市さんや境南さんならともかく、あたしたちは、三年間の戦友ですから。

ですので。

彼女の『トラウマ』が理解できた、あたしは。

彼女にいったんです。しばらく、ホルンのソロはあたしが引き受けるからと。ソロ以外は全然問題ないんだから、原因はこころ、気持ちだと。こういうのは、きっと、時間が解決してくれると。だから、ちょっとのあいだ我慢して、あたしにソロだけ譲ってと――

一番と三番は音域が近くて、だから譜面上の動きも似ています。わざわざ交代まではしなくても、ちょっとの工夫で、臨時の代打はできます。

彼女は、それをすごく恥ずかしがって、ちょっと不満そうでしたが……

あたしのいっていること、解ってくれました。

説得が利いた、ということもあるでしょうが——きっと、彼女自身が、吹奏楽者として、本能的に解っていたんじゃないかと思います。

やりたい気持ちが、たかまるまで。

やる気の雫《しずく》が、ゆっくり貯まって、やがてトラウマなんて消し去ってしまうまで——

彼女は、無理にソロをするのを我慢する。

あたしが吹いているのを、ただ聴いている。

……そうすれば、元々技倆《ぎりょう》に恵まれた、そうです、天才肌の彼女のこと。自分から、吹きたくなって吹きたくなって、堪らなくなってくる。あたしはそう確信していました し、事実、文化祭とかの練習をこなしてゆくうち、『治療効果』は顕著《けんちょ》に現れてきました。

D《デー》のロングトーンくらいなら、どうにか、独りでできるようになったんです。

だから、結果として。

冬のアンコンの『真夜中の喇叭』は、彼女が一番奏者を務めることになり、そしてもちろん楽譜に書いてあるとおり、彼女が第一音を出すことになりました。

……結果、本番がどうなったかは、御存知のとおりです。

あたしは舞台を下りるとき、急いで駆け去ろうとする彼女の袖を引くようにしていいました。

『こんなの、十年二十年が過ぎたら、笑い話だよ』って。

『卒業して、同窓会やったら、きっと全員で笑い飛ばせる』って。

……でも、それって。

いま思い直せば。

非道《ひど》いこと、いってますよね。

十年二十年が過ぎなければ、とても笑うことができない、無残《むざん》な結果だって——

卒業して、同窓会やっても、まだ笑い飛ばされてしまう、残酷な思い出だって——

あたしは、あのとき。

あの真っ暗な舞台袖で。

そうです、彼女の魂を、蹂躙《じゅうりん》してしまった……殺してしまった。

親友だからこそ吐いてしまった、軽率な言葉です。

実際、五日市さんや境南さんは、話し掛けることができなかった。それほどの、吹奏楽者にとって恥辱で、屈辱で、死んでしまいたくなるような経験のそのあとで、あたしは。

絶対にそんなつもり、なかったんですけど。

やっぱり、あの文化会館の舞台袖で、彼女を殺してしまったんです。

……それを。

あたしの非道い言葉を、彼女がどう受けとったか。

コンクールや、コンテストと一緒です。結果がすべて……

……文化会館で、唯花先生と友崎警視と離《わか》れてからのこと、書きます。

御存知のとおり、あたしはバスで、吉南女子に直行しました。

だから、電車とかホームとかを捜した五日市さんや、徒歩で彼女の姿を捜した境南さんの二年コンビより先に、吉南女子にもどれました。一〇分、掛からなかったと思います。

もちろんバスやバス停に、彼女の姿はありません。

吉南女子にもどると、すぐ、音楽室と音楽準備室を捜すことにしました。

鍵当番の五日市さんが、キチンとどちらも鍵を閉めていたので、すぐ入ることができませんでしたが……そう、この年末に、新しくなった鍵です。ただ、四人のうちあたしと五日市さんだけは、この冬のアンコンのため、予備の鍵の隠し場所を、顧問から教わっていました。三年ひとり、二年ひとりというチョイスで。

だからそれを使って、音楽室と音楽準備室を開けましたが――

――どちらも無人でした。彼女の姿はどこにもありません。後から思うと、それもそうですよね。

急いで自分の楽器と楽譜、それから譜面台を片付けて……

そして途方《とほう》に暮れました。

やがて、彼女のホームルームを捜そうかと思いました。3－8です。

それは、校舎の四階にあります。

――あたしは、そのことに思い至ったとき、とても恐ろしい思考にとらわれました。

というのも。

……吉南女子は、あたしがいうのも恐縮ですが、都立の名門で、進学校です。それなりにながい歴史もあります。ということは、裏から言うと、校舎にも歴史がある——というか、正直かなり古い。古びていて、とても平成二九年の学校とは信じられないほど。四階の窓は、さすがに高い位置にありますし、転落防止の安全装置もありますが、チャイルドロックのようなものです。実際、掃除のときなどは、平然と全開にしてしまいます。

すなわち。

彼女がやってしまおうと思ったら。

全然、難しいことはない。

音楽室とかと違って、ホームルームには、鍵なんて掛けない。出入りは自由。

そして、学校の四階から飛び下りてしまったら、ほぼ確実に、死んでしまう。

——そのことに思い至った刹那《せつな》、あたしは音楽準備室を駆け出していました。

音楽室・音楽準備室がある棟から、ホームルームがある棟までは、距離があります。

あたしはすぐ全力で駆けて、駆けて——

三分掛からず3-8の教室に到《たど》り着いたとき、まず、安心しました。

恐れていたことは起こってはいなかったからです。しかも、教室に他の生徒はいませんでした。きっと、朝からずっと無人だったでしょう。三学期は、まだ始まっていません。

冬のアンコンの時季は、そういう時季です。

安心して、息を落ち着かせて、呆然《ぼうぜん》として。

どれだけの時間、そうしていたか——

時間の感覚が、ありません。気持ちだけが必死で、バタバタと足掻《あが》いて。

ああでもない、こうでもないと、まるで地団駄《じだんだ》を踏むように、うろちょろして。

ジタバタと。ドタドタと。右往左往。

——ただ。

ようやく気持ちとかが、一段落したころ。

それを意識して、すぐさま、激しい恐怖に襲われたのです。

つまり——

三学期の始業以前で、しかも、誰の私物も置いていない教室。大きな窓だけが開いている。もう、今や私物どころか、まさにデスクとイスしかない、そんな空っぽのホームルーム。特別なもの、目立つものというと、大きく開いた窓だけ。

あきらかに、おかしい。

彼女の文化会館での様子を、もう一度、回顧しました。

飛んでもないことを、取り戻しの利かないことを、やってしまったのではないか……

でも、あたしは、それを直視することができなかった。目を閉ざし隠すことしか。

とても直視できない。

改めて、その恐怖に、躯《からだ》を竦《すく》ませていたとき。

二年の五日市さんが、やっぱり、3－8に駆けこんできました。

電車を使った五日市さんは、徒歩だった境南さんより、先に吉南女子に着いたのです。

そして。

以心伝心《いしんでんしん》というか、恐る恐るというか、とにかくふたりで意を決して、窓の外をのぞきました。窓から躯を乗り出すようにして、窓の真下の地面を、直視しました……

そこには。

その、校舎の狭間《はざま》には……

やっぱり、残酷なことになってしまった彼女がいた。

それは、唯花先生と友崎警視が、よく御存知のとおりです。

そのすぐあと、境南さんも吉南女子に着きましたが――

三人を代表して、三年生として、親友として、あたしが遺体の確認をしたのも、御存知のとおりです。

彼女の躯は、酷《むご》いことになっていましたが……

その美しい顔は、奇跡的に、ほとんど傷つけられてはいませんでした。

ただ、その美しい顔は、やはり、とても悲しい顔でもありました。

こんな言い方でいいのなら、青春の悔しさ、青春の恥ずかしさいっぱいの……

だからいま、ここだけの、永遠《とわ》になってしまった刹那の、悲しさがありました。

……彼女の顔は、いまこの瞬間も、あたしの脳裏から離れません。

彼女が出してしまった、悲しいD《デー》の音とともに。

……あのD《デー》の音が、なかったら。

あのときあたしが、あんな非道いことを言わなければ。

彼女をとうとう殺してしまった残酷な台詞を、紡《つむ》がなければ。

ううん。

あのときあたしが、もっと説得していたら。話し合っていたら。解り合っていたら。

彼女を止められた、かも知れない……いや違います。絶対に、止められていた。

あのときあたしが、彼女としっかり、言葉を紡ぎ合おうとしなかったのは――

配慮。

気遣《きづか》い。

思《おも》い遣《や》り。

いろいろな要素が、ありました。

けれど……

怒りとか、憤りとかが無かったか、といったら、やっぱり確実にあった。

『責任感の強いあなたが、死んでお詫びをするなんて、おかしい』

『あなたがこんなことで死んでしまったら、これからまだ吹奏楽を続けてゆく二年の娘《こ》たちが、どれだけショックを受けるか』

『あなたが失敗したと思うなら、またやり直そう。吉南女子の吹部《すいぶ》のためにできることを、模索《もさく》しよう。それがあなたの大事にしてきた、責任感じゃないの』

『死んで解決しようなんて、あなたのそんなプライドのために、吉南女子の吹部は大ダメージを受ける。そのことに競《くら》べたら、たかが音を外すだの外さないだの、心底、くだらないことだわ』

――あたしはずっと、今朝の本番が終わってから、そんな気持ちも、いだいていました。

ううん、もっというと。

彼女と一緒に、卒業以前に、全国大会にゆく。

絶対にかなうと思っていたその夢が、あっけなく壊れてしまった。その無念があった。

もう一度いうと、彼女とあたしは、三年間、一緒の部活で、一緒の楽器をやってきた戦友です。だから、彼女は、今朝の本番のあと、あたしが実はそんな風に憤《いきどお》っていたことも、ハッキリ解ってしまったでしょう。

だから、結果、説得とか、話し合うとか、解り合うとかいったことにはならず……

だから、彼女を殺してしまったのは、あたしです。

文化会館の舞台袖で、もう、殺してしまっていたんです。

……あたしは一生、今朝のこと、忘れません。

あれだけ毎日毎日笑い合ってきた、彼女の顔を思い出すのも、つらいです。

たぶん、楽器も、もう恐くて吹けないでしょう。

あのD《デー》の音が、恐くて、苦しくて……とても、憎くて。

こんな言い方が許されるなら、吹奏楽者としてのあたしも、死んだんです。

――筆まめな彼女のことだし、あたしたちが吉南女子にもどるまでタイムラグがありましたから、あの手に握っていた遺書以外に、私信とか遺筆があるのかも知れませんが……

しばらくは……ううん、きっと一生、開けない気がします。

もう、返事できない私信。

もう、会話できない親友。

その遺《のこ》した言葉は、あたしが彼女を殺してしまった以上、もう、とても聴けません。

だから……

生きているあいだに、そんな恐い思いをしないでいいあいだに、キチンと、解り合っておかなきゃいけなかった。臆病《おくびょう》や躊躇《ちゅうちょ》は、人を殺すんですね。

Ⅳ

【四番奏者・境南輝美の手記】

以前、吉南女子の先輩の事件を解決してくださった、唯花先生と友崎警視のお願いですから、あたしも、知っているかぎりのことを書きます。

といっても、椎菜先輩や、ミチコほど詳しくは書けないと思います。

というのも、唯花先生も友崎警視も知っていると思いますが、今朝、文化会館で離《わか》れてから、いちばん最後に吉南女子に着いたのが、あたしだったから。

その理由もきっと御存知のとおりで、あたしの捜索コースっていうか、椎菜先輩から頼まれて採ったルートは、文化会館から徒歩で吉南女子に帰る、そんなルートだったからです。もちろん、井《い》の頭《かしら》文化会館はいってみれば吉南女子のホームグラウンドですから、歩いてもたかが知れてはいます。ドアからドアまで、徒歩二〇分強。ただ、あたしは四〇分以上を掛けて、できるだけ広い範囲を、回り道をしながら歩きました。

どうしてかっていうと。

絵未先輩の心境から、きっと、歩いてお帰りになっただろうな――って思えたからです。

それは、楽器ケースとか譜面とかを、そのままお持ちだったから、というのもありました。ホルンは、まさかチューバほど大きくはありません。そしてトロンボーンより、ケースの取り回しはいいでしょう。けれど、楽器のかたちが、ちょっと変わったカタツムリみたいな感じなので、バスのタラップを登ったり、その狭い通路を進んだりするのは、ちょっと面倒です。おなじ理由で、電車の改札口も厄介ですし、もし電車が混んでいると、周りに迷惑を掛けることもあります。

そうした、物理的な理由もありますし――

もっと心理的な理由もあります。これは、唯花先生の御専門になってしまいますが。

というのも。

絵未先輩は、ものすごく自分にショックを受けて、おまけに、あたしたち三人に心底、申し訳ない気持ちでいっぱいだっただろうから。とても冷静ではいられなかっただろうし、だから文化会館から飛び出してしまったんだろうし……だからその場合、バスや電車を使うよりは、頭を冷やすって意味でも、あるいは逆に無我夢中《むがむちゅう》って意味でも、きっと、歩いたまま吉南女子にお帰りになったんだろうなと、そう考えたんです。

――歩きながら、懸命に、絵未先輩の姿を捜しました。吉祥寺は、それができる大きさの街です。

そのとき、思いました。

確かに、天才で、責任感が強くて、あたしたちをいつも励ましてくれる絵未先輩としては、自分で自分が許せないだろうなあ――って。きっと、御自分のことより、ううん、御自分と椎菜先輩のことより、あたしたちのこと、思い遣ってくれているんだろうなって。

というのも、冬のアンコンについていえば、二年の冬が、事実上のラストチャンスですから。よっぽど学業に自信がないかぎり――そういう意味でも絵未先輩と椎菜先輩は天才ですが――三年の、入試直前に、吹奏楽の大会に出るなんて、まず親が難癖《なんくせ》つけますよね。三年の文化祭で引退するのだって、遅すぎる、って怒られるのが普通ですから。

ただ……

あたしとミチコは。

今度のアンコン、こんなことになるんじゃないかなあ、って予想は、ちょっとだけしていました。

ううん、絵未先輩はもともと天才ですし、ここのところ調子は——絶好調には程遠かったですけど——決して悪くなかった。それに、あたしたち二年にとっては、二年間ずっと、後輩をグイグイ引っぱってきてくれた、いい先輩です。夏のコンクールだって、『ダメ金』だったけど、支部大会まで経験させてもらって、一緒に泣いて一緒に笑って……

まさか、文句とか怨《うら》みなんてありません。ありえません。吹奏楽者なら、解ります。

だから、あたしもミチコも、そしてきっと椎菜先輩も、ラストチャンスを懸けるなら絵未先輩だと、その絵未先輩に万一のことがあったならそれは仕方ないと、思っていたんです。なんていうか、そういう予想なり覚悟なりは、していたんです。

結果、その万一のことが、起きてしまったわけですけど……

でも、それだって、今書いたとおりで、覚悟していたことです。

むしろ、あたしたちが絵未先輩に『やっていただいた』ことでもあります。

だから、何度でも言いますが、まさかあたしたちの側に、文句も怨みもありません。

それよりもなによりも。

あたしたちなんかのことより、もう、絵未先輩のことが心配で心配で……

あたしたちなんかのことで、そんなに真剣に悩まないでください、悔《く》やまないでください、きっと同窓会で笑い話にしましょう——そう叫びたい気持ちで、絵未先輩の姿を捜しながら、でもとうとう、吉南女子に到着してしまいました。

そして、あたしも楽器とかを持ったままだったので、とにかく音楽室を目指したんです。

音楽室の近くに来ると、音楽室も、音楽準備室も、鍵が開いているのが分かりました。

これは正直、救《たす》かりました。

だって、それから絵未先輩を捜すにしても、楽器とかを仕舞わないと、身軽に動けないので。吉南女子は自由な校風の学校ですから、けっこう不用心なんで、廊下にポイッと置くのは、ちょっと……あたしの楽器、借り物だし……

でも、今朝の鍵当番はミチコでしたし、ミチコは出発のとき鍵を閉めていましたし、予備の鍵の在処《ありか》は、あたしには分かりません。だから、そういう意味で、救かったと思いました。

で、音楽準備室に入ろうとしたら。

自分の楽器をとりあえず片《かた》し終えたのか、その音楽準備室から、ミチコが飛び出してきました。廊下であたしと激突したくらい、いきなりでした。あたしは尻餅《しりもち》をついたまま、ミチコと話をしました――

『ミチコ、絵未先輩見つかった？』

『ううん、これから学内を捜す!!』

『ミチコいつ帰って来たの？』

『十五分くらい前よ‼　だから絵未先輩を待っていたんだけど、もう限界‼』

『し、椎菜先輩は？』

『もう帰っておられるわ、たぶんキャンパス内』

ミチコは話す時間も惜しい感じで、音楽室界隈《かいわい》を飛び出してゆきました。なるほど、ミチコは電車と駅を捜して帰ってくる役割だったので、歩きで帰ってくるあたしより、十五分ほどはやく吉南女子に着いた。だからミチコの捜索は、だいたい二十五分だったわけです。

そして、またなるほど、と思いました。

というのも、あたしが急いで楽器を片そうと音楽準備室に入ると、あたし以外の三人の楽器も楽譜も譜面台も、いつもの位置、決められた位置にちゃんとあったから。もっとも、楽器については、自分のもの以外、位置がどうかとか、置き方がどうかとかまで、確かなことは言えません。そこに置いてあったとしか。

というのも、それはミチコの領分《りょうぶん》だから――

絵未先輩はやらなくてもいいって苦笑しておられましたが、この四重奏メンバーだと、楽器の片付けはミチコが、楽譜のクリアファイルと譜面台の片付けはあたしが、やる文化になっていたからです。

だからあたしが分かったのは、『とりあえず三人分の楽器はある』ということと、『楽譜と譜面台については、ちゃんと決められた位置に、決められたかたちで置かれている』ということ。

だったら。

これは、ホルン四重奏の全員が、少なくとも音楽室に帰ってきたことを意味するし、普通に考えれば、きっと学校のなかにいるに違いない、ということも意味します。

だから、またなるほど、と思いました。

ミチコは急いで入った音楽準備室の楽器を見て、椎菜先輩がキャンパスにおられるってこと、察知した。もっといえば、絵末先輩もきっとおられるに違いない、ってことも、察知した。だからしばらく待っていたけど、もう心配で我慢できなくなった。

なら、あたしも愚図愚図《ぐずぐず》してはいられません。

急いで自分の楽器とか楽譜とかを棚に仕舞って、さっきのミチコみたいに、音楽室界隈を飛び出しました。

ここで、ミチコとちょっと、タイムラグができた。

しかも、あたし、これ、かなり恥ずかしいことなんですけど……

ずっと一緒に音楽をやってきた絵末先輩のクラス、三年何組だったか、すぐに思い出せなかったんです。

だから、ひろい校庭とか、芝生の広場とか、購買部のあるあたりとか、校舎を結ぶ通廊とかを、捜しながら動きました。まさに、さっき文化会館から歩いて帰ってきたときみたいに、キョロキョロしながら、絵末先輩の姿を捜しながら。

そうやってウロチョロしながら、三年生の教室がある校舎へむかったんですが……

……そのとき、その校舎の上の方から、すごい悲鳴が聴こえて。

そしてまさか、部活仲間の――四重奏仲間の声を聴き間違えることはありません。

それは、椎菜先輩とミチコの悲鳴でした。

だからあたしは、校舎の階段を駆け上がって。

声がした方の教室を、片端《かたはし》から開けていって。

そして3－8で、愕然《がくぜん》としている椎菜先輩とミチコを見つけました。

すぐ、ふたりが視線を遠ざけている、大きな窓の下をのぞいたとき。

こんな言い方は不謹慎《ふきんしん》ですけど、すごくキレイな花みたいな感じで、絵未先輩が……

……あとは、唯花先生も、友崎警視も、御存知のとおりです。

でも。

あたしが個人的に、いちばんショックだったのは、あの遺書です。

絵未先輩が手にくしゃっと握っていた、あの一枚紙。

今朝のアンコンの、進行表の裏に書いた、『ごめんね』の四文字――

椎菜先輩からも、ミチコからも、説明があったと思いますが……絵未先輩、すごく筆まめな方で、しかも、速筆なのに達筆で……

それが、あの……最期に、たった四文字。

絵未先輩、ほんとうに苦しかったんだろうなって。

追い詰められてしまったんだろうなって。

そう考えると、なんだか、悪いのはあたしたちなんですけど、涙が止まらなくて。

どうして、こんなことになっちゃったんだろう。

音楽の神様の悪戯《いたずら》で、時間が巻き戻せるなら。もう一度、今朝の九時三〇分にもどれるなら。ひょっとしたら、あたしたち四人、今でも……

……ううん。

それは脳天気に過ぎますよね。だってあたしたち、勇気がなかったから。

少しの勇気と、少しの言葉、それも出せなかったから。

――絵未先輩、大丈夫ですかって。

そんなに、あたしたちのために無理しないでくださいって、あたしたち皆《みんな》で支えますからって、あたしたち全員のコンテストじゃないですかって――

絵未先輩に、そういえる勇気。

そうやって、一歩踏み出す勇気がなかったから、こんな悲しいことになってしまった。

だから、ただ時間が巻き戻っただけじゃあ、きっとまた……

……言葉にする、勇気。

絵未先輩は、あたしたちに、自分の命で、それを教えてくれました。

あたし、今日のこと、一生忘れないと思います、あの悲しいミの音と一緒に。

V

その夕方。

井の頭大学、文学部研究棟、六〇七ゼミ室。

この大学の人文社会系研究科で、助教を務めている本多唯花の、魔窟《まくつ》だ。

もっとも、ひとり同室している友崎警視にとっては、カウンセリング・ルームである。

友崎警視は、警視庁とこの女学者のリエゾンだ。

だから、この六〇七ゼミ室に入ることを許される警察官は、友崎くらいのもの。

もっともその友崎ですら、彼女にとっては、主食であるハーゲンダッツのストロベリー以上の価値があったかどうか……

ただ、どのみち。

友崎警視は、そのいちばん重要な差し入れを忘れるほど迂闊《うかつ》ではなかった。

だから。

主食+αの価値を見出《みいだ》した唯花は、セラピストとして友崎に臨んだ。

それは、事件についてのセラピストであり――

――もちろん、彼女についてのセラピストであった。

「というわけで御嬢様、これらの手記を踏まえますと。

犯罪性アリ、少なくともその蓋然性《がいぜんせい》アリ――と判断せざるを得ません」

「諾《だく》、殺人パズルといえるほど、諾。

私も読ませてもらったわ、彼女たちの手記。とても、とても興味深い。だって――

この段階で、もしこれが犯罪ならば、犯人はひとりに締《しぼ》られるから。

けれど、いい、『もしこれが犯罪ならば』よ？」

「御嬢様がその条件に執拗《こだわ》る真意は、よく解ります。

ただ、結論についていえば、御嬢様と意見の一致をみた。

ということは――

『もしこれが犯罪ならば』我々が犯人を立証したプロセスも一緒だ、と考えますが」

「諾。だって一本道しかないものね。シンプルな消去法でもある」

「これからそれを、一緒に検討させていただいてもよいですか？」

「私そういう前置きは嫌いよ。差し入れ分はお返しする。それに」

「それに？」

「もしこれが犯罪だとしても、それはかぎりなく事故に近い――

そこに、正義の問題がある。

すなわち今、こういう言い方が許されるなら、殺人パズルは解けた。シンプルで直截《ちょくせつ》な論理によって。

けれど。

それゆえにいっそう、強く、激しく、あざやかに浮かび上がる問題がある——殺人パズルの、その先の問題が。だから未来の問題が。だからどうしても犯人と解り合い、ともに紡ぐべき正義の問題が。それこそが実は、この文化会館の殺人におけるほんとうのテーマで、最大の問いなの。殺人パズルは、その結論は、まだ、それを欠いている。

だから、彼女を守る必要がある。

私がこの事件に興味関心をもつとすれば、それだけよ」

「……お気持ちは酌《く》みたいと思います」

「あなたなら解ってくれると信じている」

「それではひとつずつ、プロセスを踏んでゆきましょう。

便宜的に、彼女ら三人をA、B、Cと置きます。

そして時系列にそって、組み立ててゆきます。

まず、遺書の問題。あれが書かれたのは、今朝でしかありえません。コンテストの結果が出たのは……『ごめんね』な演奏があったのは今朝ですし、そもそも、あれはコンテストの進行表に書かれていました。その裏側に。すると

問1　あの『遺書』を入手できたのは誰か？

答1　AとCである（演奏後、最初に楽屋に入った者）

となります。

続いて、鍵の問題。今朝の演奏があったあと、学校の音楽室に入った人間がいる。それ

を問いに換えると
　問2　誰が音楽室の鍵を開けることができたか？
　答2　AとBである（正規の借り受け者と、予備の在処《ありか》を知っていた者）
となる。当然この時点で、現場に〈決定的な矛盾〉が出るわけですが、それは棚上げし、時系列にそって疑問点を解消してゆきます。すると、次に楽器の問題がある。すなわち
　問3　誰が御殿山絵未の楽器を正しく片付けられたか？
　答3　AとBである（三年間のつきあいと、片付け係）
となり、同様の問題として
　問4　誰が御殿山絵未の楽譜と譜面台を正しく片付けられたか？
　答4　AとCである（同前）
ということが導ける。
　すなわち、御嬢様のおっしゃるとおり、シンプルな消去法で、一本道」
「諾《だく》、悲しいけれど諾。
　そもそも、吉南女子に帰ったのは、Aがいちばんはやかった。それも、Aの指示でね。手記はそのあたりを、とても正直に書いている」
「そうですね。まとめますと——
　Aが帰校したのは文化会館を出て一〇分後。
　Bが帰校したのは文化会館を出て二五分後。

Cが帰校したのは文化会館を出て四〇分後。

すなわちAには、Bが音楽室等に帰ってくるまで、少なくとも十五分もの余裕があった。しかも、それはA自身の指示による。なら、その十五分で何をしたか？　その十五分で何があったか？

そのあたりも、なるほど手記を読むと、嘘《うそ》は吐《つ》いていません。Aが十五分——手記によれば十二分弱、3-8にいたことは、読解できるように書かれている。そして、さらに意識して読めば、Bが3-8に駆けこんできた時間とのラグは、あからさまにおかしい。

しかもAは、御殿山絵未の死体を最初に発見したとも書いてはいない。換言すれば、Bと一緒にそれを見たとしか書いてはいない。またそれは嘘ではない——その十二分弱のあいだ、独りで見たか見なかったかは、書いていないわけですから」

「そのあたりの筆致も、私が彼女を守りたい理由よ。

彼女は嘘を吐いてはいない。

真実から逃げてはいるけれど、結果から逃げようとはしていない」

「それはもちろん、御殿山絵未を墜落死させた結果から、ですね？」

「私としては、彼女を墜落死させてしまった結果、と言い換えたい」

「すると御嬢様は、これは事故だとお考えですか？」

「それはもちろん、彼女に訊いてみなければ分からないわ。

だってそれは〈誰が？〉の殺人パズルでは解けない部分——すなわち、これから犯人と解り合い、ともに紡《つむ》ぐべき物語だから。またすなわち贖罪《しょくざい》と、正義の物語だから。

逆説的だけれど、またそこにこそ、殺人パズルの真価は宿るものよ。

論理を欠いた正義はレイプだけど、正義を欠いた論理は遊戯《ゆうぎ》だから――

しかも。

彼女には、更なる真実を物語るこころの準備がある。私にはそれがよく解る」

「何故《なぜ》です」

「彼女の手記そのものが、この上ない自白だからよ。こんな自白を、私は読んだことがない」

「それは、なんというか、例えば。

行間から真実が浮かび上がってくるよう書いているから――といったことですか？」

「否《いな》、はてしなく否。

この、御殿山絵未さんの墜落劇。お望みなら暫定的に、殺人劇といってもいい。

その犯人は、致命的なミスを犯している。それはさっき、あなたも指摘していた」

「〈決定的な矛盾〉ですね？」

「諾。

この殺人劇の重要なポイントは、一本道の消去法で、Aを犯人と特定することにある。

ただ。

それを特定できた条件は、まさに当のAにより生まれたもの。

だから、もしAが〈決定的な矛盾〉を犯さなかったならば、先の『鍵』『楽器』『楽譜』の三条件は、まるで意味を成さなくなっていた。よって私にいわせれば、この殺人劇最大の特異点は、犯人自身がやってしまった〈蛇足《だそく》〉〈字余り〉〈強迫《きょうはく》行動〉よ」

「ですね。無意味だからこそ致命的な、矛盾だ」

「友崎警視、それはすなわち？」

「御殿山絵未の楽器・譜面・譜面台を、音楽準備室に片付けてしまったこと」

「それらは今朝、どう動いた？」

「文化会館から、吉南女子の3－8へ。

というのも、御殿山絵未には音楽室を開けられなかったから」

「なら、それを音楽準備室へ返したのは」

「Aしかいません。Bが3－8へ入って、地上の死体を確認したとき、教室は空っぽ・無人。机と椅子しかなかった。しかも重ねて、Aには十二分弱の時間があった――

――なるほど蛇足で、字余りですね。現場に楽器その他があっても、全然おかしくないのに。それを持ち去って片付けたことで、あからさまにおかしなことになってくる」

「何故、Aはそんなことをしたと思う？　何故、教室から楽器を消したの？」

「解りません。無我夢中だったのかも知れないし、何か致命的な証拠が、楽器ケースとかに残ってしまったのかも知れない」

「否、あらゆる供述が指し示すところにより、否よ。

何故なら彼女は書いているもの——
でも、あたしは、それを直視することができなかった
目を閉ざし隠すことしか
とても直視できない
改めて、その恐怖に、躯《からだ》を竦《すく》ませていたとき
彼女は殺人劇のあと、それだけ恐れたのよ。直視できないほど。だから、読めないほど。
ゆえに、楽器ケースは消失しなければならず——
そのとき、とうとう彼女から絵未も消失した。これは、消失《ディスパリシオン》の悲劇」

VI

井の頭文化会館。
地下一階、1楽屋。
午後六時半。
サブホールは、ちょうど、大きな盛り上がりをみせている。
楽屋のスピーカーからも、それが聴こえる。
——吉祥寺署での事情聴取が終わったあと、友崎警視が、あたしをここへ送ってきた。
なるほど、もう結果発表の時間だ。この盛り上がりは、それだ。

だから、文化会館の楽屋を使っている学校なんてない。進行上、追い出される頃合い。

あたしは、その友崎警視に導かれるまま、今朝使ったばかりの1楽屋に入る――

友崎警視は、一緒に入ってはこなかった。

――1楽屋には、女性がひとり。

本多唯花先生だ。

「吉祥寺署、大丈夫だった？」

「はい、どうにか……」

「私の部屋というわけでもないけど、どうぞ座って」

あたしはここで、唯花先生が持ちこんだものに気付いた。そしていった。

「それは‼　唯花先生それは‼」

「……つらかったわね、緑町椎菜さん」

「あたし……あたし……」

信じて下さい、あたしは絶対に‼」

「解っているわ。

いいえ、正確に言うと、どんな揉《も》み合《あ》いがあったのか、どんな動きがあったのか、それは解らない。ただ、絵未さんが強く自殺を決意していたこと、少なくとも窓から墜《お》ちようとしていたことは解る。

だって、この楽器ケースのなかのレターセットで、遺書を認《したた》めるほどだったものね。

あなたはそれを、3-8で見つけた。

きっと、それを現場で取り上げた。

それはやがて、窓際の格闘になり――

結果、絵未さんは墜ちた」

「そのとおりです……」

いいえ、あたしが墜としたんです、唯花先生」

「そうやって、あなたは責任を感じた。

刺激しなければよかったと。揉み合いにならなければよかったと。

いずれにせよ、自分が関与しなければ、彼女はあのとき、あそこで死ななかったかも知れないと。

だからどのみち、彼女を墜としたのは自分だと」

「あ、あの頑晴《がんば》り屋でポジティブな絵未が、よりによって遺書なんて書いているのを見て。三人全員に宛《あ》てた、封筒なんか用意しているのを見て。

あたし……

あたし、カッとなったのか、泣きたくなったのか、叫びたくなったのか……

気が付いたら、揉み合っていて。

もっと気が付いたら、絵未はもう、地上に叩き付けられていて。

……誰がどう見ても、その、事切れていて」

「絵未さんは、遺書の封筒を、三通、3−8で用意していた。

そのことと、あなたたちの手記と、私自身が知っている事実からして——

絵未さんが持っていた『遺書』は、進行表の裏に書かれた『ごめんね』は、あなたがこの文化会館の楽屋で回収したものね？」

「は、はい」

「筆まめで達筆な絵未さんが、『プログラムの裏に』『たった四字の』遺書を書く——というのも理解しがたかったけれど、遺書を『手にくしゃっと握っていた』というのも不可解だったわ。

なら、そこから揉み合いなり格闘なりを連想するのは、そう難しいことじゃない。

そしてその相手方というなら、進行表を入手できた娘よ」

「し、しかもあたし、絵未がつくっていた封筒をぜんぶ取り上げて、そこにあった彼女の楽器ケースのなかに入れて、ロックしてしまったんです。絶対に、絶対に使わせないわよって。頼むからこんなことやめてってって。

けれどそれも、絵未を余計に刺激してしまった……

でもあたしがもっとマヌケだったのは、『ごめんね』と書かれたあの進行表を、自分で3−8へ持ちこんだことです。あのとき、あんなものさえ持っていなければ。

だけど。

この1楽屋で、あれを見つけたとき。あんな弱々しい筆跡を、目の当たりにしたとき。

『こんなの絶対にミチコにもテルミにも見せられない』って憤激《ふんげき》して——いいえ、こんなみじめなこと書いて、しかも負け犬みたいに逃げる絵未なんて絵未じゃないって激昂《げっこう》して、だから、あれを叩きつけて叱《しか》り飛《と》ばしてやろうと思って、それで…………ですから。

今朝の時点では、まだ遺書じゃなかったかも知れない、『ごめんね』は。

あたしが3－8にそれを持ちこんだとき。

いいえ、あたしが彼女にそれを叩きつけて怒ったとき……だから彼女の手にそれが渡ったとき、ホントの遺書になってしまったんです。ああ、なんてこと」

「絵未さんが墜ちて。

あなたはもちろんパニックになった。絵未さんを殺した——と思った。

そして、遺されたものを心底、恐れた。

あなたが隠してしまった、楽器ケースに封印してしまった、彼女の最期の手紙三通を」

「……ミチコたちが来ます。時間もありません。機転なんて利きません。そしてあたしは、人殺しです。

いま、眼《め》の前《まえ》で、絵未は墜ちていった。あたしが墜とした。

そして確実に、死んでいる。

その絵未の肉声が、やっぱり、眼の前にある……

そんなの、とても直視できません。恐くて恐くて、読めません。あのまえに楽器ケースに隠してしまったことが、せめてもでした。そうでなければ、触ることもできず、三通の遺書を眼前にしながら、ミチコが来るまで、オロオロしていただけだったでしょう」

「けれど。

どんな運命の悪戯《いたずら》か、三通の遺書は封印された。しかも、たやすく持ち搬《はこ》べるかたちで」

「あたしは絵未を殺した。その絵未の遺書を、あたしは持っている。あたしが隠した。

そのこと自体、ほんとうに、泣きそうなほど恐かった。

でも、もっと恐かったのは……」

「……二度と言葉をかわすことのできない親友の声が、今、眼の前にある。

何が書かれていても、あなたにはもう何もできない。その言葉が打ち返される可能性は、あなた自身が消してしまった——と、あなたは思った」

「こ、恐いものは、隠すしかありません」

「だからそのあと、楽器ケースごと音楽準備室に片付けた——隠した」

「ぜんぶ、唯花先生のいうとおりです、ぜんぶ。

だけど。

唯花先生は、どうして、人殺しのあたしの言葉を、そんなにカンタンに信じるんですか？

誰がどう考えても、絵未を突き墜としたのはあたしで——それは事実ですけど——揉み合いだとか、格闘だとか、絵未は最初から死ぬ気だったとか、そんなの嘘だって疑ってかかるのが、普通だと。

もっといえば、警察だって、あたしが今朝のミスを怨んで突き墜としたとか、そんな風に考えるはず——絶対に、誰だってそう。

だからあたし、もう死にたいって。人殺しは、死んで罪を贖《つぐな》うべきなんです。しかも、親友の絵未を……あたし、もう何が何だか……

だからもう、死にたい。いいえ、もう死んでいるんですあたし」

「今日のうちに呼んでよかったわ。

確かにあなたには、真実を物語る義務があるし、真実に応じた報《むく》いを受ける義務がある。

けれど、それはまさか故意の殺人の物語ではないし、故意の殺人の報いでもない。

そんなことはありえない」

「だからどうして‼」

「あなた自身が、今朝の悲しい演奏のこと、そして悲しい絵未さんのこと、死にそうなくらい悔やんで、悩んで、苦しんでいるから」

「そんなこと解るはずが」

「否《いな》、学者としておんなとしてヒトとして、否よ。

私には解る。断言できる。だからあなたを守ろうと決意した。

何故と言って。

私はあれほど率直な苦悩を読んだこともなければ、あれほど真摯《しんし》な自白も読んだことがないからよ。あなたが意識していたかどうかは別論として――

あら。

その顔を見ると、無意識のうちにやっていたようね」

「解りません、全然。唯花先生のおっしゃること、全然……

苦悩……自白……？」

「あなたが書いてくれた、あの手記よ」

「あれは、だってあれはむしろ、どうやって唯花先生たちを誤魔化《ごまか》そうかと、必死で。

でも嘘を吐こうとするたび、絵未の声が、あの遺書のことが、あたしを責めて。

だから、あれは卑怯《ひきょう》者のまやかしです。唯花先生のいっていること、全っ然解らない」

「いいえ、あなたは書いていた。

あれだけ毎日毎日笑い合ってきた、彼女の顔を思い出すのも、つらいです
たぶん、楽器も、もう恐くて吹けないでしょう
あのD《デー》の音が、恐くて、苦しくて……とても、憎くて
こんな言い方が許されるなら、吹奏楽者としてのあたしも、死んだんです
――そう、あなたは死んでしまった。

だから、あなたのなかの絵未さんも、あなたのなかのあのD《ミ》の音も、死んでしまった。

だって、読み返してみて、あなたの手記。

そのDも、彼女の絵未《エミ》も出て来ないわ。

『ミ《ミ》』も『エ』も殺してしまったそれが自白であり、正直な物語であり、言葉を失うほどの途方もない悔悟《かいご》——

——だと私は信じた。それは論理を裏打ちする、正義の物語だと感じた。

だから。

一緒にこの楽器ケースを開きましょう。

そしてあなたが殺してしまったものを、甦《よみがえ》らせて、少しでも。

そうでなければ。

こんなこと、十八歳の魂には、つらすぎる」

「いいえ、唯花先生。

楽器ケースをいただけますか。あたしが開きます。今度は、ずっと忘れないために」

「ありがとう、椎菜さん」

——終幕《カーテンフォール》

青崎有吾

『噤《つぐみ》ヶ《が》森《もり》の硝子《ガラス》屋敷《やしき》』

青崎有吾（あおさき・ゆうご）

二〇一二年、『体育館の殺人』で第二二回鮎川哲也賞を受賞しデビュー。同シリーズは、『水族館の殺人』、『図書館の殺人』と続く。平成のクイーンと呼ばれる端正かつ流麗なロジックと、魅力的なキャラクターが持ち味で、新時代の本格ミステリ作家として注目を集めている。講談社タイガより刊行された『アンデッドガール・マーダーファルス』は、一九世紀末を舞台とした伝奇ミステリとしても高い評価を受け、現在、友山ハルカによるコミカライズも発売中。

硝子屋敷　平面図

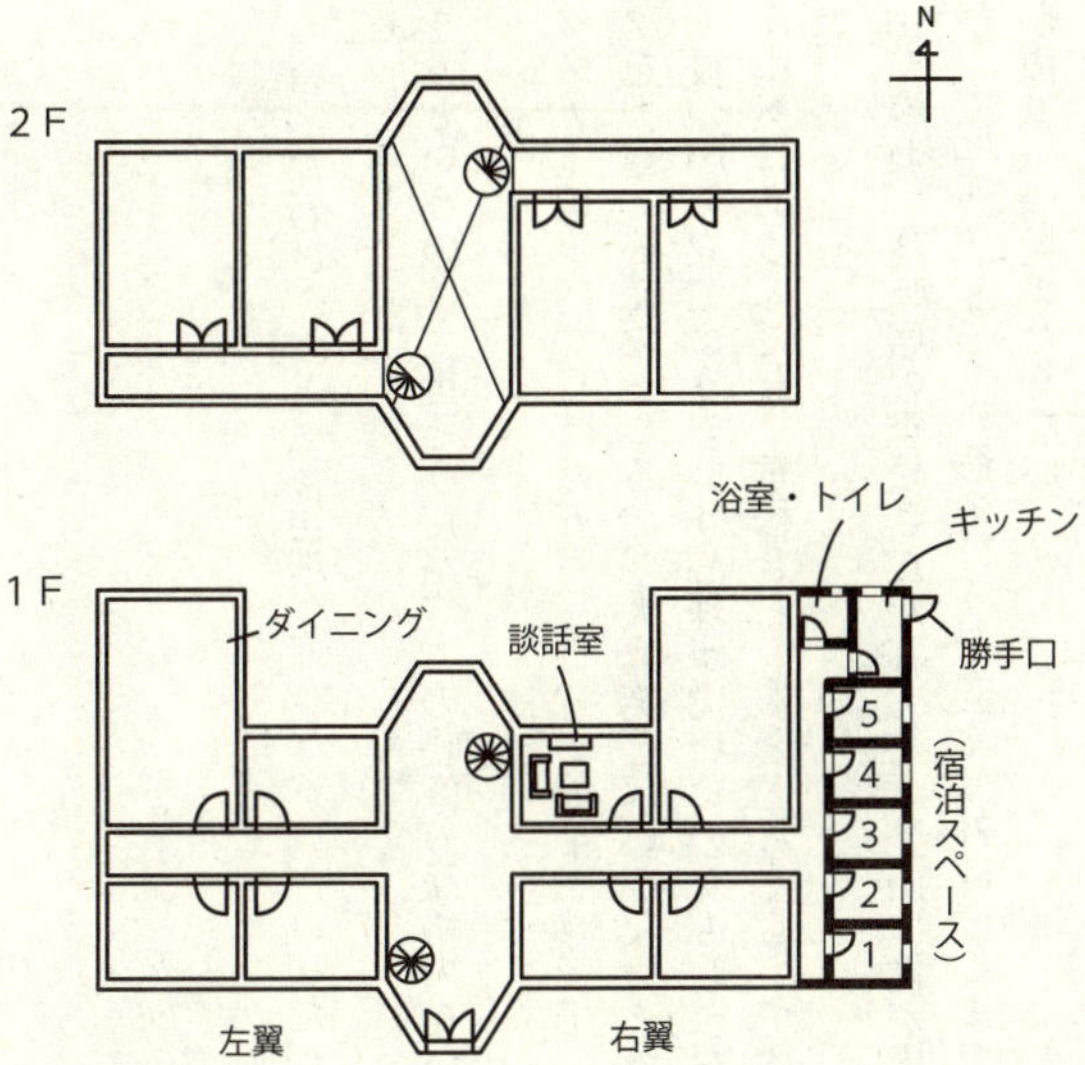

1

「そしたら牧師がこう言ったわけ。『では、棺桶《かんおけ》を作りなさい。あなたが死んだあとも必ず役に立つでしょう』」

プライベートフィルムというのは大抵そうだが、この映像も脈絡のない場面から始まった。

走行中のワンボックスカーの車内。日時は五月三日、午前十一時三十二分。ちょうど助手席の佐竹《さたけ》がジョークを披露し終えたところで、大爆笑とはいかないまでも、僕らの反応は上々だった。ホスト役の顔を立てようという心理が働いたのかもしれない。

「にしても、ずいぶん山奥にあるんだな。重松《しげまつ》さん、あとどれくらいですか？」

「もうまもなくです」

僕の隣に座った笠山《かさやま》が尋《たず》ね、運転席の重松さんが答えた。笠山は僕が構えたカメラに気づくと、「よせよ飯島《いいじま》」と恥ずかしそうに窓のほうを向く。外はどこまで行っても緑一色で、コンビニはおろか標識一つ見当たらない。

「確かにだいぶ街から離れたね」と、僕の声が入る。「こんなところに宿泊施設をオープンして、本当にお客さんが来るかな」

「必ず来るわ」

カメラが助手席へと向けられた。南国風の濃い顔立ちの美女がこちらを振り返っていた。佐竹だ。

「現代人っていうのは誰も彼も珍しいもの好きだもの。まるで江戸時代に逆戻りしたみたいにね。その上極度の目立ちたがり。話題性のあるものを見つけだして、SNSで拡散して、情報の発信者になろうと日々やっきになってる。そして珍しさと話題性において、あれに勝るものはないわ」

ビジネス番組のインタビューに応じるような調子で、若き女実業家は微笑《ほほえ》んだ。ルージュを引いた唇《くちびる》が薄暗い車内でも鮮《あざ》やかに映えている。皮肉なワンカットだった。画面の中の彼女は三十分後に待ち受ける運命を知らない。

「SNSはやってないけど、おれだったら毎年来たいなあ」

のんびりした男の声が割り込んだ。カメラが動き、最後尾の座席の二人を捉《とら》える。窓にもたれる色白の女性と、景色を眺《なが》める大柄《おおがら》な男。碓井《うすい》さんと馬淵《まぶち》である。

「すごく綺麗《きれい》な森だ。ツグミガモリって言うからにはツグミが多かったりするのかなあ」

「鳥のツグミじゃないってば。〝口を噤《つぐ》む〟ほうの字を書くの」と、佐竹。「鳥のツグミも、夏になると口を噤んだように鳴き声が途絶えるのが語源って説があるから、まあ間違ってはないけどね」

「口を噤む森って、なんか不気味な名前」

碓井さんがぼそりと言った。佐竹は声のトーンを落とし、

「そう、実は古くから伝わる神隠し伝説が……と言いたいとこだけど、そうじゃないの。このあたりは無風地帯でね、一年通してほとんど風が吹かないんだって。風がなければ木々がざわめくこともないでしょ。まるで森全体が口を噤んだように静かな場所、だから噤ヶ森。どう？　説明を聞くと洒落《しゃれ》た名前に思えてこない？」

「そうかしら」

怖がりな碓井さんにはあまり共感されなかったようだ。

カーブに差しかかったのか、画面が小刻みに揺れた。車は４ＷＤの性能をフルに発揮し、けもの道をさらに奥へと進んでゆく。

「今どき静かな場所は貴重よ。休暇にはぴったり。それより、馬淵の意見はいい視点ね。せっかくの自然を利用しない手はないもの。植生や動物の分布を調べて散策マップを作れば、年配の旅行者も呼び込めるかも」

「桑《くわ》や榎《えのき》が多いなあ。風が弱い地域だからかな。弾発型の風媒花はそういう場所でもよく育つんだよ。イラクサの茂《しげ》みとかもありそうだなあ」

「飯島、撮るのやめろって」

「いいじゃないか、五人そろうのは久しぶりだし」

「どうしよう、わたし車酔いしたかも。昨日あんまり寝なかったから……」

「見えました」

重松さんが落ち着いた声で言い、車内の会話ともいえないような発言の応酬が途絶えた。カメラは慌ててフロントガラスへ向き直る。

前方は森が拓《ひら》けて、天然の広場になっていた。広さは小学校の校庭くらいか。

その中央に、巨大な家が一軒。

昨日の今日だというのに。あんな事件が起きたあとなのに。見ているのはただのビデオなのに——気がつくと僕は息を呑《の》んでいた。しかしそれもしかたがない。何しろ実物はすでになくなっていて、この映像が最後の記録なのだ。撮影時の自分自身と感動を重ねながら、すべてを追悼するような気持ちで、僕は画面の中の光景に見入った。

それは透き通った洋館だった。

現代に甦《よみがえ》った水晶宮《クリスタル・パレス》。周囲の自然とミスマッチを描く異形《いぎょう》の人工物だった。形としては東大の安田講堂を彷彿《ほうふつ》とさせるようなゴシック建築だ。中央に背の高い身廊があり、左右に二階建ての翼廊が伸びている。そのシンメトリー自体も見事だが、重要なのはデザインよりも材質だった。外壁も、内壁も、扉も、天井も、屋根も、階段も。最小限の柱を除き、屋敷のすべてはガラスでできているのだった。

ガラスの透明度はかなり高くて、内部の構造はもちろん裏側の木々までもがはっきりと透けて見える。建物を眺めているはずなのに景色との境目がわからない、奇妙な感覚。僕らはしばし言葉を失い、その蜃気楼《しんきろう》めいた儚《はかな》さと計算し尽くされた美しさに圧倒された。

あいにくの曇り空だったが、快晴の日には太陽を反射して屋敷全体が宝石みたいにきらきら輝くに違いない。

「ようこそ。蝶ヶ森の硝子屋敷《ガラス》へ」

佐竹がその館の名を口にした。

向かって右側の翼の端《はし》に、コバンザメのように平屋がくっついている。ガラス張りではなくログハウス風の造りで、その部分だけは現実味があった。佐竹が増築した宿泊スペースだ。ワンボックスカーは右へ回り込み、その平屋の前に停《と》まった。

笠山たちに続いて、僕はカメラを構えたまま車を降りる。新築の宿泊スペースにはカーテンの閉まった窓が五つ並び、右端には勝手口が一つあった。

「こちら、お部屋の鍵《かぎ》になります」

トランクから荷物を降ろしたあと、重松さんがあいうえお順にキーを配った。僕、碓井さん、笠山、佐竹、馬淵の順で一号室から五号室。そして最後に、佐竹に正面玄関の鍵が渡される。カメラがその手元にズームした。硝子屋敷の鍵はドラクエに出てくるような古風なもので、それ自体も厚いガラスでできていた。

「食べ物や飲み物はキッチンにご用意してあります。電気やガスも工事を終えておりますので、問題なく使えるはずです。明日の十一時にお迎えにあがりますが、何かございましたらご連絡を」

「わかってるわ。ありがと」

「では佐竹社長。皆さま。ごゆるりとおくつろぎください」

社長秘書は深々と一礼し、ワンボックスカーで去っていった。佐竹の会社がつぶれてもホテルマンとしてやっていけそうだ。

さっそく入りましょ、と佐竹が音頭を取り、僕らは壁沿いに正面玄関へ向かう。

「家具までガラスなの？」

中の様子を眺めながら碓井さんが言った。

「そうよ。鍵も家具も全部ガラス製。イミテーションで実際には使えないものばかりだけど」

「確かにあの暖炉《だんろ》には火をつけられないね」

と、僕。カメラは奥の部屋に見えるガラスのマントルピースにズームしている。……火をつけられない、か。これも皮肉だ。今から思えばだけど。

アーチを描く巨大なドアに辿《たど》り着《つ》き、透明な鍵穴《かぎあな》に透明な鍵が挿し込まれた。

洋館なので土足で入ってもいいかと思いきや、玄関には五人分のスリッパが用意されていた。一階の床は全面が白いタイルなので、それを汚さぬための配慮だろう。履き替えて中に踏み込むと、天井にどよめきがこだました。

屋敷の中央部分は吹き抜けのホールで、精緻《せいち》を極めたガラスの調度品が訪問者たちを出迎えていた。天井から吊《つ》り下《さ》げられたクラシックシャンデリア。壁際には猫脚のチェスト。その上に並んだ壺《つぼ》や写真立てまでガラス製で、すべてが曇り一つなく透き通っている。とりわけ壮麗なのは左手前と右奥にある螺旋《らせん》階段だった。手すりも踏み板もガラスでできた二つの階段は完璧《かんぺき》な調和を成してせり上がり、左右の翼の二階へと続いていた。

カメラは屋敷の全体像をつかもうと、三百六十度回転する。

硝子屋敷の間取りはシンプルだった。一階はホールの真ん中から左右の翼へと廊下が延び、それを挟む形で部屋が四つずつ、計八つ。北東と北西に位置する二部屋は他の部屋よりも二倍くらい広く、その分北側へ出っ張っている。二階は左右の階段から真横に廊下が延び（一階の天井も二階の床も透明だ！）、大部屋が横並びで二つずつ見えた。先ほどの暖炉のある部屋や空っぽの本棚が並んだ部屋、食卓らしき大きなテーブルがある部屋など、イミテーション品ばかりとはいえ部屋の用途は一応分かれているようだ。トイレや風呂《ふろ》はさすがに見当たらないが、その点は心配ない。増築した宿泊スペースに集約されている。

宿泊スペースは、右翼の廊下から直接つながっていた。屋敷と接する壁――つまり屋敷の東側の壁――に沿って左右に廊下が続いている。壁はやはり透明なので、ホールからでも廊下の様子がよく見えた。右から順に1、2、3、4、5、とナンバープレートつきのドアが並び、左端にはさらにドアが二つ。ズームすると〈キッチン〉〈浴室・トイレ〉とプレートが見て取れた。

一周を終えたカメラは、気まぐれに笠山を捉える。彼は畏《おそ》れ入ったような顔で螺旋階段の手すりに指を這《は》わせていた。

「ベルリンの国会議事堂。ルーヴルのピラミッド。クリチバ植物園の温室に北京《ペキン》の国家大劇院。ミース・ファン・デル・ローエに藤本壮介《ふじもとそうすけ》……。ガラス張りの近代建築はたくさんあるが、ここまで特化した家は例がないな」

「名前は硝子屋敷だけど、プラスチックや水族館用のアクリルパネルも使われているそうよ」

「耐久性は大丈夫なの?」と、僕。

「そこが設計者の天才たる所以《ゆえん》ね。二十年以上前の建物なのに、ほら、このとおりひび一つ入ってない。ガラスをピカピカに磨《みが》き直《なお》すのが一苦労だったけど」

宿泊先に着いたときというのは、まず部屋に荷物を置きに行ったりするものだが、途中にこんな魅力的な空間が待ち受けていては話が別だ。僕らはリュックやスーツケースを持ったまましばらくホールをうろついた。碓井さんはインテリアの一つ一つにいちいち感嘆し、馬淵は透ける景色を夢中で眺める。見かねた佐竹が笑いながら手を叩《たた》いた。

「さあ、とりあえず一休みしましょ。こっちの部屋が談話室になってるから」

案内されたのはホールの右手奥、例の暖炉がある部屋だった。暖炉を囲むように長椅子《ながいす》がいくつかとリビングテーブルが配置されている。言うまでもなくすべてがガラス製だ。

「これ、座っていいの?」

碓井さんが尋ね、佐竹は素振りで「どうぞ」と促《うなが》した。碓井さんはおそるおそる長椅子に腰かけ、少女のように破顔した。ガラスの靴に足を入れるシンデレラはこんな気持ちだったのだろう。カメラの視線がちょっと低くなり、僕も碓井さんの横に座ったことがわかった。

「座り心地は普通のソファーに負けるね」と、冗談めかした僕の声。「家具や小物も全部その設計者が作ったのかな。ええと、なんていったっけ。墨壺《すみつぼ》……」

「墨壺深紅《しんく》」笠山がその名を答えた。「彼女が作ったのは屋敷だけだ。家具や壺やさっきの鍵は、国内外のガラス職人の作品。ただ、すべて墨壺がオーダーメイドしたもので、デザインや配置を考えたのは彼女自身らしい」

解説役を奪われたと感じたのか、佐竹がつまらなそうな顔をする。

「詳しいわね」

「俺は建築学科卒だからな。墨壺深紅のことならおまえより詳しいよ」

「あらそう？　これでも私、屋敷を所有するにあたって一通り勉強したんだけど」

「どうせネットの受け売りだろ。屋敷そのものだって不動産の抵当で転がり込んだだけじゃないか」

談話室を包む気まずい空気が画面越しでも伝わってきた。やれやれ、と呆《あき》れるような僕の吐息が音声に入る。歯に衣着せぬ笠山とプライドの高い佐竹は、昔からこんなふうにぶつかり合うことが多かった。

「笠山、招いてもらったのにそんな言い方……」

僕の声がたしなめかけたところで、

「ちょっと外を回ってきてもいいかなあ」馬淵のマイペース発言に救われた。「さっき、ツグミを見かけた気がして」

「ええ……ええ。どうぞ」

佐竹は拍子《ひょうし》抜《ぬ》けしたようにうなずいた。続いて碓井さんが手を上げる。

「わたしも、ちょっと部屋で休んでいい？　けもの道だったから車酔いしちゃった」

「もちろん、好きに休んでちょうだい。泊まり心地を確かめてもらうためにみんなを呼んだんだから。私も部屋で着替えるとしようかしら。この服装じゃ、せっかくの硝子屋敷なのに気分が出ないし」

調子を取り戻した佐竹は自分の襟を引っ張った。長袖《ながそで》のシャツにアウトドア用のダウンベスト、スキニーパンツという出《い》で立《た》ちだ。僕らも似たような恰好《かっこう》なのだけど。

「もう着替えるの？」と、僕の声。

「今日のためにドレスを新調したんだもの。三十分後にもう一度集合して、ガラスのダイニングで昼食にしましょう」

佐竹はスーツケースの取っ手を伸ばした。馬淵は「わかった」とだけ応えてホールに戻り、玄関のほうへ。よほど野鳥が気になるらしい。

「碓井ちゃん、車酔い大丈夫？」

「うん。でも水飲みたいかも」

「キッチンに一通りそろってるはずよ。案内してあげる」

女性陣も廊下に出て、宿泊スペースへ向かう。僕と笠山だけが談話室に残った。

ガラスの壁を通して人の動きが見えるのが面白くて、僕のカメラは佐竹たちを追った。二人は三号室の前で廊下を左に折れ、突き当たりのキッチンに入る。そのまま撮り続けていると、三十秒ほどで佐竹が出てきた。彼女は四号室の鍵を開けて中に入った。少し遅れて、水のペットボトルを持った碓井さんが出てくる。冷蔵庫にあったものをもらったのだろう。碓井さんは喉《のど》の渇きを癒《いや》しながら二号室の中へ入った。

一連の動きを眺め終えてから、笠山はカメラのほうを振り返り、苦笑した。

「飲み会の途中でも着替える女、佐竹。学生のころから変わらないな」

「みんな変わらないよ。馬淵の自然好きも、碓井さんのすぐ体調崩すところも」

「おまえの撮影趣味もな」

「君の口の悪さだって」

言い返しながら、僕はリビングテーブルの上にカメラを置いた。深い理由があってのことじゃない。ずっと持ちっぱなしだったので腕が疲れたなと思っただけだ。だから録画ボタンも押したままだった。

しかし。ここから僕は笠山との会話に意識を奪われ、しばらくカメラの存在を忘れてしまう。結果、カメラは誰にも動かされることなく一ヵ所のみを写し続けることになる。いわゆる定点観測というやつ。そう、ここからが重要なのだ。

僕の予想は当たっていた。

偶然だが、テーブルの上に置かれたカメラは宿泊スペースの側を向いていた。そして二枚のガラスの壁を通し、佐竹の四号室のドアを真正面から捉えていた。ちょうど家具などに邪魔されることもない角度で、はっきりと鮮明に見える。

映像を再生した一番の目的はこれを確かめることだった。うまくいけば重要な手がかりが見つかる——かもしれない。どんな小さな異変も見逃すまいと、今まで以上に集中する。対照的にフィルムの中の僕は、気楽な声で笠山に尋ねる。

「どういう人だったの？　墨壺深紅って」

「そうだな……天才、奇才、変人、傑物。その手の陳腐《ちんぷ》な呼称が陳腐に聞こえないくらいよく似合ったそうだ。七〇年代から八〇年代にかけて、先鋭的な家を建て続けた希代の女建築家。エピソードはいろいろあるが、俺が好きなのは都庁の話だな」

「え、都庁って新宿の？　あれも建てたの？」

「違う違う、都庁を建てたのは有名な丹下健三《たんげけんぞう》。だが、もう少しで墨壺が建てていたかもしれないらしい。八〇年代後半に新都庁舎を建てることになって、設計者を決めるコンペが開かれたんだ。それに若手の墨壺深紅も参加していた」

笠山が画面の隅《すみ》に踏み込んできた。ジャケットの胸ポケットを探っている。

「当時は建築技術の発達もあって、超高層ビルがあちこちで建てられていた。コンペ応募者たちのデザインした庁舎はどれもそのブームに乗った超高層ビルで、そろって〝日本一の高さ〟が売りだった。だが、墨壺のデザインだけは違った。敷地《しきち》いっぱいに積み木で組んだような大きな箱を寝かせて、その中央を広いホールが貫《つらぬ》いている庁舎——大聖堂やエンクローズドモール形式のショッピングセンターみたいな、都民に親しまれることを目的とした庁舎だった。彼女いわく——『高層ビルは虚勢だ。どんなに高いビルを建てても技術が進めば他に追い抜かれる。無価値になるとわかりきっているものをわざわざ建てる必要はない』」

笠山は煙草《たばこ》に火をつけようとして、すぐライターをしまった。灰皿が見当たらないことに気づいてやめたようだ。

「墨壺の案は最終選考まで残ったが、一票差で敗れたそうだ。結局丹下の案が採用され、一九九〇年、高さ二百四十三メートルの日本一高いビルが竣工《しゅんこう》した。そしてわずか三年後、横浜ランドマークタワーに追い抜かれた」

「そのランドマークタワーも、もう日本一じゃないしね」

「そう。大阪《おおさか》にできたあべのハルカスのほうがわずかに高い。六百三十四メートルのスカイツリーでさえ、ドバイのブルジュ・ハリファには遠く及ばないしな。高さの競い合いは不毛だよ」

「墨壺深紅は、建築の未来を見通していた？」

「どうかな。発言の真意はわからない。もし見通してたとしたら、彼女は見通しすぎたのかもしれないな」

フレームの左端には建物の外も収まっていて、宿泊スペースのキッチンの裏から左翼側へと馬淵が歩いていくのが映った。通り過ぎざま、ひょいと僕らに手を上げる。笠山は手を振り返しながら話を続ける。

「九〇年代に入ると墨壺は仕事を受けなくなった。山奥にこもって図面を引き、五年ほどかけて日本のあちこちに奇妙奇天烈《きてれつ》な屋敷を建てた。それらの連作は、今では墨壺コレクションと呼ばれてる。この硝子屋敷もそのうちの一つだ」

笠山は頭を反《そ》らせて、ガラス張りの天井を眺めた。

「住居としての機能一つ一つを突き詰めた結果、逆説的に住みやすさを放棄した六つの変態屋敷。たとえば、〝眺望〟を追求した馘殺山《くびそぎやま》の廻天《かいてん》屋敷。〝間取り〟を追求した四泥岬《しどろみさき》の機巧《からくり》屋敷。〝プライベート性〟を追求した骸洞穴《むくろどうけつ》の密閉屋敷なんてのもある。この硝子屋敷で追求されたのが何かは、わかるよな」

「……〝採光〟？」

笠山は口元を緩《ゆる》めて、「そう」とうなずく。

「確かに一般的には、光がたくさん差して開放感があるほうがいい家ってされてるが……これはやりすぎだな。トイレに行きたくなったらどうすんだって話だよ」

「夏場も直射日光がきつそうだしね。墨壺深紅って、まだ生きてるの？」

「わからない。六つ目の屋敷を建てたあと失踪《しっそう》して、二十年以上行方不明だ。自殺したとも言われてるし、まだ見つかってない七つ目の屋敷に住んでるって噂《うわさ》もある。たぶん死んでるんじゃないかな」

笠山の話しぶりは墨壺深紅のファンのようだったので、これは少し意外だった。「どうして?」と僕の声が尋ねると、笠山は宿泊スペースを親指で指した。

「横にあんなものをくっつけちゃ、硝子屋敷のコンセプトが台無しだ。もし墨壺が生きてたらすぐに飛んできて、我らが佐竹を殴り殺してるはずだよ。いや、死んでいても化けて出るかも」

「でも、増築したおかげで泊まれるようになったんだし」

「泊まってどうする? 墨壺コレクションは存在することに意味があるんだ。住む必要はないし、人に知られる必要もない。佐竹みたいな連中がレジャー気分でこの屋敷に踏み込んで、はしゃぎながら写真を撮って、SNSで拡散する。テレビや雑誌の取材が来て、タレントが適当なコメントをつける……想像すると吐《は》き気《け》がするよ」

映像の中の僕は何も答えなかった。笠山は顔をしかめて、「悪い」とぶっきらぼうに謝った。気まずそうに視線を泳がせる。

「ダイニングは向こう側かな。ちょっと見てくる」

笠山はフレームアウトし、画面の中には誰もいなくなった。カメラは相変わらず四号室のドアを睨《にら》み続けている。

僕は何をしたっけ? そう、まず笠山を見送ったのだった。ガラスの食卓が置かれたダイニングは一階左翼側にあって、彼はそちらに歩いていった。ついでに外にいる馬淵の姿を探したが、見当たらず、森の中に入ったのかなと考えたことも覚えている。

そのあとは、馬鹿《ばか》らしい言い方になるが、右翼側を眺めながらぼーっとしていた。おそらく四、五分程度。具体的には長椅子の肘《ひじ》かけに体を預け、笠山の発言に思いを馳《は》せていた。

硝子屋敷が世間に知られるのが苦痛。それはいかにも一匹《いっぴき》狼《おおかみ》の笠山らしい主張で、けれどその宿泊施設のプレオープンにのこのこ招待されてきたということは、彼自身にも墨壺コレクションを見てみたいという俗っぽい気持ちがあったのだろう。それから墨壺深紅がもし生きていたら……と想像し、芸術家肌の建築家と怒鳴《どな》り合う佐竹の姿を思い描いて少しおかしくなった。「殴り殺す」は言いすぎだ。

でも今振り返ると、この言葉は示唆《しさ》に富んでいたといえる。佐竹は確かに殺された。殴り殺されたわけでは、なかったけど。

カメラは四号室を睨み続けている。画面の中を動くものは何もない。人は映り込まないし、どこのドアも開かない。三分が過ぎ、四分が過ぎた。

画面端の録画時間が三十四分〇七秒になったとき、

パン!

その音が鳴った。

乾いた破裂音。そう、ドラマや映画で聞く銃声にそれはよく似ていた。映像だと音源の場所は判然としないけれど、実際に耳にしたときははっきりと方向がわかった。宿泊スペースの四号室——佐竹の部屋だ。

このときすぐに動いていれば結果は変わっていたかもしれない。だが僕は、長椅子にもたれたまま立ち上がることすらできなかった。なんの音だろう。たぶん佐竹の部屋だ。スーツケースでも壊したのかな。でも、あんな音するか？　休暇の雰囲気に呑まれた愚鈍な頭でそんなことを考えていた。

録画時間が三十五分ちょうどになったとき、笠山が談話室に入ってきて僕に声をかけた。それで僕も我に返った。

「おい、今何か……」

「あ、うん。僕も聞こえた。佐竹の部屋だ」

「ねえ、何か音がした？」

馬淵の声も割り込んだ。巨体に汗を浮かべ、屋敷に戻ってきたのだ。画面には映っていないが、僕らは顔を見合わせ、暗黙のうちに様子を見に行く決断をした。

ここで僕は、ようやくカメラの存在を思い出す。テーブルの上に置いていたことと、録画ボタンが押しっぱなしだったことを。僕はとっさにカメラをつかみ、談話室から廊下へ出た。事件の記録を……などという考えはもちろんなかった。ただの野次馬根性だ。

僕の動きに合わせて画面が揺れた。でも四号室のドアがフレームから外れることはない。廊下を駆け抜け、左に曲がる。途中でドアの開く音がし、「すごい音したけど、なあに？」と低血圧な声が聞こえた。碓井さんが二号室から顔を出したのだ。

その碓井さんも合流し、僕らは四人一緒に四号室の前に辿り着いた。

「佐竹、どうかしたか？　おい、佐竹」

笠山がノックをし、呼びかける。返事はない。録画時間が三十六分を過ぎる。僕が片手でドアノブをつかむと抵抗なく動いた。鍵はかかっていないようだ。

「佐竹、開けるよ？　いいね？」

ドアを開き、部屋の中に入った。

プレオープン中だからということもあるのだろう、部屋の内装は簡素だった。広さは六畳ほど。正面の壁に窓があり、右の壁沿いに液晶テレビが載った薄型デスクと、クローゼット。左側の壁沿いにはシングルベッド。

そのベッドの端に体をのけぞらせるようにして、佐竹が倒れていた。

着替えの途中だったのか、白いドレスの肩紐《かたひも》は腕を通っておらず、下着が露《あら》わになっている。その左胸に開いた小さな穴から鮮血がどくどくと溢《あふ》れていた。

「……佐竹！」

笠山が慌てて彼女を抱きかかえ、首筋に手を当てる。僕のほうを向き、絶望的な顔で首を振った。それで僕らは友人の死を知った。

碓井さんがかん高い悲鳴を上げ、映像の音が割れた。馬淵が尻餅《しりもち》をつきそうな勢いで後ずさる。僕もかなり困惑したらしく、画面が関係のない場所を映し出した。ドアのすぐ右

四号室　現場図

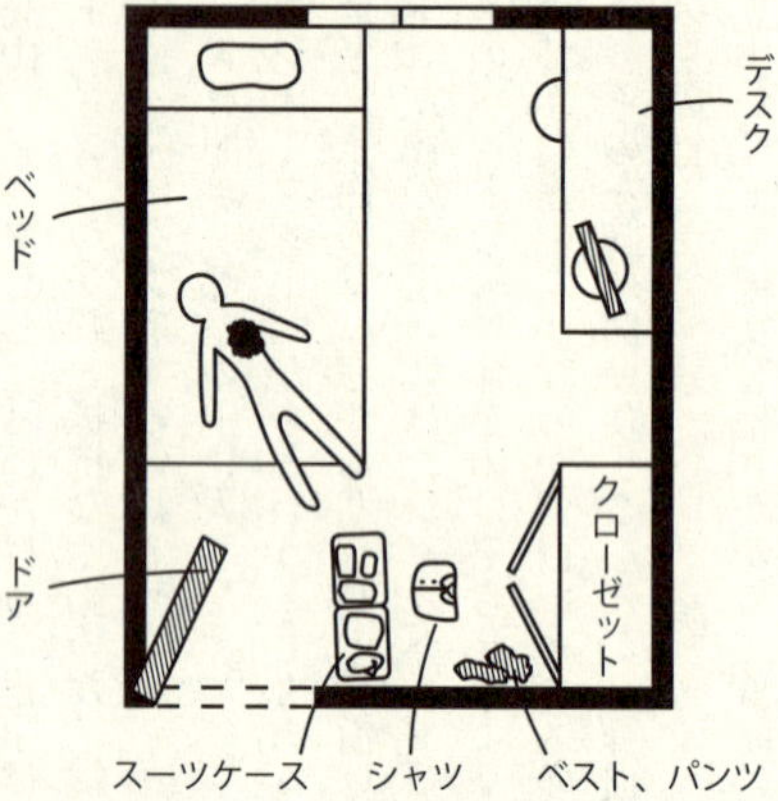

にスーツケースが開いた状態で置かれ、その横には佐竹が先ほどまで着ていたシャツが畳まれている。さらに部屋の角には、廊下側の壁に押しつけられるようにしてダウンベストとスキニーパンツがくしゃくしゃに丸まっていた。

それ以外、部屋の中には何もない。

混乱のさ中にいたから、このときの自分が何を思考したかははっきり覚えていない。だけど一つだけ、こう考えたことは記憶している。

おかしい。

ドアに鍵はかかっていなかった。でも僕はずっと談話室の長椅子に座って、この部屋のほうを向いていた。四号室のドアは一度も開いていない。誰もこのドアに近づいていない。

僕のカメラは犯人の姿を求めてさまよいだ

す。電気が点《つ》いていたし、窓のカーテンは左右とも開いていたので、隅々《すみずみ》までよく見えた。ベッドの下は？　いや、このベッドは下に隙間《すきま》がないタイプだ。デスクの下は？　もちろん誰もいない。ドアの裏側。いるわけない。とするとクローゼット？　観音開きの扉がわずかに開いている。カメラがそちらに近づき、僕の手が両側の扉を開いた。誰の姿もなかった。……窓は？　窓はどうだ？　カメラが部屋の奥へ向けられる。

ごく一般的なアルミサッシの引き違い窓は、左右がぴたりと閉じていた。新品のクレセント錠が内側からかかっているのも、近づくまでもなくわかった。

収録時間が三十七分を過ぎる。

「なんなのこれ」碓井さんが嗚咽《おえつ》交じりで言った。「なんなの。佐竹ちゃん、どうして……」

「わからない」笠山が叫び返す。「銃で撃たれたみたいだ」

「殺人だ」馬淵が呆然《ぼうぜん》とつぶやいた。「警察……。警察に、電話を」

「待って。ちょっと待って。変だよ、これ。犯人はいったいどこに……」

僕の説明は最後まで続かなかった。

映像に新たな異音が侵入したからだ。パチ、パチ、パチ……と、何かが爆《は》ぜるような小さな音。今度はキッチンのほうから聞こえた。

ドアの近くに立っていた馬淵と碓井さんが何事かと廊下に戻り、僕のカメラもあとを追った。佐竹の死体を発見したことを人生最大の驚きとするなら、その直後、僕らは人生で二番目の驚きに包まれた。

画面に映ったのは、キッチンのドアを包んで広がりつつある炎と、飛《と》び交《か》う火の粉。

「か、火事だ！」

笠山が叫ぶ。さすがの僕も野次馬根性どころではなく、停止ボタンに手を伸ばした。馬淵の慌てふためく声に碓井さんの絶叫が重なる。画面が大きくぶれ、そして――

2

そして、始まったときと同じくらい唐突に映像は終わった。

中年の男がパイプ椅子《いす》を動かしてこちら側を向く。彼は僕ら一人一人を見回して、凝《こ》りをほぐすように首の裏をさすった。

「確かに、皆さんの証言と食い違う点はないようですな」

「ええ」とか「ああ」とか、力ない応えがまばらに返った。当然だ。二度と見たくないと思っていた死体発見シーンをもう一度確認させられたのだから。

しょせんは映像だし、酷《ひど》さも生々しさも半減だろうと高をくくっていたが、不思議なことに画面の中の出来事は現実よりずっと陰惨に感じられた。笠山、馬淵、碓井さん、みんな気分が悪そうだ。初めて佐竹の死体を見せられた重松さんも僕らの後ろで顔を青くしている。深呼吸して落ち着きたいけど、ここではそれも難しい。あたりにはまだ不快な焦《こ》げ臭《くさ》さが漂っている。

僕らは、焼け跡に設置されたパイプテントの中にいた。

火事に気づいたときにはもう手遅れで、炎はキッチンを呑み込んでいた。僕らは佐竹の死体を運び出す暇さえなく、大慌てで硝子屋敷の外に逃げた。街に戻る途中だった重松さんに携帯をかけ、すぐに対応してもらったが、消防車が駆けつけるころには屋敷全体に火が回り、消火のすべはなくなっていた。

僕らはパトカーに乗って街まで戻り、警察署で事情聴取を受けながら不安な時間を過ごした。一夜明けてからもう一度ここに連れてこられ、世界一楽しくない映像鑑賞会が始まったわけだ。

名残《なごり》を惜しむように、また焼け跡を見る。

硝子屋敷は全焼していた。堂々としたホールも、美しい螺旋階段も、精緻を極めた内装も。ガラスのすべてが熱で割れ、ドロドロに溶け、ひしゃげて曲がって崩れ落ち——墨壺深紅の人生の結晶は、無残《むざん》な灰色の残骸《ざんがい》と化していた。宿泊スペースももちろん丸焼けで、捜査員たちが瓦礫《がれき》を撤去するために動き回っている。

昨日車の中で考えたことは奇《く》しくも現実となったわけだ。透き通った屋敷は、蜃気楼のようにそのまま消えてしまった。無風の嘆ヶ森だけあって、周りの木に火が燃え移らなかったことだけが不幸中の幸いだった。

「一夜明けたら死体が……なんてのは小説でよくありますが、到着して三十分弱でというのは最速記録ですな」

中年の男——長野県警の戸部《とべ》と名乗った刑事は唇を歪《ゆが》めた。場を和ませるためのジョークだったのかもしれないが、笑った者は誰もいない。刑事はすぐ真顔に戻り、「よろしい」と続ける。

「手始めに火事のことから考えましょう。私らみたいに人を疑うのが仕事じゃなくても、山奥の森の中で殺人事件と放火事件がたまたま同時に起きた、なんて与太話を信じる人間はいないでしょう。二つの事件は同一犯の仕業だったはずです」

「あれってやっぱり、放火なんですか」と、僕。

「ええ。出火場所はキッチンです。ガソリンみたいな燃料を撒《ま》いて火をつけたようです。ただ、放火のタイミングがいつかはわかりません。銃声が聞こえてから皆さんが四号室に入るまでには二分ほど間がありましたな。そのわずかな間に犯人がキッチンに移って火をつけたのかもしれませんし、あるいは事前に時限式の発火装置のようなものが仕掛けられていたのかもしれません。導火線と燃料入りの袋を用意すれば簡単に作れますからな。キッチンならシンクの下とか、隠し場所もいくらでもありますし」

「何か、そういった痕跡《こんせき》でも？」

「いいえ。キッチンは焼け方が激しくて、何もわからない状態です。そこがやっかいでしてな。とりあえずキッチンに出入りした人間というと……碓井さん、あなたと被害者の佐竹さんだけですが」

「わ、わたしが火をつけたって言うんですか！」碓井さんは感情を爆発させた。「わたしは、飲み物がほしかっただけです。車に酔って気分が悪かったから……。そ、それに、佐竹ちゃんもずっと一緒にいたし」

「いや」笠山が口を挟んだ。「映像だと、碓井は佐竹よりも少し遅れてキッチンを出てきた」

「ほんの何秒かでしょ。仕掛けなんてできないわよ！」

「ええ、ええ。わかってます」と、戸部刑事。「ただ、何か気づくことはありませんでしたか。たとえば勝手口のドアです。図面を確認しましたが、あのドアは内側に閂《かんぬき》タイプの鍵がついていて、中からのみ開け閉めできるようでした。その鍵が開いていたとか、壊されていたということはありませんでしたか？」

「鍵のことなんて、知りません。キッチンにいたのは一瞬だったので」

「なぜ勝手口のことを気にするんです」と、笠山。「犯人が外から侵入したとでも？」

「そういうわけではありませんが……」

「外からだとしたら、怪しいのは馬淵だな」

笠山はずけずけと言い放った。馬淵はええ、と戸惑った反応。

「だって屋敷の外にいたのはおまえだけだろ。勝手口から忍び込んで工作を行うチャンスはいくらでもあったはずだ」

「そんな……お、おれがやるわけないじゃないかあ」

「現に映像にも残ってたろ。俺たちと手を振り合ったときだよ。おまえ、キッチンの裏からこっちに向かって歩いてきたじゃないか」

「散歩をしてただけだよ。宿泊スペースには近づいてないし、目を向けてすらいないよ。森のほうを気にしてたから……。そんなこと言うなら笠山だって怪しいんじゃないか？飯島と話したあとでどっか行ってたんだろ？　外に出て回り込むこともできたんじゃ」

「ダイニングを見に行ってたんだよ。だいたい外に出たらおまえに気づかれるだろうが」

「だっておれ、そのときは森の中にいたし……」

「笠山が宿泊スペースに回り込もうとしたら、僕の視界にも入ったと思う」

仲間割れを止めたくて、僕も口を出す。

「硝子屋敷は中からも外が丸見えだし。僕はずっと宿泊スペースのほうを向いてたから」

「そうだな。だから俺が外に出た可能性よりは、飯島が外に出た可能性のほうが高い」

ええっ、と馬淵と同じような声を発してしまった。

「談話室で別れたあと、俺は飯島がそこに居続けたかどうかを知らない。ビデオにも飯島の姿は映ってない。こっそり外に回って火をつけることもできただろ？」

「ひどいよ笠山……。せっかく君を弁護したのに」

「弁護はありがたいが、こういうのは心情抜きで考えるべきだ」

「同意見ですな」

専門職の一言で僕らは我に返る。戸部刑事は鹿爪《しかつめ》らしい顔で腕組みしていた。

「わかりました、放火の機会は一応全員にあったとしましょう。次は殺人についてです。佐竹さんの死体は黒焦《くろこ》げでしたが、体内からコルト・ガバメントの銃弾が見つかりました。日本でも流通している銃——と言うとおかしいですが、暴力団なんかでよく取り引きされるやつです。銃器に詳しい部下もあの銃声はコルトのそれに間違いないと言っとりました。映像を見る限り室内に拳銃《けんじゅう》はありませんでしたし、焼け跡からも発見できなかったので、自殺とは考えられません。そもそも自殺なら胸ではなく頭を撃つでしょうからな。そうなると、問題は……」

戸部刑事はみなまで言わず、容疑者たちをじろりと眺めた。僕らには言葉の続きが容易にわかった。

問題は、誰が殺したかだ。

「皆さんは被害者と旧知の仲で、今回は三年ぶりに五人そろっての旅行だったそうですな。発案者は佐竹さんで、泊まるのも佐竹さんの会社でオープン予定の宿泊施設。彼女が参加することは確実だったわけだ。会社経営で多忙な彼女と人里離れた場所で対峙《たいじ》できる貴重なチャンス。皆さんの中の誰かがその好機を狙《ねら》って——などと、穿《うが》った想像をすることもできます」

縁起でもないたとえ話をしてから、刑事の視線は笠山を捉える。

「動機面から攻めるなら、笠山さん、あなたは佐竹さんと硝子屋敷について少なからぬ思いを持っていたようですが」

「もし俺が佐竹を殺《や》るなら、人前で動機を語ったりしませんよ。それに俺に殺せたはずがない。俺は銃声の直後、談話室で飯島と顔を合わせてるんです」

「直後といっても一分ほど間がありました。健康体の成人男性なら、外から回り込んで談話室へ戻ることも時間的には可能でしょう。三十秒もあれば充分です」

「だから、そんなことしたら他の奴《やつ》に目撃されますって。……それに誰の仕業にせよ、どうやって殺したっていうんです？　あの部屋には誰も出入りできなかったんですよ」

笠山が核心を突き、その場の全員が黙り込んだ。

そう。すべては僕の映像が証明していた。四号室の出入口はドアと窓だけ。窓には内側から鍵が。ドアの鍵は開いていたが、そのドアは佐竹が部屋に入ってから死体となって見つかるまでの間、ずっとカメラのフレームに収まっていた。ドアは一度も開閉していないし、誰かが近づいてさえいない。なのに犯人は、部屋の中から忽然《こつぜん》と消えていた……。

どこから入って、どこへ消えたのか？

「ひ、秘密の通路とかがあったんじゃ」

ぼそりと発言したのは碓井さんだった。笠山が「おいおい勘弁してくれよ」と言いたげに肩をすくめる。

「でも、そうとしか考えられないじゃない。四号室のどこかに抜け道があって、こっそり出入りできたとしか……そ、そうよ。犯人が屋敷に火をつけたのも、その証拠隠滅を図るためかも」

「お言葉ですが碓井さま」重松さんが控《ひか》えめに反論した。「硝子屋敷並びに増築した宿泊スペースの図面は、社員も佐竹社長もチェック済みでした。そのような仕掛けはどこにも存在しませんでした」

「その点は私らもチェックを行いました。増築を受け負った業者にも部下が聴取を。残念ながら秘密の通路や隠し扉はないようですな。先ほど火災研の職員にも焼け跡を見てもらいましたが、そんな大規模な仕掛けがあったらいくらなんでも痕跡が見つかるはずだと言っとりました」

「じゃ、じゃあどうやったっていうんです！」

唾《つば》を飛ばす碓井さん。感情の起伏が普段と大違いだ。戸部刑事はまた首の裏をさすりながら、

「たとえば……犯人がドアの後ろに隠れていて、混乱に乗じて抜け出したとか」

「馬鹿馬鹿しい。ドアのそばには俺たちがいたんですよ」

「僕もドアの裏は気をつけてました。誰も隠れてなかったと思います」

笠山と僕が言い、その説も否定された。続いて馬淵が口を開く。

「部屋に入らずに殺すこともできたんじゃないかなあ。銃で撃たれてたんだろ？　小さな穴を通して遠くから射撃したとか」

「ゴルゴ13じゃあるまいし、無理だよ」と、僕。「それに、銃声ははっきり四号室の中から聞こえたし」

「それはほら、録音とか」

「あれが録音なら、本物の銃声はいつ響いたんだよ」と、笠山。「それに、俺たちは銃声が聞こえてから二分ほどで部屋に入ったが、死体の傷口からはまだ血が流れていた。佐竹は間違いなくあの銃声がしたときに殺されたはずだ」

「検死でも、近距離からの射撃だと報告が入っとります。弾は死体の体内に留《とど》まってましたが、かなり深く食い込んでいたそうです」

立て続けに反論され、馬淵はしゅんとしたように大きな体を縮こまらせた。もう他に珍説は出ないようだった。

でも――

「でも、そんなのっておかしいですよ。これじゃ完全に……」

「密室殺人っすね」

僕が結論付けようとしたとき、ふいに知らない声が割り込んだ。

振り向くと、キャップを前後逆にかぶった若い女性が立っていた。

作業服を着ているが、鑑識係の青いそれではない。カーキ色の薄汚れたつなぎである。そばかす顔の眉間《みけん》には薄く皺《しわ》が寄っていて、ヤンキーに睨まれているようなプレッシャーを感じた。どうも片田舎《かたいなか》のバイク屋といった風情の見た目だが、彼女が持っているのはレンチでもスパナでもなく、付箋《ふせん》だらけの分厚い手帳だった。

「なんだあんた、記者か？　ここは立ち入っちゃだめだよ」

戸部刑事はパイプ椅子から立ち上がり、部下の誰かを呼ぼうとする。だがその途中ではっと顔を強張《こわば》らせ、女性に指を突きつけた。

「待て！　知ってるぞ。一課の会議で話題になってた。確か……」

「仲介屋の琵琶《びわ》っす。見てるだけなんでおかまいなく」

女性はぶっきらぼうに名乗り、焼け跡のほうへ目を移した。どうも話に追いつけない。

「刑事さん、仲介屋って」

「どっから情報を仕入れてるやら、ときどき事件現場に現れる女です。捜査の邪魔をするわ妙な連中を呼び出すわで、こっちも困ってまして……」

「妙な連中？」

「探偵っす」琵琶と名乗る女が答えた。「あたしらそれが仕事なんで」

追いつくつもりだったのに、さらに差をつけられてしまった。

聞き間違いでないとしたら、彼女は今「探偵」と言った。探偵——。警察言うところの「妙な連中」。信用調査や素行調査を行うそれとは違った意味合いに聞こえた。まさか、捜査に介入して謎《なぞ》を解く探偵？　そんな連中、実在するのか？「それが仕事」って……探偵に事件を仲介する仕事？

「ごちゃごちゃ言ってないで今すぐ出てってくれ」

「いいっすよ。もうだいたい調べ終えたし」琵琶は手帳を閉じて、「この感じだと薄気味《うすきみ》さんが適任でしょうね」

「うすきみい？」

「薄気味良悪《よしあし》。今ちょうど近くに滞在中らしくて。墨壺屋敷で密室で火事とくればあの人的にはSSR《エスエスレア》級の案件っすし、すぐ飛んでくると思いますよ。ヘリか何か使ってでもね」

「誰だか知らんが部外者を呼ばれちゃ困る」

「でも、プロの助言があったほうがあなたらも助かるでしょ」

彼自身も捜査のプロであるはずなのに、戸部刑事は声を詰まらせた。その強く出られない態度と先ほどの言葉から察するに、両陣営の接触はこれが初めてではないのだろう。僕の膝《ひざ》がそわそわと揺れた。硝子屋敷の非現実にまだ囚《とら》われている気分だった。

警察は探偵を知っている。

彼らがどういう連中で、どのくらい役に立つのかを知っている。

「実力についてはご心配なく。薄気味さんは京都の後目坂《うしろめざか》の一番人気っす。あの探偵街にはピンからキリまで探偵事務所が並んでますけど、その中で一番ってのはかなりの折り紙つきっすよ。淀側基準《よどかわスケール》でもDQ80以上をマークしてますし。不安なら千葉県警に電話して、去年起きた轡邸《くつわてい》事件について聞いてみてください。確か薄気味さんが解決してたはず」

馴染《なじ》みのない単語を交ぜながら、いかにも仲介業めいた口調で話し続ける琵琶。

「性格も上位の探偵の中じゃまともなほうっすからご安心を。変わったとこがあるとすれば——」

彼女は眉間に皺を寄せたまま、呆れるように笑った。

「事故物件に住みたがることくらいかな」

3

「大変見事な焼け具合ですね」

一時間後。仲介屋の予言どおりチャーターヘリで現れた男は、嬉《うれ》しそうに焼け跡を見回した。まるで高級レストランでステーキを品評するような言い方だった。

「さすがは墨壺コレクション全焼してもなお美しい。散らかったガラス。焼けただれた柱。鼻をつく悪臭。怨念《おんねん》渦巻くようなこの雰囲気。お見事です実にお見事。僕の別荘に加えるにふさわしい物件ですよ。物件というほど原形を留めてはいませんがね。あっは」

何やらはしゃぎながら男はパイプテントに入ってくる。僕らはたぶん、全員が同じことを考えていた。

こいつが本当に探偵なのか？　と。

旅行会社の広告などでよく見る、和装の外国人——というのが僕の抱いた第一印象だった。軽く癖《くせ》のついた波打つ金髪、すらりと細い顎《あご》に雪色の肌。ハリウッドスター級の容姿《う》を持つその男が、スーパーの特売品めいたしじら織りの甚平を着ている。履き物は木の右近下駄《こんげた》。二十代か三十代か、国籍も不詳なら年齢もよくわからない。口元はにんまりとカーブを描き、ウィンクのつもりなのかなんなのかずっと右目を閉じていた。

そしてもう一人――甚平男の後ろにつき従うのっぽの男。彼は古きよき六〇年代の生き残りだった。黒い髪を長く伸ばし、額には紐《ひも》状のバンドを巻いている。Tシャツの上にフリンジベストを羽織《はお》り、ズボンは足元がラッパのように広がったベルボトム。ひげを生《は》やしていないことを除けば完全にヒッピーだ。彼もまた年齢不詳だが、薄い色のサングラスからは世を儚《はかな》むような超然とした目が透けて見えた。そしてギターケースの代わりに、スケッチブックを一冊持っていた。

「やあやあどうも初めましてこんにちは。事故物件収集探偵の薄気味良悪です」

甚平姿の男が名乗った。続いてヒッピー男が口を開く――のではなく、スケッチブックを開く。一ページ目に〈遊山遊鶴《ゆさんゆづる》〉と名前らしきものが書いてあった。

「助手の遊山くんです」と、薄気味。「すみませんね。彼は人と喋《しゃべ》るのが苦手でしてコミュニケーションはもっぱら筆談なんです」

遊山と名乗った男はスケッチブックのページをめくり、何やらマジックペンで書きつけた。そしてそれを薄気味に見せる。

〈苦手じゃない　控えてるだけ〉

「ああはいはいそうだったね。お酒と同じ。人との会話が健康に悪いという君の持論は理解しかねるけどまあバランス的にはちょうどいいよ。僕がちょっぴり饒舌《じょうぜつ》なほうだものね。会話の量まで釣り合いが取れてるなんてやっぱり僕らは名コンビだねえ」

あっは、と独特のアクセントで笑う薄気味。その勢いに呑まれたからか、〝轡邸事件〟とやらについて調べたからか、戸部刑事は闖入《ちんにゅう》者たちの振る舞いに口を挟もうとしない。彼はただ、無人島で助けを求めるみたいにおどおどと目を移ろわせていた。仲介屋はすでにこの場を去っていて、あいにく探偵との間を取り持つ役はいなかった。

「な、長野県警の戸部です……戸部だ」敬語を使うべきか迷ったらしい。「ええと、聞いた話だと力を貸してもらえるとか、もらえないとか」

「力を貸す？　その表現は二つの点で間違ってますね。まず僕が扱うのは力ではなく知恵です。それに貸したりはしません。貸したら返してもらわなきゃいけないじゃないですか。僕はあなたたちに返してもらうほど知恵に困ってませんからね。よって一方的に知恵を与えるという表現が正しいでしょう一種の慈善事業です。表向きの手柄もあなた方の独占でよろしい。その代わり解決できた暁にはこの焼け跡の所有権を譲っていただきます。僕はこういった場所を保全するのが趣味でしてね。つい先日もおやどうしたの遊山くん」

助手に肩を叩かれ、薄気味は振り向いた。スケッチブックには一文字〈金〉と書いてあった。

「ああそうそう忘れてた。謝礼も少々いただきますよ。僕らにも生活があるのでね。まあ今回殺されたのは不動産グループの社長だそうですから国民の血税よりかはそちらからふんだくったほうが後腐れはないでしょう」

薄気味はウィンク顔を維持したまま重松さんを見やった。「あ、はい」と社長秘書は背筋を伸ばす。

「犯人を見つけていただけるなら、我が社としましてはいくらでも」

「では早いところ解決に取りかかりましょう。硝子屋敷の残骸もゆっくり愛《め》でたいところですしね。いえ詳細は話さずともけっこう琵琶さんからほぼ聞いています。事件の前後を記録した映像があるそうですね。それだけ見せてもらってもよろしいですか」

「見せるだけなら……」

戸部刑事はビデオデッキに手を伸ばす。薄気味はパイプ椅子であぐらをかき、片膝《かたひざ》の上に頬杖《ほおづえ》をついた。遊山はその後ろに立ったまま、僕らも周りに群がったままで映像が始まった。

そしたら牧師がこう言ったわけ——佐竹の微妙なジョークと、車内を包む愛想笑いをもう一度聞かされる。

「これ全部で何分ですか」

薄気味が尋ねた。「三十分くらいです」と僕が答えると、探偵はリモコンの三倍速ボタンを押した。会話が早口になり、アングルがめまぐるしく切り替わる。目がちかちかしそうなその画面を、薄気味は左目だけで凝視し続けた。僕らの人間関係については仲介屋から聞き及んでいるのか、質問などすることもなかった。

昨日の僕らは猛スピードで硝子屋敷に到着し、談話室に入り、死体を発見して火事に遭遇した。早回しの映像は十分ほどで終わった。

「どうです……どうだ？」と、戸部刑事。「何かわかったことは」

「存外簡単そうな事件ですね。片目で充分」

「え？」

「でもトリックが絞りきれないなあ。秘密の通路という可能性もあるにはある。ちょっと失礼して現場を拝見」

甚平姿の探偵はテントから離れ、カランコロンと下駄を鳴らして焼け跡へ踏み入る。六〇年代ファッションの助手もその一歩あとをついていく。

宿泊スペースの残骸をうろつく探偵たちを、僕らは不安げに見守った。ゴミ山で遊ぶストリートチルドレンを眺めているようだった。薄気味はきょろきょろと首を巡らし、歩幅で何かの距離を測ったり、黒焦げの物体を拾って観察したりする。ときおり「遊山くんこの下見せて」などと助手に頼み、遊山は沈黙したまま瓦礫をどかす。

――ちょっと待った。家の瓦礫って、片手であんな簡単に持ち上げられるものなのか？手ごろな大きさの瓦礫はすでに捜査員が片付けていて、今残っているのはクレーンを使わないと撤去できないような大きな塊《かたまり》ばかりだ。ログハウス用の丸太って一本何キロくらいだっけ？

「薄気味悪い奴らだ」

笠山がつぶやく。僕はうなずかざるをえなかった。

五分ほど歩き回った末、探偵たちはテントに戻ってきた。

「抜け道や隠し扉の痕跡はありませんね」

「わ、わかるのか」

「一応事故物件を専門にやってますからそれくらいは焼け跡からでも。にしても風がないから幣ヶ森とはよい名前をつけたものです。確かに風を感じません」

と、何やら一人で納得したあと、

「刑事さん。戸部さんでしたっけ。一つだけお聞きしたいんですが昨日このあたりの気温が何度だったかご存知ですか。日中の気温です」

「気温？　昨日は……二十度くらいだったと思う」

戸部刑事が答え、僕らも同意した。そう。初夏の長野らしく過ごしやすい一日で、だから硝子屋敷の中でもエアコンが必要なかった。

「二十度。なるほどそうですか」

薄気味は顎を撫《な》でてから、ひらりと身をひるがえし、

「あなたが犯人ですね」

重松さんを指差した。

「わ、私ですか」

突如名指しされ、さすがの重松さんも慇懃《いんぎん》な態度を崩した。

「私が、佐竹社長を殺したと？」

「社長を殺したのもあなたですし屋敷に火を放ったのもあなたです。佐竹さんを撃ち殺したあとキッチンに移動し放火してから北側の森に逃げたのでしょう。三～四分あれば時間的には充分です。勝手口はあなたが前日のうちに鍵を開けておいたんじゃないかな」

「何をおっしゃっているのかさっぱり……。そもそも、なぜ私が」

「なぜって？　わかりきっているでしょう。あなた以外犯人じゃありえないからです。密室トリックもあなたにしか実現不可能な仕掛けが使われている。一つならまだしも二つが一致したとあっちゃいくら慎重入念がモットーの僕でも確信を持たないわけにいきませんよ」

　僕らはテニス観戦者のように、探偵と秘書とを交互に見た。

　重松さんが犯人というのも意味がわからないが、それよりも解決スピードが理解できなかった。薄気味良悪がやったことといえば三倍速で映像を見て、宿泊スペースの焼け跡をうろつき、昨日の気温を尋ねただけだ。なぜそれだけで犯人がわかるのか？　しかも、トリックまでわかったって？

「動機はいったいなんでしょう？　社長にこき使われてストレスが溜《た》まっていたのかな。それとも墨壺深紅の隠れ信奉者で屋敷が汚されるのに耐えられなかったとか？　ただの怨《うら》みならこんな殺し方する必要ありませんからこっちのほうがありそうですね。笠山さんも言ってましたがあの女社長のセンスのなさにはほとほと呆れますよ。彼女を始末したのは正しい行いだったと僕は思いますね。だからと言って見逃すつもりもありませんが。仕事ですからね。あなたには申し訳ないけれど。あっは。おや何かな遊山くん」

〈信奉者が火をつけるか？〉

「屋敷がSNSで晒《さら》しものになるくらいならいっそ燃やしてしまえと思ったのさ。ほらアイドルなんかでもよくあるでしょ。大好きだけど誰かのものになるくらいなら殺してやる的なファン心理」

遊山は軽く考え込み、またスケッチブックにペンを走らせ、

〈確かに福山雅治《ふくやままさはる》が結婚したときは悲しかった〉

「福山さんの幸せを願ってあげなよ遊山くん」

「待ってくれ」戸部刑事が割って入った。「わからない」

「そうですか？　有名人じゃないですか『ひとつ屋根の下』にも出てたし」

「いやそうじゃない。福山雅治の話じゃない。なぜこの人が犯人なんだ」

刑事は秘書を顎でしゃくった。僕らも、張本人の重松さんも、怪訝《けげん》な顔でこくこくとうなずく。

「私が社長を殺しただなんて、とんでもございません。犯人だとおっしゃるならその根拠を……」

「もちろんこれからお話ししますよ」

薄気味は彼の言葉を遮り、またパイプ椅子の上にあぐらをかいた。

「まず犯人がどうやって四号室に入ったかを考えましょう。至近距離から銃を撃っている以上犯人は必ず四号室の中にいたはずですね。しかし佐竹さんが入って以降四号室のドアには誰も近づかなかったわけですから侵入方法は次の二通りに限定されます。①窓から入ったか②佐竹さんが入る前から部屋の中に隠れていたか。①のほうが簡単そうですが問題は佐竹さんが若い女性であり部屋の中で服を着替えていたという点です。想像してみてくださいよ。誰かが窓から入ったとして着替え途中の彼女になんて言い訳するんですか。『やあこんにちは。ちょっとふざけて窓から入ってみたけど気にしないでね』？　馬鹿馬鹿しいじゃありませんかそんなことしたら悲鳴を上げられる危険が大ですし運よくそれを免れたとしても警戒されるに決まってます。警戒されたら殺人はできない。したがって侵入方法は②。隠れて待ち伏せしていたわけです。そしてあの部屋の中で長時間隠れられる場所といえば一ヵ所しかありません」

　僕の頭の中で映写機が回る。

　六畳ほどの四号室の室内。ベッドにデスクといったシンプルな内装。ベッドは下に隙間がないタイプだったし、デスクの下は覗き込むまでもなくよく見えた。あの中で隠れられそうな場所は――

「クローゼット、ですか」

　薄気味の唇がいっそう楽しそうに綻び、僕にうなずきかけた。すかさず重松さんが異を唱える。

「単なる推測でしょう。証拠は……」

「服ですよ」

探偵は金髪を指に巻きつけながら続けた。

「四号室の壁際でくしゃくしゃになっていた佐竹さんの服。部屋に入った彼女はドアの横にスーツケースを置きその場でドレスに着替え始めたのでしょう。そこまではよろしい。しかし到着早々着替えるほど身だしなみに気を遣う女性が脱いだ服をくしゃくしゃのまま放るなんておかしいじゃありませんか。現にシャツは床の上にきちんと畳まれていました。おそらく彼女は他の二枚も同じようにしてシャツの近くに畳んでおいたはずです。その後何か不測の事態が起きダウンベストとパンツだけが壁際にくしゃっと押しつけられてしまったのでしょう。では何が服を押したのか？　位置関係から見れば明らかです」

遊山がスケッチブックをめくり、さらさらとペンを動かす。

〈クローゼットの扉〉

「そのとおりさ遊山くん。あのクローゼットは観音開きタイプだった。それが開いたとき床の上の服が扉に押されて壁にプレスされたってわけ。畳んで置かれた場所が扉の軌道の外側だったためシャツだけは難を逃れたんだろう。この事実は佐竹さんが服を脱いだあとでクローゼットが開閉されたことを示している。しかし佐竹さん自身が開けるならその前に服をどかすはずだ。大切な自分の服なんだからね。ならばクローゼットを開けたのは佐竹さんではなく犯人。犯人がそんなことをした理由は？　映像だとクローゼット内には誰もいなかった。したがって殺人後に隠れるために開けたのではない。とすれば殺人前にその中に潜んでいたからということになるじゃないか」

脳内で映写機のフィルムが切り替わり、犯行の流れが映し出された。

クローゼットの中に潜み、扉の隙間からチャンスをうかがう犯人。佐竹がベッドのほうを向いたときを狙い、扉を内側から開ける。服が壁に押しつけられる。気配を察して佐竹は振り向くが、時すでに遅し。声を出す間もなく心臓を撃たれ、背中からベッドに倒れ込む――。確かにクローゼットの中から撃たれたとしたら、倒れていた位置にも齟齬《そご》が生じない。

「さて。犯人は佐竹さんに先回りして四号室に隠れていたことがわかりました。ではそれが可能だった人間は？　佐竹さんが四号室に入るとき飯島さんと笠山さんは談話室で一緒にいました。碓井さんもまだキッチンにいた。馬淵さんは一足早く外に出ましたが彼はそのあと映像内に現れて飯島さんたちと手を振り合っていますからクローゼットに隠れ続けることはできません。とすると？　あの日硝子屋敷の近辺にいて四号室に先回りすることができた人間かつ佐竹さんを殺す動機を持っていそうな人間は重松さんしかいません。よってあなたが犯人ということになるわけです。おわかりですかね」

薄気味の饒舌が途絶え、〝噤ヶ森〟の名にふさわしい沈黙が場を包んだ。

刑事と僕らの視線は重松さんに注がれていた。彼の顔は冷静さを失っていないが、額には汗が滲《にじ》み始めていた。

遊山がまたペンを走らせる。

〈車で帰ったのは見せかけか〉

「そうだよ。車で帰ったふりをして森を少し入ったところに停車してすぐ屋敷に戻ったの。火事が起きたあとは森の中でしばらく待ってタイミングを見計らって四人を助けに戻ったわけ。子どもじみたトリックだけど森の中なら銃なども捨てられるしね」

〈馬淵が森を散策してたはずだが〉

「そう。ギリギリだったのさ。馬淵さんがもうちょっと森の奥に入っていれば車を見つけていたはずだ。彼が外に出たこと自体計算外だったろうね。だってそうじゃない？ 初めて硝子屋敷に入ったのにすぐ外に出ちゃう人なんて想定できる？ 普通は一時間くらいかけてゆっくり中を見るよ。飯島さんがカメラを回し続けていたのも想定外だったと思う。本来は被害者以外の四人の証言を利用して視線の密室を作るつもりだったのだろう。何しろ硝子屋敷は透け透けでどこからでも四号室のドアが見えるからね。そうそう想定といえば――」

と、薄気味は重松さんに向き直って、

「佐竹さんが到着してすぐ四号室にこもるであろうことを想定できた人間もあなたくらいしかいませんね。彼女が着替え好きというのは有名だったようですが硝子屋敷用にドレスを新調した事実を知ることができたのは秘書のあなただけでしょう。他の四人は三年ぶりに集まったわけですから」

とどめのようにつけ加えた。重松さんは錆《さ》びついたロボットみたいに右手を動かし、やっとのことで額の汗を拭《ぬぐ》った。そして咳《せき》ばらいを一つ。

「大変興味深いお話でした。……しかし、私に殺せたわけがございません。仮にうまく先回りして、クローゼットに隠れられたとしても、あの部屋から出ることは誰にも不可能だったはずです」

「よろしい。では次に密室の謎を解きましょう」

臆《おく》することなく応えられ、重松さんは逆にひるむこととなった。一歩後ずさり、磨かれた靴の踵《かかと》が地面を削る。探偵は機先を制するように手を突き出す。

「おっと。逃げたり暴《あば》れたりするのは僕としてはおすすめしません。遊山くんは強いですからね。シンプルに強い。何事もシンプルなのが一番です。この事件のトリックも極めてシンプルでその点は感心しました。合理的なのも非常によい。屋敷を燃やすことが社長への報復とトリックの隠蔽《いんぺい》二つを兼ねています。というよりもともと火をつけるつもりだったから火事で隠蔽可能なトリックを考案したとも取れますね。そういう〝ついでの密室〟が僕は好きですよ。密室なんてこだわり抜いて作るほどのものじゃありませんからね」

軽快に言い、薄気味はまた「あっは」と笑った。彼の右目はいまだに閉じられたままだ。その場にまったくそぐわない、不気味なくらい爽《さわ》やかなウィンク。誰かの椅子のパイプが小さく軋《きし》んだ。

喋り疲れた様子はまったく見せず、探偵は推理を再開する。

「すでに何度か言及しましたが佐竹さんは服を着替えるために四号室に入ったのでしたね。実際に死体で発見されたときも着替え途中の状態でした。それで僕は映像を見ながら『おや？』と思ったんです。『おや？　どうしてカーテンが開いているんだろう？』と」

重松さんの両目がぎょっと見開かれた。

「若い女性が部屋のカーテンを全開にして服を着替えようとしますかね？　森の中だから気にしなかったのでしょうか？　いいえ。佐竹さんは馬淵さんが屋敷の周りを歩いていることを知っていたはずです。それにあの部屋のカーテンは最初から閉じていました。それをわざわざ開けて着替えるというのはありえないことです」

そうだ。佐竹が宿泊スペースに向かうよりも、馬淵が外に出ていくほうが先だった。それに、硝子屋敷に到着して車から降りたとき、カメラにはカーテンの閉じた五つの窓がはっきりと映っていた。なのに僕らが踏み込んだとき、四号室のカーテンは開いていた――

「佐竹さんが開けるはずないのであればカーテンを開けたのは必然的に犯人ということになります。そしてクローゼットに隠れていた事実がある以上カーテンを開けたのは佐竹さんを撃ち殺してから皆さんが部屋に入るまでの短い間。その短い間でわざわざカーテンに手を伸ばしたとすれば理由は一つしか考えられません。犯人が窓から逃げたからです。窓から出るには当然カーテンを開ける必要がありますし早くしないと飯島さんたちが入ってきますから外に出たあと閉め直す余裕がなかったというのも納得です。さあこれでひとまず結論が出ました。犯人はどこから逃げたのか？　答え：窓から。至極妥当ですね。部屋には窓とドア以外出入口がなかったしドアからは誰も出てこなかったんですから」

「いや……窓から逃げるのも不可能だろ」笠山が言った。「鍵がかかってるのを全員が見たし、映像にもちゃんと映ってた」

「何か、外側から鍵をかける方法があるのか？」

戸部刑事が重ねて尋ねる。薄気味は首を横に振り、

「鍵をかける方法はありません。時間的に考えて犯人に施錠トリックを用いる余裕はなかったはずです」

「じゃあやっぱり、密室のままじゃ……」

「まあまあ。焦らず続きを聞いてください。犯人が窓から逃げるためにカーテンを開けたとしても一つ疑問が残ります。それは『なぜ両側のカーテンを全開にしたのか』。ちょっと皆さんもう一度想像してみてください。佐竹さんを殺して急いで窓から出る必要があったとしましょう。でもその場合ってカーテンは片側だけ開ければ充分じゃないですか。あの窓はごくごくスタンダードなサッシ窓でどちらか片方を開けばすぐ出ていけるんですから。朝日を浴びるジブリヒロインじゃあるまいしなぜカーテンを全開にするのかが理解できません。この行為はまったく不可解です。ねえ遊山くんもそう思わない？」

〈無意識にやったのかも　普段の癖で〉

「無意識の行動なわけないじゃない。犯人は外に出ようとしてカーテンを開けたんだよ？靴を持っていたに決まってるでしょ。ということは片手がふさがっていたわけだ。片手じ

ゃ一気にカーテンを開くことはできないよ。つまり両側が開いていたってことは故意に片側ずつ開けたってことになるわけだ」

遊山は新たなページを開いた。これは名前と同じようによく使う言葉らしく、最初から書き込まれていた。

〈異論ない〉

「さて話を戻しましょう。犯人はわざと両側のカーテンを開いた。なんのためでしょう？カーテンを全開にすることが犯人にとって何かメリットとなりえるでしょうか。たとえば外からでも死体を見つけやすくして発見を早めたかったとか？　いえいえ銃声を派手に鳴らしているわけですから誰かが部屋の様子を見にくるであろうことは容易に想定できます。発見を早めたいならドアの鍵を開けておいたほうが確実です。現に開けてあったでしょう？　とするとカーテンを全開にした理由は？　ここは一つ逆の命題を考えてみましょう。もし犯人がカーテンを全開にしないまま部屋を脱出していたら。どんなことが起きるか？　少し遅れて飯島さんたちが部屋に入ってきますね。そして死体を発見する。部屋には誰も隠れていない。硝子屋敷は透け透けで四号室のドアは衆人環視下にあったわけですから誰がどこから逃げたのという話になる。ドアじゃないとすれば窓。まさしく映像がそうであったように飯島さんたちは窓に注目するでしょう。そのとき窓がカーテンで半分隠れていたとする。飯島さんたちの取る行動は？　そうです。窓に近づいてカーテンを開けるはずです。そうしなければ窓の様子がちゃんと確認できませんからね。しかし実際は誰も窓に近づかなかった。カーテンは全開で離れた場所からでも窓の様子がよく見えたからです」

僕がカメラを向けたときも、窓には接近しなかった。クレセント錠がかかっていることは誰の目にも明らかだったから。

「つまり……犯人は僕らを窓に近づけたくなかった？」

「そうなりますね。窓に近づけずに鍵がかかっていることを確認させたかったのです。直後に屋敷が火に包まれてカーテンもクソもなくなっているわけですからカーテンを全開にしたことによって生まれる差異はその一点しか考えられません。さあ。データが出そろいました。犯人は鍵のかかった窓から逃げた。時間的な制約から施錠トリックは用いられていない。そして犯人は窓に近づいてほしくなかった——とここまでくれば答えは明らかでしょう」

いつの間にか、重松さんは膝から崩れ落ちていた。

「木を隠すなら嶸ヶ森。それを隠すなら硝子屋敷といったところでしょうか。あっは」

僕は焼け跡に視線を向け、そこに建っていた硝子屋敷を幻視する。細部まで透明であることにこだわったガラスの建造物。まるでどこにも存在しないかのように、外の景色が透けて見える屋敷。

どこにも存在しないかのように。

まさか——

「重松さんは天気予報を見て犯行を決意し前日のうちに硝子屋敷に行って工作をしておいたのでしょう。そして火事を起こし証拠隠滅をはかった。この程度の工作の痕跡なら充分うやむやにできますからね。ここ噤ヶ森は無風地帯。昨日は過ごしやすい一日だったので屋外と屋内の気温差はほぼなし。曇り空だったので太陽の反射も問題なし。宿泊スペースは建ったばかりでどこもかしこも新品ホヤホヤ。汚れ一つない窓は硝子屋敷のそれと同じように透き通っていた。もうおわかりですね？」

　薄気味良悪は解答を告げた。

「四号室の窓にはガラスがはまっていなかったんですよ」

周木　律

『煙突館の実験的殺人』

周木 律（しゅうき・りつ）

二〇一三年、『眼球堂の殺人 ~The Book~』で第四七回メフィスト賞を受賞しデビュー。新たな館ミステリとして注目を集める。現在五作が刊行されている「堂」シリーズのほか、講談社タイガにて「失覚探偵」シリーズ全三作を刊行。他の著書に『不死症《アンデッド》』『幻屍症《インビジブル》』、「猫又お双」シリーズなどがある。

図1　煙突館　立面図・平面図

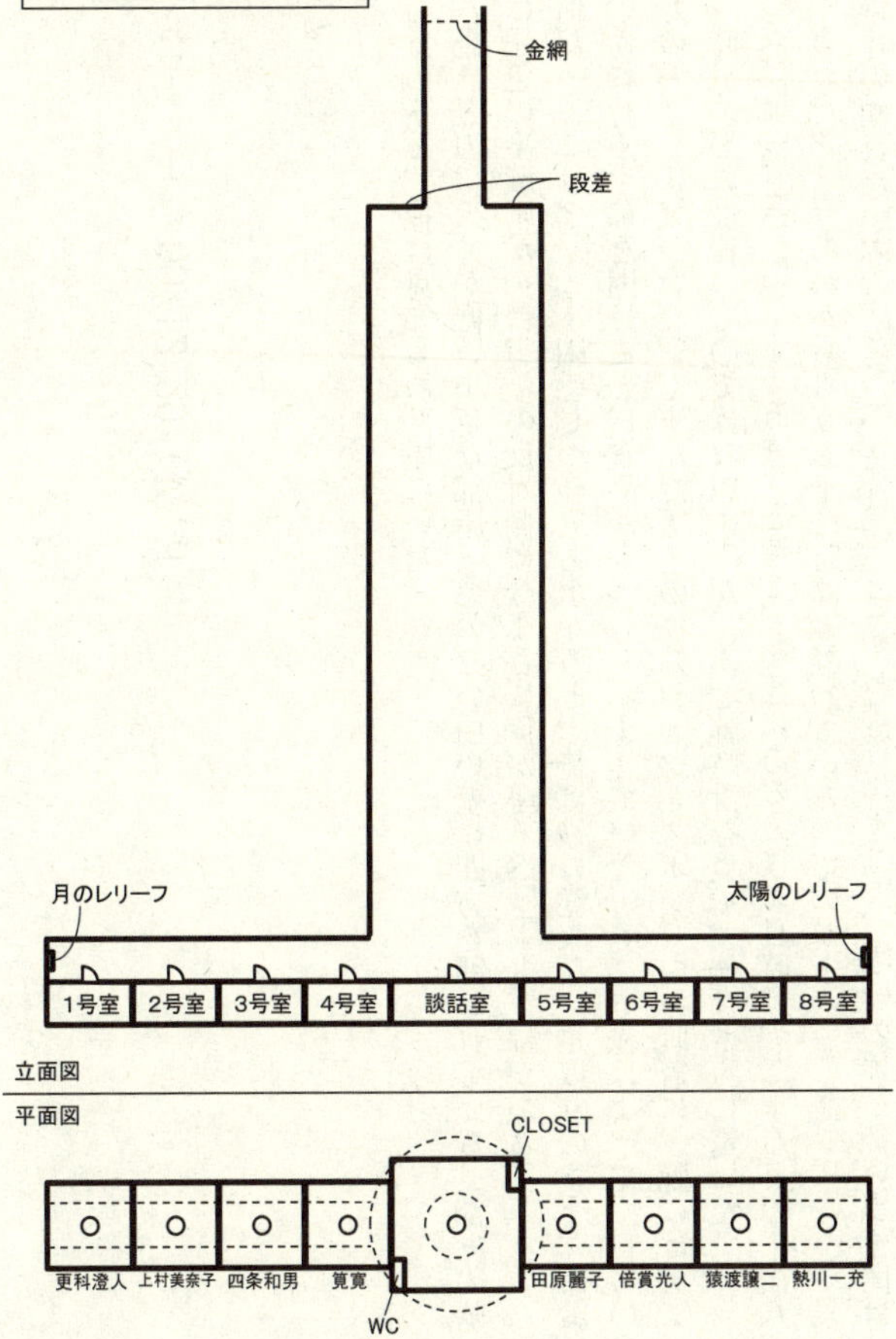

DAY 1　'00/12/29 (Wed)

《17：02》

目覚めると、俺は見知らぬ部屋にいた。

八畳ほどの、天井が低い小さな部屋。窓のない白い壁に四方を囲われている。部屋の隅《すみ》には銀色の冷蔵庫が一台、その反対側に今まさに俺が座るベッドと、扉がある。

何だ、ここは？　──困惑しつつ立ち上がると、俺は妙に覚束《おぼつか》ない足取りのまま、冷蔵庫の傍に行く。扉を開けると、食品がぎっしり詰まっていた。そこで俺はようやく自らの格好の異常さに気づいた。くすんだ灰色の長袖《ながそで》シャツとズボン。白い肌着に、腕にはデジタル時計。どれも俺のものではない──が、ふと腕時計を見て、俺はさらに驚いた。

《DEC 29　17：05：29》──ちょっと待て、記憶にある最後の日時は、二十八日の午後八時くらいだぞ？　あれからもう二十一時間も経《た》っているってのか？

得体の知れない不気味さに、俺は、ここから逃げ出そうと、唯一の扉を勢いよく開けた。だが、そこは、トイレとバスタブがある小さなユニットバスだった。

「おい！　出口はどこだ！」思わず叫んだ瞬間、俺は天井のあるものに気づいた。直径一メートルほどの丸いハッチだ。違和感があるが、出入口であることに変わりはない。俺はベッドに乗り、五十センチほど垂れ下がった梯子《はしご》に飛びつくと、よじ登ってハンドルを廻《まわ》し、そのままハッチを押し上げ外に出た。

そこは外――ではなく、薄暗い廊下だった。剝《む》き出しのコンクリート。幅も高さも二メートル程度の狭い通路には窓や扉はなく、あるのは床に点々と続くハッチのみだ。

ここはどこなんだ？　戸惑いつつ、歩き出す。大体五メートル間隔で並ぶハッチには『2』『1』と表示されている。振り返れば俺の出てきたハッチにも『3』とあった。

廊下を突き当たると、そこには銀色の巨大なレリーフが飾られていた。精緻《せいち》な彫金《ちょうきん》で描かれているのは――月だ。美麗なレリーフに見とれていると、不意に背後で声がした。

「あの……すみません」

ギョッとして振り向くと――女がひとり、男が二人いた。全員、俺と同じ灰色の上下を着用している。女は、茶色のショートヘアに中東の美人を思わせるくっきりとした顔つきで、二十歳前後に見えた。あとは、俺よりも少し年上の男と、がっちりとした若い男だ。

「あなたは、誰ですか」大きな瞳《ひとみ》を瞬《また》きながら、女が言った。何と答えたものか迷いつつも、俺は答えた。「あの……俺、四条和男《しじょうかずお》と言います。四つの条の四条」

「しじょうかずおさん……少し昔っぽいお名前なんですね。私は、じょうむらです。上《じょう》村美奈子《むらみなこ》」

「君こそ珍しい名前だね。ところで……そちらの二人は？」俺が促《うなが》すと、二人の男はそれぞれ答えた。

「更科《さらしな》といいます。はじめまして」はきはきと答える男——更科は、顔つき、体格、声色、どれもこれもあまり印象には残らない、まさしく平均的な男だった。

「筧《かけい》……です。その……どうも」若い男——筧は、俯《うつむ》き加減で訥々《とつとつ》と言った。がっちりと肩が大きく盛り上がったこの青年を、俺はどこかで見た覚えがあるような——。

「僕たちも、さっき初めて会ったばかりなんですよ」癖《くせ》だろうか、語尾を上げるような口調で、更科は言った。「ここ、どこなんでしょうね？　気づいたらこんなところに連れてこられていたんですが」

「病院か、研究所か、ホテル……じゃあないな。皆さんはどこで目覚めたんです？」

「僕はそこにある『1』の部屋ですね。上村さんは『2』で、筧さんは『4』」

「俺は『3』だ……3号室ってことなのかな」

「それにしても四条さん、このハッチ、いくつあると思います？」美奈子が、不思議そうに目を瞬かせた。「ずっと向こうまで続いています。十近くありそうですけれど」

「試しに、行ってみようか」俺の言葉に、三人は素直に頷いた。

1、2、3、4——ハッチの数字を足下に歩いていくと、ほどなくして円形のホールに出た。ホールの中央にもハッチがある——が、むしろ俺は、呆然《ぼうぜん》と頭上を仰いでいた。

それが、あまりにも異様な光景だったからだ。円筒形をなすホールの壁面、格子状の溝が入った剝き出しのコンクリートが遥《はる》か高みまで続いている。円筒は数十メートルほどの高さで狭まり、さらに十メートルほど伸びている。その上は、もはや壁も天井もなく、金網が張られた円形の開口部のみがあるのみだ。そして、その円の中に見えるのは、赤く哀愁を帯びた——空。

「なんか、煙突みたい」美奈子が、ぽつりと呟《つぶや》いた。

煙突——的確な喩《たと》えだ。高く天頂まで伸びたこの管は、まさに巨大煙突そのものだ。

「僕たち、もしかして、あそこから入ったんでしょうか？」

「かも、しれないな」頭上の煙突に眩暈《めまい》を覚えつつ、更科の言葉に、俺は胡乱《うろん》に頷いた。

「四条さん、見て！」横で、美奈子が床を指差した。「このハッチ。他のよりも一回り大きくないですか？　それに『談話室』って書いてあります。……入ってみます？」

少し考えてから、俺は首を横に振った。「後にしよう。先に向こうまで行ってみる」

ホールを過ぎると、廊下はまた元の狭さに戻った。さらに5、6、7、8とハッチは続き、やがて廊下はまた突き当たる。そこにもまた、レリーフがあった。さっきのものと大きさも形も同じもの、だがその図案は月ではなかった。「……太陽のレリーフか」

「太陽の……」ぼんやりとレリーフを見上げる筧の横で、美奈子が感心したように言った。

「これ、ものすごく手が込んでますね。艶出《つやだ》しに何日掛かったのかしら」

「上村……美奈子ちゃんは、こういうのに詳しいのかい？」

「ええ。私、東京の美大で彫刻を学んでいるんです。こういうのは専門なんですよ」

「なるほどね。しかし、さっきは月で今度は太陽。何の意味があるんだろうな」

——首を捻《ひね》りつつも、俺たちは再びホールへと戻ってきた。煙突の頂上で空が藍色《あいいろ》に暮れている。じっと見上げていると、美奈子が問うた。「どうかしました？ 四条さん」

「いや、なんでも」誤魔化すように、ハッチのハンドルを握ったその瞬間。「わっ！」

ハンドルが勝手に回り出し、ハッチが内側から勢いよく開いた。

《18:12》

二十畳ほどの部屋だった。窓はなく天井の灯りだけが照らす部屋、その隅にはそれぞれ『CLOSET』『WC』と書かれた扉があった。部屋の中心には梯子が天井のハッチに向かって伸び、それを囲むようにして、赤いソファが八つ、内向きに据えつけられていた。

談話室。この八つのソファに、今、八人は各々《おのおの》、腰を下ろしていた。

男もいれば女もいる。世代も雰囲気もばらばらだが、一様に同じ灰色の服を着ている。

しばし、不安げに視線を泳がせた後、まず、俺の二つ左隣に座る男が口を開いた。

「で、これで全員なのか？」狡猾《こうかつ》な雰囲気を持つ三十代後半と思《おぼ》しき男——彼は先刻、自身の名前を猿渡《さるわたり》と述べた——は、口端を歪《ゆが》ませた。「他に誰かいると思うか？」

「さあね」俺の真正面にいる黒髪の女――彼女は、田原《たはら》と名乗っていた――が、神経質そうな一重瞼《ひとえまぶた》を吊《つ》り上げて答えた。「でも全員でしょ。椅子《いす》も全部埋まったし」

「だったらいいがな」猿渡の真向かいにいる、体格のいい胡麻塩《ごましお》頭の中年男――倍賞《ばいしょう》が、迫力のある低音で割り込んだ。「ま、こういうときはどんと構えるのが吉だ。あんたもそう思うだろ？　大将」

倍賞が、俺の右隣に座る小柄で貧相な老人――熱川《あたがわ》に、話を振った。禿《は》げ頭《あたま》の熱川は、困ったような顔で、「ひゃい、そうでふねぇ」と、舌足らずな言葉だけを返した。

――先刻、談話室のハッチから出てきたのは、倍賞だった。

5号室から8号室で、各々目覚め、談話室に集まっていた彼らは、おそらく他にも誰かがいるはずだと談話室から出てこようとして、ちょうど俺たちと鉢合わせしたのだ。

見知らぬ八人。申し合わせるでもなく、更科から左回りに、再び自己紹介が始まった。

「更科澄人です。職業は何というか、タレントみたいなものでして……二十八日の夜は外で飲んでたんですけど、気づいたらここにいて……部屋は『1』。1号室ですね？」

「私は手短に……田原麗子です。昨夜は事務所に八時までいたけど、記憶が途切れて、気がつけば5号室。それだけよ。職業は……裁判官です」

「筧、寛、です。その……無職です。夜八時まで、体育館でトレーニングしていたんですが、そこからは記憶がなくて……あと、部屋は4号室です」

「猿渡譲二。生まれも育ちも東京だ。東大医学部で准教授の職に就いている。昨晩は八時まで研究室にいたが、居眠りしちまって、気づけば7号室だ。意味がわからん」

ふと、俺は思う。この国では、裁判官や准教授はエリートに属する職業だ。理系エリートの猿渡と文系エリートの田原、二人もエリートがここにいるのは偶然なのだろうか？

「……上村美奈子、大学生です。私も八時頃、家にいて旅の準備をしていたはずなんですが、それ以降の記憶がありません。それで、いつの間にかここに……部屋は2号室です」

俺の番だ――「ええと、四条和男です。都内の広告会社に勤めるサラリーマンです。俺も自宅にいたんですが、午後八時くらいに意識を失って、気がついたら、3号室に」

「あのお、わ、わたくひ、熱川一充と申ひまふ。あの、その、生まれは東村山《ひがしむらやま》でひて、東村山の町工場に勤めておりまふ。五十三でございまふ」あんた俺より年下だったのか――と倍賞が呆《あき》れるのも構わず、熱川は言った。「昨晩は八時頃、風呂《ふろ》に入っておりまひたが、そこから先の記憶はございまひぇん。気がついたら8号室におりまひた」

「倍賞光人だ。職業は、まあ深く訊《き》かねえでくれ。細々と日銭を稼ぐしがない身さ。年は五十六。6号室だ」よろしく頼むぜ――と上げた右手には、小指の先がなかった。

かくして俺を含む計八人、ちょうど自己紹介を終えたところだったのだが――。

「しかしまあ、どいつもこいつも八時以降の記憶がないときた」倍賞が、苦笑しながら太い肩を揺らした。「もしや俺たちゃ、クスリでも盛られたかね」

「クスリ？　そう言われればそうね。ふらつくのもその副作用かしら」田原が目を細める。

なるほど、皆一斉に薬を飲まされたのかもしれない。だが、何のためにだろう――そんな疑問を巡らせつつ、無意識に筧の筋肉質な身体を見ていた俺は、不意に、思い出す。

そうだ、筧寛――彼は四年前のオリンピックに出場予定だった男だ。メダルを嘱望されながら怪我《けが》で出場できなかった悲運の体操選手。そんな男が、どうしてここに――。

「とりあえず、一旦《いったん》まとめましょうか?」更科が、情報を整理する。「ここには談話室と八つの居室がある。1号室から順に、僕、上村さん、四条さん、筧さん、談話室を挟んで、5号室からは田原さん、倍賞さん、猿渡さん、熱川さんの部屋がある。で、皆さんは、もちろん僕も含めて、昨夜午後八時に意識を失い、ここに来ている」

無言のまま、全員が頷いた、まさにその瞬間――談話室に大音量が響き渡った。

《19:00》

『皆サん、こんばんは。十九時になりまシた。本日は、人間行動研究所実験棟へようこソ。ここは政府所管の実験施設で、通称「煙突館」と呼ばれる建造物でス』

やけに鼻に掛かった女声。俺は困惑する――何だ? 何が起こっている? だが、俺のことなどお構いなしにアナウンスは続く。『これは、異端分子を選別スる機序の解明を目的とシた、行動実験プログラムでス。皆サんはこの実験のために抽出サれた被験者とシて、これから実験に参加シていただきまス……何かご質問はありまスか?』

「ん？ 質問できるのか？」

『はい』猿渡の言葉に、アナウンスは素早く答えた。『どうぞ、いつでも質問できまス』

「なんだよ、一方的な放送じゃないのか」そう言うなり、猿渡が拳《こぶし》を振り上げた。「だったら訊くが、ここはどこなんだ？ なぜ俺たちはここから出られない？」

『回答不可』

「回答不可？ 何言ってやがる、お高く止まってないで四の五の言わずに答えろ！」

「ちょっと待って、私が訊く」田原が、猿渡を制した。「よくわからないけれど、つまり私たちがここにいる理由は答えられないし、ここから出ることもできないってこと？」

『ソのとおりでス』

「なら質問を変えるけど……ここは煙突館というのよね。一体どこにある施設なの？ 出入口は？ 私たちはどこから入ったの？」

『回答不可』

「答えられないの？」苛立《いらだ》ちに眉《まゆ》を顰《ひそ》める田原。「……不愉快ね。どうやったらここから出られるかくらい教えなさいよ」

だがアナウンスは、今度は不可とは答えなかった。

『はい。解放条件を満たスことにより、あなた方は煙突館から解放サれまス』

「えっ？ 何？ ……解放条件？」

「聞き捨てならねえぞ」倍賞が、低音で凄《すご》む。「その解放条件ってのは一体何だ？」

アナウンスはしかし、あくまでも淡々と答える。『正シく「推理」をスることでス』

「推理……だと?」唐突な単語に戸惑う俺たちに、アナウンスは矢継ぎ早に述べた。

『あなた方はここで、次々と発生スる「事件」に遭遇シまス。具体的には申シ上げられまセんが、あなた方の使命は、ソの「犯人」が誰かを推理シ、解答スることでス』

「つまり……なんだ、正解すれば解放してやるから、事件の犯人当てをしろってのか」猿渡が、肩を竦《すく》めた。「ま、いいだろう。暇潰《ひまつぶ》しにやってやるよ。だが間違ったらどうなる? まさか、振り出しに戻るとでも言うつもりか」

『いいえ』アナウンスは冷酷に告げた。『解答に失敗シた場合、皆サんは全員死にまス』

「……え? なんだって、……死ぬだと?」

『はい。解答失敗の場合、被験者の生命活動を停止シまス』――本気か? 不穏な言葉に一同が動揺する中、ふと美奈子が尋《たず》ねた。「あなたは、誰なんですか?」

『私は、人間行動研究所《Human Action Lab.》の人工知能《AI》、通称HAL《ハル》でス』

ハル、と呟く美奈子に代わり、倍賞が訊いた。「HALさんよ、とにかくその犯人とやらを指摘すりゃ俺らは解放されるって寸法だな。で、犯人はこの八人の中にいるのか?」

『はい。この中にひとりいまス』HALは、拍子抜《ひょうしぬ》けするほどあっさりと断言した。

俺たちは互いの顔を見廻した。何かを起こす犯人が、何食わぬ顔をしてこの中にいるのか――だが俺は、ふと気づく。八人の名をすべて言えばどれかは当たるのではないか?

『犯人解答の機会は一回シかありまセんので、ご注意を』

「やっぱりな。世の中甘かねえ」同じことを考えていたのだろう。倍賞が苦笑した。

ＨＡＬは、なおも続ける。『なお、次の場合には解答失敗となりまス。まズ犯人をいつまでも指摘シない場合。この場合全員餓死シまス。次に犯人を正シく指摘シなかった場合。この場合、館内に神経ガスが充満シ、あらかジめ解毒剤が投与されている犯人以外は全員死亡シまス。最後に、犯人を死亡サセた場合。この場合も前に同ジでス』——要するに、俺たちに犯人当てを強《し》いるルールとなっている、ということか。

「なぜだ！　たかが政府の実験で、なぜこの俺が殺されなきゃならんのだ！」

突然激高《げっこう》する猿渡に、ＨＡＬはしかし、淡々と答えた。『回答不可』

「糞《くそ》ッ！　馬鹿《ばか》みたいに不可不可言うんじゃねえ！」

「と、とにかく」おずおずと、更科が言った。「僕たちは犯人探しをしなければならないんですね？　でも、犯人を推理できたら、解答はどうやって行えばいいんです？」

『私を呼び出シ、犯人の名前を申告シてくだサい。二十四時間ここで待機シていまス』

「申告は、ひとりでもできる？」

『いいえ。必ズ全員で行ってくだサい。全員の総意がなければ申告は受理サれません』

「ちょっと待て」再び、猿渡が茶々を入れた。「それじゃ犯人に有利すぎるだろ。犯人にしてみりゃ、常に反対してさえいれば、総意のある解答を阻止できるんだからな」

『ソのとおりでス。シたがって、必要とスる総意の対象から、犯人は除外シまス』

「つまり犯人の反対は無視して構わないんだな。だったらいいが……それよりＨＡＬ、お前にひとつ確かめる。お前の言うことは、真実か？」

『私は虚偽を述べません』HALは、即答した。『ソのようにプログラムサれていまス』

「ちっ……まあ良《い》いさ」猿渡が、肩を竦めた。「犯人探し。推理。申告。どれもこれも糞食らえだ。俺は誰の指図にも従わん。なんとかして自力で脱出してやる」

『それはできまセん。解放条件を満たサない限り、脱出は絶対に不可能でス』

——絶対に不可能？　どうしてそこまではっきり言い切れるのだろうか？

『サて……では次に、煙突館についてご説明シまス』HALは淡々と説明を続ける。『煙突館には談話室と八つの居室がありまス。鍵《かぎ》はありませんから、気をつけてくだサい』

気をつけてください——その言葉の真意は何なのか。

『廊下の中央にホールがあり、ホールの壁はソのまま、上部の煙突に続いていまス。煙突の高サはちょうど五十メートル。途中四十メートル地点で細くなっていまス。煙突の上端は丈夫な金網で塞《ふさ》いでいまスので、突破スることは困難でス』

困難——また引っ掛かる。なぜここでHALは不可能と言わないのか。

『煙突館には、皆サん八人以外の人間は、生死を問わズ存在シません。動物、ロボット等も存在シません。また、隠シ部屋も存在シません』隠し部屋——そんなものが疑われるような事件が起こるとでもいうのか？『談話室のクローゼットには、有用な道具も用意シていまスので、後ほどご確認くだサい。説明は以上でスが、何かご質問は？』

——誰からも、質問は出なかった。結局、HALは最後まで淡々と言った。『以上で説明を終わりまス。何かあればいつでも呼び出シてくだサい。皆サんのご健闘を祈りまス』

《20：33》

「……こりゃ、えれえことになったな」HALの説明の後、最初に口を開いたのは倍賞だった。「よくわからねえが、今すぐここから出して貰《もら》えねえのは間違いねえようだな」

「事件の犯人を推理しなければ解放しない、推理を誤れば全員死ぬ……不条理ですね？」

「ああ」更科に頷きつつ、倍賞は眉間に力を込めた。「だからこそ下手な行動は禁物だぞ。殺されっちまうからな」

それにしても、事件とは一体何だろう？　物の紛失か、部屋荒らしか、それとも――。

「あのう……」横にいる美奈子が、おずおずと手を挙げた。「さっきHALさん、クローゼットの中に道具があるって言ってませんでした？」

「あ、そうだった」その言葉に、俺たちはソファを立つと、クローゼットを検《あらた》めた。

だが中にあったのは、道具というよりは、がらくただった。すなわち――。

何十枚ものシャーレ。木工用ボンド――大きな容器だが中身がなく軽いものがひとつ。大きな油粘土の塊《かたまり》がひとつ。ガムテープ一巻。プラスチック製の精巧な地球儀がひとつ。二十倍まで拡大できるオペラグラスがひとつ。二メートルほどの麻縄が十本ほど。直径十センチほどの吸盤が四つ。小さなスプレー缶がひとつ――ラベルがないが、塗料か何かだろうか？　そして、黒サインペンが一本に、一メートルほどの紐《ひも》が把手《とって》に括《くく》られたポリバケツ、トランプ一組に、遠心力を利用した武器である布製の投石器《スリング》がひとつ——。

「HALは有用だと言っていたが……」苦笑する倍賞に、俺も唸《うな》るしかなかった。こんなにも、物の役に立つとは思えないものばかりでは——。

静かにクローゼットを閉じると、俺たちは、立ったついでに部屋の反対側の『WC』も覗《のぞ》いた。窮屈なスペースに洋式便器が設置された、ただのトイレだ。背後のタンクにはレバーと逆J字形の吐水口が飛び出ていて、横には洗面台も設置されている。

試しに、レバーを引いてみる。ジャー、と当たり前のように水が流れる——まったく、普通のトイレだ。だが——。

「あれ？」なぜか、吐水口から水が出ない。故障だろうか？　タンクには水が溜《た》まっているようだが——吐水口は使えないのか、と仕方なく洗面台側の蛇口を捻ると、こちらからは普通に水が出た。手はここで洗えということか。

ソファに戻り、溜息《ためいき》を吐《つ》いたその瞬間——突然、明かりが消えた。

「きゃあ！」耳を劈《つんざ》くような、甲高《かんだか》い田原の悲鳴が響き渡る。

「な、なんでいきなり電気が？」

「さあな。誰かがスイッチでも触ったんじゃないのか？」

誰かと誰かの会話。悲鳴を止めない田原。喧噪《けんそう》の中でひとり猿渡が疎《うと》ましげに言った。

「やれやれ……おい、HAL。聞こえているか？　聞こえているなら出てこい」

『はい。なんでショうか』HALが、天井から即座に応じた。

「説明しろ。なぜ灯りが消えた？」

『消灯時刻だからでス』HALは即答した。『午後九時から午前七時までは消灯しまス』

「そういう大事なことは先に言え！」猿渡が苛立たしげに舌を打った。もっとも、消灯と言いつつよく見れば、薄い明かりはあり完全な暗闇《くらやみ》でもない。一同は安堵《あんど》の息を吐いた。

それから、数分後――「なあ、皆の衆」と、倍賞が静かに提案した。

「今日のところは、もうお開きにしねえか。なんだかえらく疲れちまったよ……クスリの副作用かもしれねえが、さっきからずっと眩暈がしやがるんだ」

「賛成だ」さしもの猿渡も、倍賞に同意した。「飯を食って、ひと眠りしたい」

やがて、猿渡が無言で梯子を上がり、談話室を去ると、田原も長い溜息とともに出ていき、それに促されたように倍賞、筧、熱川と、その後に続いていった。そして――。

「本当に、疲れちゃいましたね？」更科が、伸びをしながら俺に言った。「僕も1号室に戻りますね？」

気をつけて、と言い残して更科が出ていくと、最後に俺と美奈子が残された。

「……四条さん」ふと、美奈子が嗄《か》れた声で呟いた。「私たち、どうなるんでしょう」

「どうだろうな……」俺も、ぽつりと零《こぼ》すように言った。「何かの事件が起こるのは間違いなさそうだ。けれど……今はとりあえず、静観しているしかない」

「…………」俺の言葉に、やがて美奈子は、怯《おび》えたように言った。「私、怖いです」

大丈夫だ、俺がついている——喉元《のどもと》まで出てきた台詞《せりふ》を飲み込むと、俺は、一言だけ答えた。「……戻ろうか」

——談話室を出た。頭上には煙突と、小さく切り取られた丸い夜空。俺たち二人は、それを一瞥《いちべつ》しながら、3号室のハッチまで、無言のまま並んで歩いた。

「じゃあ……また明日。おやすみなさい」味気のない愛想笑い。美奈子は2号室へ歩くと、そのままハッチの下へと消えた。それを見届けると、俺も3号室へと戻った——。

《28：00》

彼の身に、何かが起こった——。

DAY 2　'00/12/30（Thu）

《07：45》

翌朝。その場所で、俺は——いや、俺も含めた七人は呆然と、それを見上げていた。

煙突の頂上に切り取られた空――澄んだ青を背景に、小柄な身体が水中の藻類のようにゆらゆらと揺れている。その緩慢な動きはやけに幻想的で――身体がある場所とも相まって、俺にはしばし、これが現実のこととは思えなかった。だが――。

「なるほど、そうきたか」猿渡の呟きが、これは紛《まぎ》れもない現実なのだと突きつけた。俺は――ようやく戦慄《せんりつ》した。煙突の頂上で揺れる熱川を、見上げつつ――。

煙突の頂上にある金網の中心から垂れ下がるのは、熱川の首つり死体だった。

首に巻きつく麻縄は、目測で長さ一メートル。おそらくクローゼットにあったうちの一本だ。悪夢のような光景によろめく俺をよそに、猿渡が、いつの間に持ってきたのか、オペラグラスで死体を観察しながら頷いた。「首の周りを縄で絞める。ああなりゃ人間は医学的に窒息死を免《まぬが》れん。なあ更科君、見えるか？　あいつ、死んでるだろ？」

「あ……ええと、よくわかりません。見えないので……」更科が目を細めた。まったく、意地悪な質問だ。オペラグラスなしにあの身体がよく見えるはずがないのだから。

「あれ、誰が最初に見つけたんですか？」

「それは、その……僕です」美奈子の問いに、筧が静かに手を挙げた。「三十分くらい前に目が覚めて……談話室に行こうとして、ふと見上げたら、熱川さんが、あそこに」

「つまり発見時刻は、七時十五分」更科が言った。「自殺したのは、それより前ですね」

「違うぞ更科君。あれは、自殺じゃない」すぐさま、猿渡が言った。「熱川《あいつ》が五十メートルも壁をよじ登れるとは思えんぞ。自殺なわけがない」

「お言葉ですが、そうとは言い切れません」美奈子が、口を挟んだ。「この煙突の壁には打ちっぱなしで小さな凹凸があります。クライミングの素養があれば登れます」

「だからって五十メートルも無理だろ。それに、見ろ」猿渡が、煙突の段差を指差した。いくら

「あの段差は二メートル近くあるぞ。しかも、手掛かりになる凹凸もないときた。いくら

クライミングができても、摑《つか》める部分もないのじゃあ、あそこは越えられんだろう」

「だが……そうだとするとだ」倍賞が、はっきりとしない小声で言った。「仮に熱川が自殺したってんじゃないとすりゃあ、そりゃあ……」

殺されたってことか？——倍賞の語尾が、死刑宣告のような響きを持って聞こえた。

——談話室に全員戻ると、開口一番、猿渡が問うた。「HAL、質問していいか？」

『はい。いつでもどうゾ』HALが即座に応じた。その素早さこそがAIである証《あかし》か。

「熱川について訊きたい。あいつはどうしてあそこに……煙突の天辺《てっぺん》なんぞにいる？」

『回答不可』

「またか……」舌打ちをしつつ、猿渡はなおも訊く。「じゃあこう訊く。あの首つり死体が、行動実験とやらの一環で現れたものだっていうのは、確かか？」

『はい。概《おお》ね、ソのとおりでス』

概ね？——なぜ曖昧に答える。あるいは曖昧であることそのものに意味があるのか？

「僕からもひとつ質問いいですか？」更科も、手を挙げた。「煙突の頂上にいるの、本当に熱川さんですか？　あれ、人形か何かってことはないですよね？」

『はい。あれが熱川サン本人であることは、間違いありません』

「そうか……じゃあやっぱり、死んだのか」更科は、呟くようにそう言って頭を抱《かか》えた。

「あの……」美奈子もまた、HALに問うた。「こんなこと、この先も続くんですか」

HALは、あっさりと答えた。『はい。続きまス』

つまり、死は、連鎖する――また、誰かが死ぬ。

「これは、殺人事件なのね」田原が静かに言った。「だからこそ推理すべき犯人もいる」

『ソのとおりでス』HALは、平板な口調で答えた。『皆サんの鋭い推理を期待シまス』

《08：49》

「まったく……」盛大な溜息とともに、猿渡が背伸びをした。「朝から災難だ。熱川は死んじまうし、というか、なんで死んだのかもわからん。まったく、やってられん」

苛立たしげに激しく貧乏揺すりをする猿渡を、倍賞が「まあ落ち着けや、兄ちゃん」と窘《たしな》めた。「そんなにイライラすんな。必ずしも悪いことばかりじゃなかったじゃねえか」

「良いことがひとつもないの間違いだろうが」

「そうでもねえぞ。HALの姉ちゃんが結構ヒントをくれたじゃねえか。特に田原先生が『あれが殺人事件だ』と確かめてくれたのはでけえ。あれで俺らの目的がはっきりした」

「熱川を殺した犯人を探せばいい、ってことか？」

「そのとおりだ。もっとも、お陰《かげ》で問題の難度は増したがな。特に……」

「犯人がどうやってあんなところに登ったのかがわからない、でしょ?」

「さすが裁判官。話が早え」すかさず応じた田原に、倍賞が歯を見せた。「だが方法がわかれば犯人も逆算できる。探すんだよ、五十メートルの壁をよじ登る方法をな」

方法とは、道具が生み出すものだ。俺たちはいま一度クローゼットを確かめる。

シャーレ。木工用ボンド。油粘土。ガムテープ。地球儀。オペラグラス。麻縄。吸盤。スプレー缶。黒サインペン。紐つきバケツ。トランプ。投石器《スリング》。だが改めて見ても、これらはただのがらくただ。少なくとも、熱川の死体をあんな高所に持ち上げるのに、これらの何かが役立つとは思えないが。だが——俺はふと、気づいた。「……あれ?」

「おかしいわね」指差し数えていた田原も、俺と同じことに気づく。「吸盤が二つしかない。昨日は確か、四つあったような覚えがあるんだけど」

「そういえばそうだな」倍賞が、額に皺《しわ》を作った。「もしや、誰かが持ち出したか?」

「あっ、もしかして私、閃《ひらめ》いたかも」顎《あご》を擦《さす》る俺の左隣で、美奈子が頭を上げた。「あの段差、吸盤を二つ使ってぶら下がれば、乗り越えられませんか?」

「なるほど!」俺は、手を打った。「吸盤は平面に吸いつく。二個の吸盤を使えば段差にぶら下がって移動できるぞ」

「いや、無理だな」猿渡がすぐさま否定した。「この吸盤の直径じゃ、十キログラムを支えるのが精々だ。二個使っても二十キログラム。到底、大人の体重は支えられん」

いかにも残念そうな顔で、美奈子は肩を落とした。

なるほど、猿渡の言葉も道理だが、ならばなぜ吸盤が二つなくなったのだろう？

「だったら、こういうのはどう？」田原が、ガムテープを取り上げた。「これなら粘着力もあるし、壁をよじ登るのにも使え……ああ、今の却下。これ、未使用だったわ」

田原は首を横に振りつつ、明らかに機械で切り落とした未使用の切り口を見せた。

「こいつはどうだ？」倍賞が、ボンドを掲げた。「粘着力はありそうだぞ」

今度は、美奈子が首を横に振った。「そのボンド、最初からほとんど空でした」

――結局、アイデアは出ないまま時間だけが過ぎた。

道具類をクローゼットに戻すと、猿渡が言った。「ともかく熱川の死体があそこにある以上、方法はあるんだろう。ならばまずは謎解《なぞと》きだ。犯人探しは、その後だ」

煙突館から脱出するには、まだ時間が掛かりそうだ――眉根を揉《も》む俺に、ふと「なあ、四条さんよ」と、倍賞が囁《ささや》いた。「実は、俺には特技があってな。さっきトランプのデッキを持ったときに気づいたんだが……確実に、一枚なくなっていたんだよなあ」

「一枚なくなった？」眉を顰めつつも、俺は――なぜか少しずつ瞼を閉じていった。

《09：30》

シュー ッ――彼の身に、何かが起こった。

《10：44》

——それを見下ろしつつ、猿渡が冷やかに言った。「一体、何があった？」

「もう、いい加減にしてよ！」悲痛な表情の田原が、ソファの肘《ひじ》置きに凭《もた》れ掛《か》かりながら、吐《は》き捨《す》てるように言った。「なんでまた、死んでるのよ！　しかも……ここで！」

「なんで……？　こんな……？」更科もまた、戸惑ったように呟いた。更科だけではない。筧も、美奈子も——皆、同じ困惑の表情を見せていた。

そんな彼らの前に、彼——倍賞光人はいた。ソファにきちんと腰掛け心地よく眠っているようにも見える彼の胸は、まったく上下する気配がなく、顔も青い。つまり——。

「チアノーゼ。窒息死だ」猿渡が、死体の様子から診断を下す。もっとも俺にもそれくらいはわかる。なぜなら、倍賞の鼻と口には油粘土がびっしり詰められていたのだから。

クローゼットには『有用な』道具も用意シテいマス——ＨＡＬの台詞が頭の中に蘇《よみがえ》った。

死体を部屋の隅《すみ》に移動させるとすぐ、猿渡が問うた。「死体《あれ》の第一発見者は誰だ」

「たぶん……俺です」躊躇《ためら》いつつ、俺は手を挙げた。「気がついたら皆、眠っていました。かなり混乱しましたが、すぐに倍賞さんの異常に気づいて」

「皆を起こしたのか。まあいい。問題は、なぜ俺たちは意識を失い眠りこけたかだ」

「ねえ……あそこに落ちてるもののせいじゃない？」ぐったりしたような声色で、田原が部屋の片隅を指差した。「あれ、スプレー缶でしょ」

「……そういうことか」猿渡が、スプレー缶を見つめつつ言った。「出てこい、HAL」

『はい。なんでショうか』抑揚《よくよう》のない声が即座に応じる。

「あのスプレー缶の中身は何だ？」

『睡眠ガスですＳ』HALは、即答した。

「やっぱりな」猿渡は、低く唸った。「誰かが息を止めて、睡眠ガスをこっそり噴霧したんだ。そいつはガスで全員が眠ったのを見ると、粘土を倍賞の鼻と口に詰め、それから自分も一息を吸い込み眠った。それで、倍賞は窒息死したってわけだ」

詰《なじ》るように、田原が問う。「一体誰がこんなことをしたの？」

「さあな。だが明確なことがひとつある」首を横に振りつつも、猿渡は人差し指を下に向けて言った。「こっそりスプレー缶を持ち出し犯行に及んだ奴《やつ》が、まさしく、この場にいるということだ」

「………」言葉を失う一同をよそに、猿渡はクローゼットからガムテープを取り出した。「スプレー缶は危険物だ。簡単には使えないようにするが……誰か異論はあるか」

誰も反対する者はなく、猿渡は、スプレー缶をガムテープの塊に変えると、クローゼットの中に放り込み、それから、疲れきったようにソファへと乱暴に尻《しり》を落とした。

《11：51》

まだ昼前だというのに、誰もが疲れきっていた。

無言のままソファに体を預け、ある者は眠るように目を閉じ、ある者は落ち着きなく周囲を窺《うかが》い、そして、ある者――俺は、天井の一点をじっと見つめながら、考えていた。

倍賞と熱川はなぜ死んだのか。いや、そもそもここはどこなのか。あるいはなぜ俺たちが被験者にされているのか。これは政府の実験だというが、ならば何の実験なのか。

ふと、俺は思い当たる――ＨＡＬは確か、これが『異端分子を選別スる機序の解明を目的とシた、行動実験』だと言っていた。この異端分子とは、スパイのことではないのか？

半世紀ほど前――国同士が覇権を争い、多くの血が流れた。その余波は引き続き中東方面の政情不安として残り、今もなお、一見するとまとまったようにも見えつつ、その一方で、五つの覇権国による駆け引きが国際舞台において日々行われているのが実情だ。もちろん平和に見えるこの国にも、多くのスパイが紛れ込んでいるといわれている。こんな不穏な時代だからこそ、『国』という大義名分の下、秘密の実験が、俺たち国民をモルモットとして行われることも、決してあり得ない話ではない。とはいえ――。

あまりにも理不尽だ。苛立ちに、俺は思わず頭をばりばりと掻《か》き毟《むし》った。

「四条さん、大丈夫ですか？」ふと見ると、左から美奈子が心配そうに見ていた。

「ああ、ちょっと考えごとをしていただけさ。大丈夫……」

「もうだめ、限界よ！　私、もうここにはいたくない！」突然、田原が叫びながら立ち上がると、憤然《ふんぜん》とした様子でハッチへと梯子を上っていった。

「どこ行くんですか？」慌てて更科が声を掛ける。だが——。

「部屋に戻ります！」田原はピシャリと言った。「お願いだからひとりにさせて……大丈夫です。気が晴れたら戻ってくるから」

見苦しくて、ごめんなさい——そう言い残し、田原は、談話室から出ていった。

「……田原さん、平気でしょうか？」呆然としつつも、更科が心配そうに言った。「熱川さんや倍賞さんのこともあるし、あまりひとりにさせない方がいいかもですね……？」

「心配無用。あの女はむしろ安全だ」片方の眉だけを上げつつ、猿渡が皮肉っぽく答えた。「何しろ犯人は、俺ら五人の中にいるんだからな」

確かにそのとおりだ。だが——。「もし、田原さんが犯人だったら？　彼女を野放しにはできないんじゃないですか」

「む」俺の言葉に、猿渡は眉を顰めた。「……確かにその可能性はゼロじゃない。だが、だったら今から5号室に行って連れ戻してくるか？　ヒスを起こすぞ」

「まあ、そうですが……」俺が曖昧に返事をしていると、不意に、静かな声が上がった。

「僕が、見てきます」筧だった。終始沈黙の筧が、真剣な面持ちで言った。「田原さんの部屋には、入れませんが……ホールで見張ることなら、できますから」

「なるほど、見張りか。それは妙案だな」猿渡が、口の端を歪めた。「では筧選手に、ホールで田原女史を見張る役目を命ずる。さあ、今すぐ行きたまえ！」

居丈高《いたけだか》な猿渡に、しかし筧は素直に頷くと、素早い動作で談話室から出ていった。その俊敏な様子に、猿渡は言った。「ほほう、さすがは日本代表」

「猿渡さん、気づいていたんですか」

「当たり前だぞ四条君。あれだけ騒がれたんだ。覚えていない奴などいないだろうよ」

「ちょっといいですか」更科が口を挟む。「本当に大丈夫ですか？　彼もひとりにして」

その問いの意味は明白だ。つまり、もし筧が犯人だったら？　——だが猿渡は、その質問に、何かを企《たくら》むような表情で答えた。「それはそれで、お誂《あつら》え向きだろうが」

《13：31》

シューッ——彼女の身に、何かが起こった。

《14：44》

田原と筧が去って、すでに二時間が経過していた。

煙突館のこの部屋で、俺たちはただぼんやりと佇《たたず》んでいた。横には美奈子、その横に猿渡と、向かいには更科、そして部屋の隅に佇む倍賞の骸《むくろ》――そんな不気味な状況で、それでも俺は黙したまま、静かに疑問と向かい合っていた。

すなわち、犯人は誰か。一刻も早く脱出するには、それを解明しなければならないのだ。

事件はすでに二つ発生していた。どちらもたぶん他殺だが、熱川の首つりは方法がわからず、倍賞の窒息死も全員に犯行チャンスがあり、いずれも犯人当ては難しい。

そこで俺は、誰が犯人かではなく、誰がやりそうかという視点で考えてみる。目星を先につけるのだ。このとき、最も怪しいのは――俺はちらりと、その男を見た。

猿渡譲二――この欧州風の名前を持つ男が最も怪しいように、俺には見えた。

度重なる事件にも彼はさして動じなかった。苛つきはするが、あくまで冷静で、一同をコントロールしているようにも見えたのだ。だとすると――。

「あの……四条さん」俺の思考を、美奈子が申し訳なさそうに遮《さえぎ》った。「田原さん、大丈夫でしょうか。もう随分時間も経ってます。ちょっと心配です」

「……確かに」あれからかなりの時間が経つ。気が晴れたら戻ると言っていたが――。

だが、その僅《わず》か数分後。更科が二度目の手洗いから戻ってきたときに変化が起きた。

ハッチが開き、そこから筧が降りてきたのだ。おかえり、と更科が声を掛ける。だが――。「……あれ？　君、どうかした？」

筧の表情には、酷《ひど》く険があった。猿渡も、問う。「おい、筧選手。何かあったのか」

「…………」だが、彼は答えない。ただならぬ様子に困惑する一同に、ややあってから筧は、意を決したように言った。「あの……出てこないんです。それに、いくら引っ張っても開かないんです。5号室のハッチが……」

《14：53》

慌てて梯子を駆け上がり、全員で5号室へ向かう。筧は道中、異常をこう説明した。

――ホールに上がると、すでに田原の姿はなく、筧はホールの端《はし》、5号室のハッチが見える場所に座った。ところがいつまで経っても田原は出てこない。心配になりハッチ越しに田原を呼ぶも返事はない。迷いつつ中に入ろうとしたが――。「開かなかっただと？」

威圧的な猿渡に、筧は萎縮しつつ答えた。「は、はい。ハッチがびくともしなくて」

「田原女史が自分で押さえていたとでもいうのか？ ……まあいい、確かめればわかる」

ハッチに駆け寄ると、猿渡は自らハンドルを廻し、思い切り引いた。だが――。

「……あれ？」ハッチは、動かないどころか、拍子抜けするくらい容易に開いた。「なんだよ、簡単に開くじゃないか。お前、嘘《うそ》を吐いたな？」

「ち、違います」筧が慌てて首を左右に振った。「さっきは全然、動かなかったのに」

「釈明は後で聞こう。今はこっちが先だ」そう言うや猿渡は、ハッチに素早く身体を滑《すべ》り込《こ》ませた。その後を追って俺たちも、5号室へと飛び込み、そして――発見した。

部屋の中央、床の上に倒れ込む、田原の姿を。

シャツから覗く白い肌。その肌に纏《まと》わりつく黒髪が不謹慎なほどなまめかしい。だが猿渡は、彼女の首筋に手を当てると、静かに一言を述べた。「間違いない。死んでいる。首から胸へと掻き毟った痕《あと》と、チアノーゼ。窒息死だ」

思わず、震えた——だがそれは戦慄ではなく、僅かに開いた冷蔵庫から漏れ出す冷気によってだった。

そっとその扉を閉めると、俺は、無力感に満ちた長い溜息を吐いた——。

再び談話室に戻ると、緊張感に満ちた沈黙だけが、一同を支配した。

静けさを破ったのは、やはり猿渡だった。「……殺《や》ったのは、誰だ？」

「………」張りつめる空気に、俺は、背筋に汗がしたたるのを感じた。

「誰も言わないのか」猿渡は、薄い笑みを浮かべると、俺、美奈子、更科そして筧の顔を一瞥して言った。「それなら、俺が言う。俺は……すでに犯人の目星をつけている」

「えっ！」思わず、訊き返す。「目星？　それは、誰なんですか」

「知りたいか？　知りたけりゃ教えてやるよ。犯人は……」猿渡は、くくくと喉で笑うと、人差し指をその人物の鼻先に突きつけた。「お前だろ？　筧寛」

《16：10》

猿渡は、更科とともに筧を麻縄で縛ると、談話室の隅に正座をさせ、問いつめた。

「田原女史を殺したのは、貴様だな？」

「ぼ……僕じゃ、ありません」凄む猿渡に、筧は首を横に振る。「ご、誤解です」

「しらばっくれるな！」猿渡が大声を張り上げた。「更科、四条、上村女史に俺。四人ともこの談話室から出ちゃいないんだ！　貴様だけだろう、田原女史を殺せたのは！」

「で、でも……僕には、田原さんを殺す理由が」

「やかましい！」怒声と同時に、猿渡が思い切り筧の頬《ほお》を殴りつける。「実験なんだろ？　理由も糞もあるか！　今すぐ自白しろ、この政府の犬め！」

「さ、猿渡さん、ちょっとやり過ぎでは……」

「そんなもん知るか！」窘める更科に、猿渡はなおも怒鳴《どな》った。「こいつは人殺しだぞ？　手心なんか加えて何になる。それとも更科、庇《かば》うのは貴様もこいつの仲間だからか？」

「ま、まさか！」

「ぼ、僕は……何も、していません」口の端から血を垂らしつつも、筧が訴えた。「嘘じゃない、僕は……犯人じゃない」

「しつこい！」猿渡が、癇癪《かんしゃく》を起こしたように何度も筧を殴りつけた。更科が制止しようとするものの、暴行は堰《せき》を切ったように止まらず、エスカレートするばかりだ。

いたたまれなくなった俺は、言った。「猿渡さん、俺、外していていいですか？」

「勝手にしろ！」吐き捨てるように言うと、猿渡はまた固い拳を筧の腹にめり込ませた。

俺は、ほとほと嫌な気分のまま梯子を上り、談話室を後にした。

《16:50》

ハッチを出て、ホールの端に腰掛けると、俺は長い溜息とともに天を仰いだ。聳《そび》え立つ煙突の内壁。五十メートルの高みには、熱川の死体が、一往復にたっぷり十秒は掛けながらゆらゆらと振り子運動を続けているのを見て、なおのこと気が滅入《めい》った。

「見てられません」不意の声。振り向くと美奈子がいた。「あれじゃ、拷問ですよね」

「…………」本当は、俺が止めるべきなのだろうが――後ろめたさに、再び天頂を見上げる。頂上に見える小円の空は、昨日と同じ夕刻の赤に染まっていた。

「実は私、年末は郷里に帰る予定だったんです」ふと思い出したように、美奈子が呟いた。「父の病状があまり思わしくなくて……そろそろ危ないって言われていて」

「旅の準備と言っていたのは、それだったのか」

「ええ。なのに……気がついたら、こんな実験に参加させられていて……」美奈子は、今にも泣き出しそうに言った。「まるで悪い夢を見ているみたい」

「まったくだね……」小さく溜息を吐きつつ、俺は言った。「それにしても、東大の准教授。裁判官。元体操選手……理系文系体育会系問わず大したエリートを集めたもんだよ。八人中三人もエリートが選ばれるなんて……偶然にしちゃできすぎてる」

「三人じゃないですよ」美奈子が、訂正した。「倍賞さんは、世界的なマジシャンだった方です。事故で右手の指を切断して引退したそうですが」

「そうなのか？　初耳だ。だが……だったら彼も一種のエリートと言えるなあ」

「しかも、実は更科さんもなんです。私、あの人が以前テレビのバラエティ番組に出ていたのを見たことがあって……確か視力が八・〇あるそうです」

「八・〇か。すごいな。まさしく視力のエリートだ」そして、感心すると同時に得心した。だから更科は自己紹介で職業をタレントみたいなものと言ったのだ。

これほどエリートばかりが揃《そろ》うのは、まず偶然ではないだろう——。

やがて、沈黙がさらに数十分続き、切り取られた空も紫色を帯びる頃、再び、美奈子が言った。「……私、熱川さんはやっぱり自殺したんだと思います」

どうしてそう思う、と問う俺に、美奈子は続けた。「熱川さん、金網を破れば外に出られると思ったんです。だから頑張って煙突の壁を登った……けれど、出られなかった。金網を破ることができなかったんです。それで熱川さんは絶望して、首を吊った」

「なるほど、一理あるな」しかし、反論もある。「熱川さん、この壁をよじ登れるかな」

「できたと思います。実際、このくらいの壁なら登れる人はたくさんいます。でも……」

「段差を乗り越える術がない」

「はい」美奈子は素直に頷いた。「あそこでは何か、道具を使ったはずなんですが……」

「それがわからない……か」再び、俺たちは黙してしまった。どの道具をどう使ったのか。重力という魔物を倒す方法が、俺たちにはさっぱりわからない——と、そのとき。

バタン——とハッチが音を立てて開き、猿渡が顔を出した。

「筧の奴、伸びちまったよ」猿渡は、嗜虐《しぎゃく》的な笑みとともに言った。「しぶとかったぞ。あれだけ痛めつけたのに、うんともすんとも言わん。……ところで、手伝ってもらいたいんだが、下に来てくれるか」

《17:52》

談話室には、血だらけで転がる無残《むざん》な筧の姿があった。

「本当に強情だったんですよ？　筧君は」ぐったりと虫の息の筧をつま先で小突きつつ、更科はうっすらと笑みを浮かべた。どうやら更科も途中から虐待に加わったらしい。

「で、手伝うって、何をです？」

「こいつを一緒に運んでくれ」眉を顰める俺に、猿渡は言った。「4号室に閉じ込める」

猿渡の指示のもと、美奈子を除く俺たち三人は、筧を担ぎ上げると、そのまま4号室に運び込んだ。嫌な作業だったが、実はその一方で少しだけ安堵もしていた——なぜなら、もし筧が犯人ならばこれで安全が確保されるからだ。

仕事を終え談話室に戻ると、俺たちはひとしきり、虚脱した。やがて——。

ふと思い出したように、猿渡が切り出した。「いい加減、茶番にけりをつけるか」

「けりをつける、とは?」

「申告するんだよ。HALに」俺の質問に、猿渡は険《けわ》しい顔つきで答えた。「HAL《あいつ》の解放条件は犯人当てだ。そしてもう犯人はわかってる。だったら後は解放されるのみだ」

確かに、田原の死にアリバイがないのは筧だけだ。彼しか田原を殺せなかった以上、犯人である可能性が最も大きい。だが――。「申告には、まだ早いような……」

「どういうことかな?」更科が、反論する俺を睨《にら》む。「もう犯人はわかったのに申告しないって、まさか四条君、君はまだこの煙突館に残っていたいのかい?」

「そうじゃなくて……俺らはまだ、推理していないと思うんです」そう。HALは犯人を『推理』しろと言った。だが俺たちは、まだまともな推理をしていない。

何を言い出すのかと、更科が鼻で笑う。だが猿渡は、「いや、待て」と神妙な表情で言った。「一理あるな。確かに熱川の謎が解けていない。我々は推理していない」

「特に、熱川さんの件は謎ばかりです」俺は畳みかけるように言った。「あの人はどうやって天辺まで登ったのか? それにあの死に方は自殺か、他殺か……それとも?」

「私も、四条さんに賛成です」美奈子が、手を挙げた。「まだ申告には早すぎます」

「なるほど、よくわかった」猿渡は苦笑しながら言った。「だが、君らが何か具体的な推理をしたというわけでもないんだろう?」

「………」無言の俺たちに、猿渡は続ける。「ノープランの癖して提案するとはいい度胸だ。だが君らが納得しないことには、全員総意の申告もできんのだろう。ならば……こうしよう。君らには明日の昼十二時まで猶予を与える。それまでに知恵を絞って推理したまえ。君らの推理に納得できればそのまま申告は見送る。だが推理ができなければ、その時点をもって全員総意で申告する。どうだ、これなら納得できるだろう」

俺と美奈子は、一度視線を交《か》わしてから、おもむろに頷いた。「わかりました」

「もうひとつ」猿渡が、冷静な口調で言った。「これから申告までの間、俺たちは全員でここに籠城《ろうじょう》するぞ。理由は、全員の安全のためだ。いいな?」

――こうして、俺たち四人は談話室に籠城を始めた。猿渡と更科が暇潰しに、クローゼットのトランプでポーカーに興じる横で、俺は、美奈子とともに推理に没頭した。

だが、名案など容易に閃くはずもなく、時間はただ無駄に過ぎていった。

やがて九時になり、談話室が消灯し、それでもしつこく推理を続けていると――。

「君たちの進捗《しんちょく》はどうだ」薄暗い中でのポーカーにも疲れたのか、猿渡が大きな背伸びとともに言った。「もうすぐ日が変わるぞ。面白い推理でも見つけられたか?」

「…………」俺と美奈子は、無言のまま苦々しげに視線を交わした。

「ま、そうだろうな」猿渡は、馬鹿にするように肩を竦めた。「あと半日、精々頑張りたまえ。というわけで、俺は眠るが……ひとつ提案がある」

睡眠は四人を二人ずつに分けて取る。一組は十二時から四時まで、もう一組は四時から八時まで。「つまり二交代だ。常に二人起きていれば、何かあっても対応できるだろう」

「わかりました。組分けは?」

「面倒だし、もう俺らと君らでいいだろう」猿渡は、投げやりに言った。「そういうわけで、俺らは先に寝る。午前四時になったら起こしてくれ」

《24:28》

それから三十分ほどが経過し、猿渡と更科、二人の寝息が聞こえ始めた。

「まったく、マイペースだなあ、猿渡さんは」俺は、小声で言った。「勝手にシフトまで決めて……まあ、今ならああいう提案も逆にありがたいけれど」

「普段だったらただただ嫌な人ですけどね」笑いながら、美奈子が言った。「……ところで、全然関係ないんですけど、四条さんってご出身はどちらなんですか」

「俺？　東京だよ。北の方、埼玉に近いところだね。君は？」

「私は……実家は西の方です。だから、恥ずかしいんですよね。私、訛《なま》ってません？」

「いいや？　とても綺麗《きれい》で標準的な日本語だと思うよ。今の住まいは？」

「千葉です。都心からは遠いですけれど、使命感で頑張ってます」

「偉いな。俺は大学で物理をやっていたけど、講義は休んでばかりだったよ……」

——束《つか》の間《ま》の、楽しい会話。だがそれも、美奈子の一言で現実に引き戻される。

「犯人って……誰なんでしょう」美奈子は、神妙に言った。「私にはわかりません。でも、何となく箟さんは犯人じゃないって気がします」

「確かに……」俺も、そう思う。ああいった雰囲気の男が犯人だとは、にわかには信じがたい。もっとも、事件には意外な犯人というのも付き物なのだが――。

「それに私……熱川さんがどうやって登ったか、わかったような気がするんですよね」

「マジで？」俺は思わず、身を乗り出した。「どんな方法？」

「たぶんですけど」一拍置いて、美奈子は言った。「ここからはわかりませんけれど、あの煙突、上の方に猛烈な上昇気流があるんです」

「え？　……なんだって？　上昇気流？」

「あれ、わかりません？　つまりですね、熱川さんは段差の手前まで登ってから、その気流に乗りさらに上に行ったたってわけです。どうです？　このアイデア」

「なるほど、面白いね。でも……難しい、かな。熱川さんの衣服が靡《なび》いていないし、上昇気流があれば今俺たちがいる下の空気も薄くなるはずだけれど、そうもなっていない」

「あー、確かに。ちょっと突飛すぎたかな……」

「アイデアはとてもいいと思う。重力が問題なら無力化してしまえってことだし」

そうだ。この着想は間違いなく一考に価する――深く唸りつつ、俺は心の中で呟いた。

やがて――午前四時。結局は何の推理もできないまま、交代の時間がやってきた。

「……時間だな」むくり、とスイッチが入ったように猿渡が起き上がった。「よく寝たぞ。……ん？　何を驚いたような顔で見てるんだ？　四条君」

「いや、よく目覚ましもなしに時間どおりに起きれるなと」

「そりゃあ、俺の特技だからな。まあ、クスリには勝てなかったがね」

目を覚ました更科とともに、猿渡は再びトランプに興じ始めた。「八時になったら起こしてやる。それまでは二人ともゆっくり寝ていていいぞ」

思いやりのような猿渡の台詞に促されつつ、俺と美奈子は各々、ソファに身を沈めた。

小さく口角を上げると、俺は小声で言った。「……おやすみ」

美奈子は、微笑《ほほえ》みを返し目を閉じた。それを確かめてから、俺も静かに瞼を下ろした。

《30：22》

シュッ——遂《つい》には彼の身にも、何かが起こった。

DAY 3　'00/12/31（Fri）

《08：03》

目が覚めた。腕時計を見ると、八時を少し回っている。慌てて起き上がると——。

「遅かったな、四条君」猿渡が、ソファで頬杖《ほおづえ》を突き苦笑いを浮かべているのが見えた。

「三分と少し寝坊だ。君のいい人《ガールフレンド》はすでに起きているぞ」

慌てて横を見る――と、美奈子が「おはようございます」と笑みを浮かべていた。

「しかしまあ、結局何もない夜だったな」猿渡が、つまらなそうに言った。「一晩中薄目を開けて、何が起こるかを待っていたんだが」

ずっと起きていたのかと呆れる俺の横で、美奈子は言った。「筧さん、大丈夫かしら」

「奴なら大丈夫だろう。頑強だからな」

「でも、もう結構時間が経っていませんか」俺も、心配しつつ続けた。「それに、縛られっぱなしなんですよね？　脱水症状を起こして、死んでしまうってことも……」

「死ぬ？　そんなわけが……」だが猿渡は、続く言葉に閊《つか》えた。犯人が死ねばそれはＨＡＬの言う『失敗』になると気づいたのだ。

ややあってから、猿渡は立ち上がった。「……4号室を見てくるぞ」

「あ、待って。俺たちも……行きます」反射的に、俺たちも猿渡の後に続いた。

――ハッチを出ると、猿渡は大股《おおまた》で4号室に向かった。追いかけようとしつつ、ふと視線を上げると、青空を背景にした熱川の首つり死体が、視界に入った。だが――。

「……ん？」湧き上がる違和感。なんだろう？　昨日と今日とであの死体は何も変わってはいない。けれども、ふと気づいたのだ。もし『そうなのだ』とすれば『そうはならない』のではないか、ということに――。

「来ないのか？　置いてくぞ」猿渡が俺を促した。慌てて付いていくと、俺たち四人は、猿渡を先頭に筧のいる4号室のハッチを開け、中へと入っていった。
そして――俺たちは。筧の死体を見つけた。

《08：21》

それは恐ろしい光景だった。一面真っ赤で、鉄錆《てつさび》のような臭いが充満する部屋――それが切り裂かれた筧の喉笛から噴《ふ》き出《で》た血液によるものであることは、一目でわかった。

「凶器は何だ？」剣呑《けんのん》な表情のまま、猿渡だけが周囲に視線を走らせる。

「もしかして、あれ……ですか？」更科が、血の海の中を指差した。そこにあるのは、扇形のガラス片だった。「あれ、割れたシャーレ、ですよね？」

「なるほど、そういうことか」猿渡が、忌々《いまいま》しげに破片を見下ろしつつ舌打ちした。「俺としたことが、シャーレが凶器になる可能性を失念するとは」

「でも、だとすると……」更科が、ぽつりと言った。「犯人は、筧君じゃなかった？」

「そうなるな」猿渡も静かに頷いた。「犯人が死ねば被験者も死ぬ。それがこの煙突館のルールだ。なのに俺たちは死んでいない。つまり……犯人は筧ではなく、別にいる」

ビクリと肩を震わせると、更科は怯えたように言った。「それって……誰なんです？」

「そりゃ、ひとりしかいないだろ」猿渡が、ニヤリと笑った。「なあ？　更科」

「……えっ？」目を瞬くと、すぐさま更科は素っ頓狂《すっとんきょう》な声を上げた。「えええっ？　僕が？　な、なんでそんなこと言うんです？　僕がそんなことするわけがないでしょう？」「わけならあるぞ。証拠もな」狼狽《うろた》える更科に、猿渡は冷たく言い放つ。「貴様、見張り中に一度便所に立っただろう。あのときお前は隣の4号室に行き、筧を殺したんだ」「そ、そりゃあ確かにトイレには行きましたけど……あそこから4号室に行けるはずが」「ある。行けるんだ」更科の語尾に被《かぶ》せるように、猿渡は断言した。「トイレには隣り合う4号室に行くための抜け穴があるんだろ？　HALも『隠シ部屋も存在シません』とは言ったが、抜け穴がないとは言っていないぞ」

そ、そんな無茶な――と言ったきり口を閉ざす更科に、猿渡はなおも詰め寄る。「そう考えれば田原女史の件も理解できる。抜け穴は他の部屋にも繋《つな》がっているってことだ。あ……もっと早く気づくべきだったぞ。犯人は貴様だったんだな、更科澄人」

猿渡は、両目を爛々《らんらん》と光らせつつ、無言の更科へと一歩ずつ詰め寄った。

だが俺は、こんなにも緊迫する状況を尻目に、ずっと――考え続けていた。

更科がやった？　トイレの抜け穴を使って？　田原と倍賞を殺したのも更科？　それが事実なら彼はどうやった？　熱川の首つり死体は？　そんな疑問に、俺は――。

「……四条さん！」驚く美奈子の声を背に、一目散に梯子を駆け上がると、気がついたときにはすでに、ハッチから廊下へと飛び出ていた。

それは、衝動的な行動だった。俺は思ったのだ。あれを確認しなければ――と。

「四条さん、待って！」美奈子もまた、俺を追って出てきた。

機敏に傍《そば》まで駆け寄る美奈子に、俺は問うた。「あの二人は？」

「取り込み中です。なんか……もう二人とも、私たちのことはどうでもいいみたい」

「そうか。それならむしろ好都合！」そう言うなり、俺は小走りで歩を進める。

どこに行くんです？　と問われ、俺は答えた。「確かめるんだ！　熱川さんの死体を」

《08：55》

ホールで、俺は天を仰ぎ、煙突の頂上で揺れる熱川の死体を、じっと見つめる。死体は相変わらずあの場所で、ユラユラと呑気《のんき》に揺れている。だが――。

再び、激しい違和感。さっきも感じたこの妙な違和感の正体に、俺は数秒後――。

「あっ！」やっと、気づいた。そうか――あれは、そういうことなのだ。だが――。

「ぐあああああ！」絶叫が、煙突館中に轟《とどろ》いた。

肩を竦めつつ、美奈子が振り向いた。「な、なんですか、今の悲鳴？」

美奈子の言葉に、視線を走らせる。声の出所は廊下――ではない。そもそも廊下には、俺たち二人以外の姿はない。もちろん上でもない。とすると――。

4号室、筧の部屋。絶叫は、まだ閉まりきっていないハッチの隙間《すきま》から聞こえていた。

「どうしましょう」美奈子が不安げに見る。俺は、数秒を置いて答えた。「……戻ろう」

そして、美奈子の手を取ると、戻った4号室で、俺たちは——見た。

二つの死体。すなわち、筧の死体と、苦悶《くもん》に顔を歪《ゆが》ませた猿渡の死体を。そして——。

ユラリと振り返ると、そいつは言った。「仕方ないんだよ？　僕は、こうするしかなかったんだ」それは——醜悪な笑みを湛《たた》える、更科だった。

《09：00》

「き……」君がやったのか？　と問う間もなく、更科が突然、俺に襲い掛かる。

「わあっ！」無理矢理、身体を右に捻ると、間一髪、更科が握るガラス片が空を切った。転がる俺に、しかし再び更科は、鬼の形相で飛びついてきた。その血走った目——俺は、怯える心を押し殺し、戦う覚悟を決めると、ファイティングポーズを取った。

もっとも、戦いは武器を持つ方に分がある。シュッシュッと更科のガラス片が空気を切り裂き俺の喉を狙《ねら》う。丸腰の俺は防戦一方のまま、攻撃を避《よ》け続けるしかない。狭い部屋の中を逃げ惑いつつ、いつか来るだろう逆転のチャンスを狙った。しかし——。

「うお！」猿渡の血で足を取られる。と同時に更科の攻撃が左肩を掠《かす》めた。「ぐっ！」

激しい熱とともに、左肩が爆発した。転がるようにして更科の前から逃げ、左肩に触れると、指先にはべっとりと生温かい大量の血がついた。

「い……痛え」やられた——が、それでも俺は立ち上がり、再び臨戦体勢を取る。

と、ふと気づく。そういえば――美奈子はどこに行った？

シュッ――俺が一瞬気を逸《そ》らしたその瞬間、更科がまた攻撃を繰り出す。「うわっ」凶器が頬を掠め、足がふらつく。ほんの一瞬、だが致命的な隙。気がつくと俺は転がされ、マウントポジションを取られていた。自由を奪われた俺に、のしかかる更科はニヤリ、と紫色の歯茎《はぐき》を見せて言った。「僕、こうするしかないんですよ。さもなくば自殺されちゃいますからね」

そして、冷たい凶器をそっと俺の首筋に這《は》わせる。「さあ、終わりですよ？　四条さん。観念してくださいね？」

ああ、もうお終《しま》いか――諦《あきら》めて目を瞑《つぶ》った、そのとき。「四条さん、息止めて！」美奈子の絶叫。なぜ息を？　と考えるより早く、俺は息を止めた。直後――。シューーッ、と美奈子の手から霧が噴出した。その霧の直撃を顔に受けた更科は、一秒を置いて、白目を剝《む》くと――そのまま俺の上に、バタリ、と倒れ込んだ。

《09：12》

息を止めたまま美奈子とともに4号室から出て、やっと新鮮な空気を胸いっぱいに吸い込むと同時に、俺は言った。「助かったよ！　スプレーを使うなんて、いい判断だ！」「ありがとうございます！」美奈子もまた嬉《うれ》しそうに微笑んだ。「でも、遅くなってごめんなさい。ガムテープをはがすのに手間取って……きゃっ、四条さん？」

俺は、いきなり美奈子を抱き締めると、心を込めて「ありがとう」と言った。「君がいなければ俺は殺された。君は命の恩人だ。本当に……ありがとう。美奈子ちゃん」

しばし身体を強張《こわば》らせていた美奈子は、しかしやがて力を抜き、身体を俺に委ねた。そして数分間——息が整うまで、束の間の温《ぬく》もりを味わう俺に、やがて美奈子は、ぽつりと呟くように言った。「これで、犯人が誰だかはっきりしましたね」

「ああ……更科澄人だ」今まさに見たことから、それはもはや自明の事実だった。

「後は、申告するだけですね。『犯人は、更科澄人だ』って」

「もちろんだ」美奈子の言葉に、俺は再び頷いた。「行くぞ。ＨＡＬのところに」

《09：22》

談話室に下りると、俺は美奈子と視線を交わしてから叫んだ。「ＨＡＬ、いるか？」

『はい。なんでショうか』ＨＡＬが、即座に応答する。

心を落ち着けつつ、俺は続けた。「これから犯人を申告したい。大丈夫か？」

『もちろんでス。シかシ……』ＨＡＬは、一拍を置いて言った。『申告の前に三点確認シまス。一、解答は犯人以外の総意で行われまス。この中に異論がある方はいまスか』

「いいや。解答は、生き残った俺たち二人の総意だ」

『では二、解答を誤った場合、あなた方は煙突館の外に出サれ、これにより被験者は死亡シますスが、お覚悟はありまスか』

「覚悟？　あるに決まってるだろ！」強がりつつ――しかし、HALの言葉に少し引っ掛かりを覚える。『煙突館の外に出サれ、これにより被験者は死亡』とはどういうことだ？　俺たちは、ここから出るために奮闘しているのに？

『最後でス。三、「推理」はサれまシたか』

「……推理？　もちろん、したとも」――と思うが、そもそも『推理』が必要な話か？

『以上、よろシければ……』HALは、淡々と言った。『犯人の申告をどうゾ』

俺は、美奈子を見た。美奈子もまた俺の目を真剣な面持ちで見つめながら、囁くような小声で言った。「私が言いますか？」

いや、俺が言うよ――という台詞が、どうしたわけか出てこない。なぜだろう？　大いに疑問を抱きつつ、俺は、頷きだけを返した。

俺の答えに、美奈子は静かに、天井を向いた。「申告します。この事件の犯人は……」

ズキン――俺の頭に激痛が走る。そうだ――この事件の犯人――それは――。

「犯人は、さらし……」

「いや、待ってくれ！」気がつくと俺は、大声で美奈子の申告を遮っていた。「申告はだめだ！　まだ……だめだ！」

「ど、どうしたんです？」大声の俺に、美奈子は怪訝《けげん》そうな顔で言った。「なぜ申告しないんです？　犯人は、更科さんじゃないんですか？」

「それは……」そうだ。だがそうじゃない――だから。「とにかく、申告はまだだ」

美奈子が、縋《すが》るように俺の胸を両手で摑んだ。「じゃあ、犯人は誰なんですか！」

美奈子の問いに、俺の頭の中には、さまざまなものが浮かんでは消えていく。煙突。空。ふらつき。吸盤。月。地球。太陽。そして緩慢に揺れる熱川の死体。そして――。

「わかったぞ！」叫ぶなり、俺はトイレに駆け込んだ。そして、逆J字形の吐水口を確かめる。すると――。「回るぞ！　やっぱりな、これがスイッチになっていたんだ」

「スイッチ……？」訝《いぶか》しげな美奈子をよそに、俺はクローゼットから油粘土と紐つきバケツ、そしてオペラグラスを持ち出した。「粘土は重しだ。その方が揺れが安定する」

なおも不可解さに戸惑う美奈子に、俺は微笑んだ。「さあ、上に行くぞ！　そして、確かめるんだ、あの死体を！」

《09：39》

ホールへ上がると、俺はまず4号室のハッチを見る。まだ閉じたままだ――ということは、中にいる更科は、まだ睡眠薬で眠っているのだ。

ほっと息を吐くと、すぐさま俺はオペラグラスで高さ五十メートルの位置を覗いた。見えるのは、青い空と揺れる熱川だ。俺は早口で美奈子に言った。「頼みがある。これから腕時計で時間が『何秒』掛かったかを計ってほしい。いいかい、いくよ……！」

慌てて美奈子が腕を見たのを確かめるや、俺はオペラグラスを覗きつつ「はい！」と合図をした。そして、熱川の死体が静かに揺れるのを見つつ——。「はい！　何秒？」

「え、ええと、十一秒……いや、十二秒です」

「やっぱりな！　じゃあ、今度はこっちだ。俺がバケツを振り子にするから、また同じように一往復の秒数を数えてくれ。いくぞ？　はい……はい！　何秒？」

「に……二秒です」

「オーケー、完璧《かんぺき》だ！」俺はバケツを放り投げ、美奈子の手を取った。「やっぱり俺らは騙《だま》されていたんだ！　犯人にも、この煙突館にも、何もかもすべてに！」

突然喜びを爆発させた俺に、戸惑う美奈子。俺はなおも捲《まく》し立てた。「『T＝2πルートg分のl』、式を覚えていてよかったよ、まさかこんなところで役に立つとは！」

「式……？　何の？　……っていうか、四条さんは一体、何を？」

「わかったんだよ！」俺は歓喜に叫んだ。「そして、助かるんだよ！　俺たちは！」

そう——俺はこのとき、ようやく、この煙突館の秘密をすべて理解したのだった。

『**ここより先は「解答編」でス。誰が犯人か、どのように犯行に及んだか、ソもソも煙突館とは何なのか、よくお考えの上、先へとお進みくだサい**』

《09：43》

困惑したままの美奈子。俺は煙突の丸い壁に沿って一周しながら説明を始めた——もちろん、力場について理解した今は、もはやふらつくことも眩暈を起こすこともない。

「犯人は誰か。まずここから話そう。美奈子ちゃん、君は、犯人は誰だと思う？」

「それは、更科さん……じゃ、ないんですか」

「それは、半分正しい」——半分？　と訝しげな美奈子に、俺は続けた。「煙突館の犠牲者は五人。熱川、倍賞、田原、筧そして猿渡。このうち猿渡と倍賞については更科が殺したことに間違いはないだろう。問題はそれ以外、特に田原と筧だ。この二人がどうやって殺されたのか？　あのとき更科と俺たちは一緒にいた。つまり、明確なアリバイがあるんだ。でも、田原を殺したのはやっぱり更科だった。そう……覚えているかい？　田原が5号室にいるとき、更科が二度、トイレに立ったことを」

「ええ、覚えていますけれど……更科さんはトイレの抜け穴を使ったってことですか？」

「それは違う」俺は首を横に振った。「そもそも抜け穴なんかないんだ。更科がトイレに入った理由は別にあったんだよ。5号室の気圧を変えるという、理由がね」

5号室の気圧？——怪訝な顔の美奈子に、俺は口角を上げた。「トイレの吐水口。水が出なくておかしいなと思っていたけれど、実は、あれは5号室と外界とを繋ぐバルブのスイッチになっていたんだ。回せばバルブが開く。戻せばバルブは閉じる。これを操作することで、更科は5号室の気圧を、〇気圧か一気圧か、自在に変えることができたんだ。田原は〇気圧、つまり真空状態の中で窒息死したんだ」

人間は真空状態で爆発する――というのは都市伝説だ。人間の真空状態における死因はやはり窒息死。実際、宇宙開発競争黎明《れいめい》期にソヴィエトでそういう事故があったそうだ。

「更科は二度トイレに入った。一度目はバルブを開くため、二度目は閉じるためだ。5号室の冷蔵庫が開いていたこともこれで説明できる。気圧差で開いてしまったんだ」

「な、なるほど……でも」頷きつつ、すぐ美奈子は疑問を述べた。「筧さんは？　筧さんが殺されたときも更科さんは談話室にいました。抜け穴がなくては、犯行は不可能です」

「まさしくそのとおり。そこで……一旦視点を変えてみる。つまり、この行動実験における俺ら八人の役割は何か？」一拍を置き、俺は続けた。「この実験の純粋な被験者は五人、猿渡、田原、筧、倍賞、更科だ。飛びぬけた能力を持つ彼らが被験者となったのは、この実験がおそらく、スパイ問題に関するものだからだ。スパイとは様々な分野の能力に秀でた人間がするもの。政府はそういう有能な人間をこの煙突館に集めて『異端分子』を選別する実験を行い、スパイ炙《あぶ》り出《だ》しのためのデータを取っていたんだ」

「そういうことだったんですね。でも、だったら、残りの私たちは何なんです？」

「そう。そこが問題だ」俺は、大きく頷いた。「残っているのは、まったく平々凡々とした人間でしかない。けれど、実はこの実験には、むしろ平凡な人間が必要なんだ。なぜなら、これは『対照実験』だからだ」

「対照実験……?」鸚鵡返《おうむがえ》しに呟く美奈子に、俺は「ああ」と大きく首を縦に振った。

「例えば、新薬に効果があるか、といったことを調べるのが対照実験だ。具体的には、複数の病人を、薬を投与する人、薬を投与しない人、偽薬を投与する人に分ける。その後、各人の効果を対照することで、薬の効果を的確に把握できるって寸法さ」

「比較して、効果を測るんですね」

「ああ。翻《ひるがえ》ってこの実験だ。この忌々《いまいま》しい実験でも、政府は複数の対照者を置いた。つまり……様々な分野に何ひとつ秀でていない、ごく普通の者を」

「それが、私たち」戦《おのの》くような表情の美奈子に、俺は説明を続けた。「けれど、仮にこれが対照実験だとしても、説明できない点がある。それは、対照者がなぜ三人もいるのかだ。そもそも対照者たる凡人は、ひとりいれば十分なはず。ただ、性別差を見る必要から男女がいれば望ましいけれど、それでも二人。三人もいらないんだ」

「それって!」俺の言わんとしていることに気づいたのだろう。美奈子が目を見開いた。

「四条さんと私は比較対照者だけれど、もうひとり、何か秀でた能力があるわけでもない者がいる。そして……その不自然な存在が……」

「ああ。犯人さ」俺は、大きく頷いた。「奴が、寛を殺したんだ。……熱川一充がね」

《10：00》

「奴は初日の夜に自力であそこに登って以降、死体を演じ続けている。夜中に降りてきて筧を手に掛けたのも奴だ、もちろん今も、奴は俺たちを殺そうと狙っている」

「でも、更科さんも倍賞さんや田原さん、猿渡さんを殺してますから……つまり、犯人は二人いる、共犯ってことですか？」

「いや、それだとＨＡＬの犯人は『この中にひとり、いまス』という言葉と矛盾する」俺は小さな間を挟んでから、説明を続けた。「実は、更科の言動で俺がひとつ不審を感じたことがあるんだ。それは昨日、熱川の死体を発見したときのこと……」

――なあ更科君、見えるか？　あいつ、死んでるだろ？

――あ……ええと、よくわかりません。見えないので……。

「猿渡の『見えるか』という質問に、更科は『見えない』と答えた。でもこれ、おかしいんだ。なにしろ彼は視力が八・〇もあるんだからね。絶対に見えてるはずなんだよ。でも彼は見えないと嘘を吐いた。なぜか？　それは……更科が一瞬、躊躇ったからなんだ」

「……躊躇った？」

「ああ。更科はひとりだけ、熱川が生きていることを知っていた。そんな彼が唐突に『死んでるだろ？』と核心を突く質問を受けたらどう思うだろう。しかも正直に『生きている』とは答えられない状況だったら……。だから彼は一瞬、躊躇った。そして誤魔化したんだ。『見えないから』と言ってね」

「………」戸惑いの表情を見せる美奈子に、俺はなおも続けた。「もうひとつ、倍賞はトランプが一枚ないことに気づいていた。マジシャンである彼は、デッキの僅かな重さの違いから見抜いたんだね。だが問題は、なぜ一枚なくなっていたのかってことだ。その答えは……ジョーカーをメモ代わりしたからなんだ。煙突館にはサインペンはあるがメモ用紙がない。細かく指示を書き付けられるメモ代わりになり、しかも折りたたんで持ち運べるようなものは、トランプしかないんだ。要するに熱川は、抜いてもゲームに支障のないジョーカーを抜き、そこに必要なことをメモして、昨日の早朝までに更科に渡したってことなんだ」

「じゃ、じゃあ、メモした内容は……」美奈子が、息を飲んだ。「もしかして殺人に関すること……熱川さんが、更科さんを操るための……?」

「そのとおり」俺は大きく頷いた。「更科はたぶん、熱川から『俺の言うことを聞けば、お前だけは生かしておいてやる』と脅され、犯行の片棒を担がされたんだ。メモには、倍賞や田原を殺す方法が指示されていた。更科はそれにしたがったんだ」

もちろん、熱川を裏切り、こっそり全員の意思をまとめて熱川が犯人だとＨＡＬに申告する方法もあっただろう。だが、更科にはそれができなかった。なぜか？　そのヒントは、更科自身の言葉にあった。

——僕、こうするしかないんですよ。さもなくば自殺されちゃいますからね。

熱川はきっと、更科をこうも脅していたのだ。「もし俺を裏切れば、俺は自ら死を選ぶ。そうすれば、HALが言っていた失敗条件の三つ目、『犯人を死亡サセた場合。この場合も前に同ジデス』に該当するぞ。なあ……お前も、死にたくはないだろう?」

美奈子が、呆然としたように言った。「更科さんは……本当の犯人じゃないんですね」

「ああ。更科は道具として使われただけ。真の犯人は別にいた」

「それが、熱川さん……でも、だとすると熱川さんは煙突の壁を登り降りしたってことになりますよね。あの段差をどうやって乗り越えたんです? それに、なんで首を吊っても生きていられるんです?」

「そう、そこだ!」俺は、手を叩《たた》いて言った。「まさにその二つの謎に俺たちは振り回されたんだ。でもね、実はそこにこそ罠《わな》があったんだ。美奈子ちゃん……君は『振り子の等時性』って知ってるかい?」

「等時性……?」首を傾《かし》げた美奈子に、俺は説明する。「振り子の周期は支点から重心までの紐の長さで決まる法則さ。ぶら下がるものの質量とは関係なく、紐の長さだけが、振り子の揺れる周期を決めるんだ。と、ここで熱川とバケツだ」

俺は、熱川とバケツを交互に示した。「熱川《あれ》もバケツ《これ》も、実は支点から重心までの長さがほぼ一メートルで同じだ。けれどその周期には大きな差があった」

「さっきの秒数ですね。熱川さんは十二秒、このバケツは二秒で……ええと、でも、変ですよね、紐の長さは同じなのに、どうして周期が違うんでしょう?」

「その答えは、重力にある」俺は、ニヤリと口角を上げた。「重力により周期が変わったんだ。さっき俺が唱えたのは等時性の公式で、周期を代入すれば、重力を逆算できる。これによると、ここでは一G、上では大体二十分の一Gになる」

「つまり、上の方が重力は小さくなっているってことですか?」

「そうだ。そして重力が小さければ、重さも小さくなる。あの段差の辺りでは、重力は約五分の一G。小柄な熱川の体重は、十キログラムを下回る」

「あ、吸盤が使える！ あれ確かひとつ十キロくらいまで支えられるんでしたよね！」

「そうさ。そしてもうひとつ、首を吊っても生きていられる理由は……」

「二十分の一Gなら体重も精々一、二キロ、それだったら首を吊っても死なない！」

「ご名答！」俺は、美奈子の手を取った。「この煙突館では、重力は上に行くほど小さくなっているんだ。この偏りこそが、まさに煙突館の最大の鍵だったというわけさ！」

　にんまりと笑みを作る俺に、しかし美奈子は、「でも……どうして?」と、なおも不審げに眉を寄せた。「どうして重力が変わるんです?　こんな小さな建物の中で重力が変わるなんて……あり得ません」

「そう、あり得ない。でも、そのあり得ないことが煙突館《ここ》では起こる」俺もまた、神妙な表情で言った。「いいかい、手掛かりは五つあった。まずひとつめ、この館にはなぜ開口部が煙突の天辺にしかないのか?　その答えは『空』を偽装するためだ。あの空は、スクリーンに映された偽物の空なんだ。二つめ、ここで俺たちが感じるふらつきや眩暈は何か。答えはクスリ……じゃあない。『コリオリの力』のせいさ」

「コリオリの力？」きょとんとする美奈子に俺は言った。「回転するものの中で動いたときに発生する物理力さ。その予期しない力が、眩暈を引き起こしたんだ。次、三つめ。HALはこう言った。被験者は『煙突館の外に出サれ、これにより死亡シマス』……でも変だ。どうして、外に出されると死んでしまうのだろう？　関連して四つめ、どうしてバルブを開け閉めしただけで簡単に部屋を〇気圧にできるのか？」

矢継ぎ早の言葉に困惑する美奈子に、俺はなおも続けた。「ラスト、五つめ。この煙突館には様々なガジェットがあった。太陽と月のレリーフ。地球儀。紐のついたバケツ。投石器。今ならわかる。これらは一貫して、この煙突館の秘密を示していたんだ。そして、これらの手掛かりと重力の偏りを使えば、真実が明らかになるんだ。つまり……」

ひとつ、深く長い呼吸を挟むと、俺は、煙突館の『真実』を、明らかにした。

「この煙突館は、無重力の宇宙で回転する、人工衛星なんだ」

※図2参照

図2　煙突館回転図

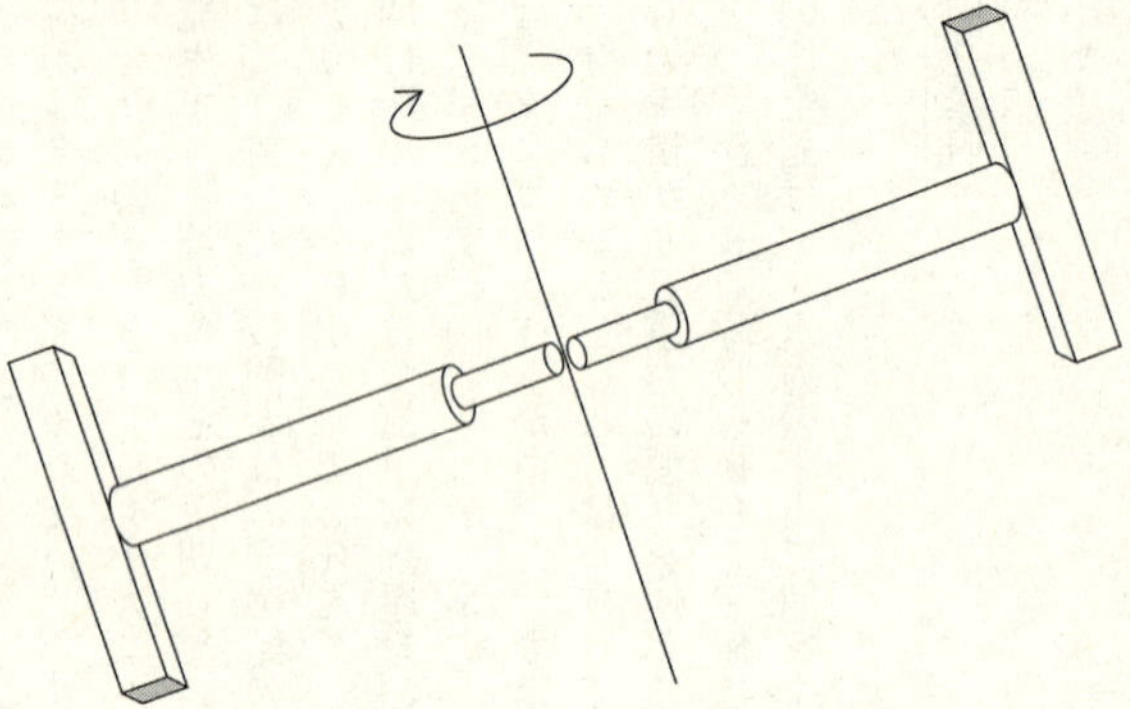

バタン！　唐突に響く大音声に、俺と美奈子は反射的に振り向く。

視線の先。４号室のハッチ。その蓋《ふた》が開き更科が姿を現していた。更科は、俺たちの姿を見るや走り出し、叫んだ。「殺してやる！　お前らを殺せば、僕は助かるんだ！」

だが、更科がホールに入った瞬間——何者かが上から更科に飛び掛かる。

「ぐぇっ！」間抜けな呻《うめ》きとともに、更科の首は、そのまま百八十度、回転した。

バタリ、と崩れ落ちる更科の傍に立つのは——熱川。

幽鬼のごとき姿の熱川は、いつの間にか煙突の内壁を降りてきていたのだ。熱川は、一瞬で更科を屠《ほふ》ると、俺たちに向けて、ニタァと歯茎を見せた。「……ご名答《めーいとーう》」

「まずい！　早く下に！」俺は慌ててハッチを引き開けると、美奈子とともに、落ちるように談話室へと潜り込んだ。

《10：09》

内側からハッチを閉じる——が、閉めるやいなや、ハッチに途方もない力が掛かる。熱川がハッチを開けようとしているのだ。あの貧相な身体のどこにこんな力が？　——だが、考えている暇はない。俺は渾身《こんしん》の力でハッチを押さえつつ、叫んだ。「美奈子ちゃん！　早くHALに犯人を！」

美奈子はすぐさま、談話室の中央で声を張り上げた。「HAL、聞いてる？　答えて！」

『はい。なんでショうか』HALが、即座に応答する。

「犯人を申告したいの、いい？　犯人はね……」早口で言う美奈子。しかし——。

『申告の前に三点、確認をいたシます』美奈子の言葉を遮るように、HALが述べた。

「確認は省略だ！」俺は怒鳴《どな》る。だがHALは、『ソれはできません』と一蹴《いっしゅう》した。『確認は、申告に際シてソの都度必ズスべき手続きであり、省略することはできません』

「わかった、わかったから早く言え！」ほとんどハッチにぶら下がりながら、俺は急《せ》かす。

『はい。まズ解答は犯人以外の総意で行われまス。解答に異論がある方はいまスか？』

「いねえよ！　……うわっ！」ハッチが開き、反動で俺は梯子の下に落ちた。

その黒い穴から、醜悪な笑みを浮かべながら、熱川が降りてくる――。

『承知シました。では次に、解答を誤った場合、死亡スることについて、お覚悟は？』

「している！　覚悟している！」駆け寄る美奈子を抱き締めつつ、俺は叫ぶ。そんな俺の視線の先では、熱川が尖《とが》った犬歯を見せつけ呟いていた。「……殺してやるぜ」

戦慄に、俺は声を裏返らせながら促した。「早くしろＨＡＬ！」

『最後でス。あなた方は、「推理」サれまシたか』

「したっ、推理したっ！」俺は腹の底から絶叫した。と、それが合図であるかのように、熱川が猛然と俺に向かって走り出した。

『確認シまシた。では申告をどうゾ』

熱川が凶器のごとき両手を突き出す。それが二人の喉元に届く、その瞬間――。

「犯人は、熱川さんです！」

美奈子が叫んだ、その直後――意識が、途切れた。

ＥＰＩＬＯＧＵＥ　'01/03/26（Sat）

《13：57》

「……あっ、こっちです！」彼女が、嬉しそうに手を振った。

指定された都内の喫茶店。パーティションで区切られた、一番奥の人気のない場所にいた彼女の前に腰掛けると、俺は言った。「久しぶり。元気にしてた？」

「もちろん」小首を傾げた彼女――美奈子も、笑窪《えくぼ》を作った。「あ、でも少し元気はないかもです。実は、そろそろ郷里に戻らないといけないので……」

「ああ、前にそんなこと言っていたね」記憶を辿《たど》りつつ、俺は、注文を取りにきたウェイターロボットにコーヒーを注文した。「でも、そうしたら大学はどうするんだい」

「中退ですね。残念ですけど……」美奈子は、そっと顔を伏せた。

「そうか」俺も、小さく溜息を吐いた。「まあ、君なら大丈夫さ。また戻ってこられる。何しろ君は煙突館を生き延びたんだ。やってやれないことは、ないさ」

煙突館の事件――あの後、気がついたときには、俺はすでに自分の家に戻っていた。

時刻は元旦《がんたん》の午前七時。外を水素自動車が走る長閑《のどか》な電気音を聞きながら、虚《うつ》ろな頭で、俺はようやく理解した――そうか、俺は、生き残ることができたのだ、と。

俺はすぐ、何事もなかったかのように日常に戻った。だが、俺が経験したあの実験的殺人のニュースを見ることはなかった。もとより政府の秘密実験なのだから当然かもしれないが、それにしても、五人も犠牲となった凄惨《せいさん》な事件が話題にもならないとは——憤りを覚えつつ、俺は、あのとき煙突館にいた人々のことを、できるだけ調べてみた。

猿渡《さるわたり》譲二《じょるじゅ》——彼は確かに東大医学部の准教授だった。八十年ほど前に実用化されたiPS細胞を利用した臓器再建術の専門家《エキスパート》で、今年に入ってから行方不明となっていた。

倍賞《ばいしょう》光人《ぴかーど》——美奈子の言葉どおり、彼は天才手品師だった。日本列島での知名度は低いが、世界では二十一世紀で最も偉大なコインマジシャンとまで言われていたそうだ。

田原《たはら》麗子《しゃれーど》——氏名からすぐ、彼女が州立大在学中に法務官選抜試験に首席合格した才女だとわかった。しかし、州裁判所のホームページにはすでに彼女の名前はなかった。

筧《かけい》寛《かーん》——彼を検索して出てくるのは、四年前のバリ五輪に関するものばかりだった。日本体操界の星がまさかあんな形で人生を終えるとは、彼自身も思わなかっただろう。

更科《さらしな》澄人《びゅあ》——彼は、百メートル先の電子書籍を人工水晶体《レンズ》なしで読むという芸当を見せる人気テレビ番組の常連だったが、出演スケジュールは昨年で途絶えていた。

熱川《あたがわ》一充《わんだふる》——この男の出自や行方については一切わからなかった。おそらく連邦軍に所属する特殊軍人なのだろう。当然、名前も偽名であるに違いなかった。

そして、上村《じょうむら》美奈子《みなこ》——彼女が言った、東京の美大で彫刻を学んでいるという情報から、俺は彼女を執念で探し出した。どうしても彼女に伝えたいことがあったからだ。だから——「会いたい」電話口でそう伝えると、彼女は、再会の場にこの店を指定したのだ。

「あれから、四ヵ月近く経つんですね。四条さん、肩の傷はもう大丈夫なんですか？」

「ん？　ああ、もう治ったよ。綺麗にふさがった」だがその傷は、今でも時々疼《うず》いた。そのたび、俺はあれが本当にあった出来事だったのだと実感するのだ。

「ねえ、四条さん」ふと、美奈子が問う。「政府はなぜあんな実験をしたんでしょう」

「それは……」俺は、少しの間を置いて答えた。「中東はもう百年以上も不安定に揺れている。ユーラシア帝国トップが間もなく病《やまい》により崩御しようとしているのを、アメリカ共和国や中国、アフリカ統一王朝も強く警戒している。環太平洋政府も同じだ。旧日本州と旧オーストラリア州の折り合いが悪いだろ？　こんな世情だから、五大覇権国は未《いま》だ、諜《ちょう》報《ほう》活動や宇宙競争を続けている。我が環太平洋政府だって、国民の犠牲を厭《いと》わず闇雲《やみくも》に宇宙実験をしようとするのも、仕方がないのかもしれない」

そして、初めはスパイ炙り出しのデータ収集という明確な目的を持っていたはずの実験が、いつしか、単に人間を集めて極限状態におけるその行動を見るというだけの、あまり意味が感じられない実験へとシフトしたのも、あり得ない話ではないのだ。結果を目的としているはずの実験は、繰り返されるうち、実験をすることが目的となっていく。まさに、百六十年ほど前にナチスドイツが残酷な人体実験を繰り返したように——。

「そう……なんですね」静かに頷くと美奈子は、ややあってから花が咲いたような笑顔を見せた。「それにしても、びっくりしました。よくわかりましたね、私の連絡先」

「まあね。でも、君の『美奈子《みなこ》』っていう昔風の珍しい名前が手掛かりになったよ。もっとも、ちょっと驚いたよ。君、普段は違う名前で暮らしていたんだね」

「……ふふ」美奈子は、はぐらかすように笑った。「でも、探し当てて貰って、私、すごく嬉しいです。だって……私も、四条さんに会いたかったんですから」

「そうなんだ。……あのさ！」俺は、舌にしみるほど苦いコーヒーを啜《すす》ると、覚悟を決めた。「美奈子ちゃん……俺は、君のことが好きだ」

「…………」美奈子の頬が、ほんのりと、はにかんだような紅に染まった。

《14：18》

「……あれ？」返事を待つ俺の視界が、不意に翳《かす》んだ。「おかしいな。目……めが。どうしたんだ？　ろれつもへんだぞ。お、おい、きみは、へいきか……」

顔を上げて、美奈子の顔を見る。だが――。「……みなこ、ちゃん？」

美奈子の目が、笑っていなかった。

頭の中が激しく渦を巻き、意識がその激流に飲まれていく。一体、何が起こったのか。

混乱する俺に、美奈子は囁くように言った。「私も、あなたが好きよ。私を守ってくれたし、昔の人みたいに古風な名前も好き。でもね……私にはこの国の機密を誰にも知られず持ち帰る義務がある。そのために、日本州に来たの。戸籍を捏造《ねつぞう》して一般人を装いつつ、政府の堅牢《けんろう》なデータベースをハックして、データを私の名前に書き換えて、あの実験に潜り込んだんだもの」

今さら、俺は気づいた。そうか、そういうことか。さっき飲んだコーヒーのやけに苦い味。西の出身だという彼女の父親がそろそろ危篤だと言っていた事実。だが──。

「お陰で、いい情報が手に入ったわ。これも、あなたがいてくれたからよ。ありがとう……本当にね」にこり、と美奈子が魅力的に微笑んだ。

そして、俺は理解した──もう、手遅れなのだと。

視界が暗転する。意識が遠のく。そして──「マアッサラーマ《さようなら》、四条さん」

それが、俺がこの世で聞いた最後の言葉となった。

澤村伊智

『わたしのミステリーパレス』

澤村伊智（さわむら・いち）

二〇一五年、『ぼぎわんが、来る』で第二二回日本ホラー小説大賞〈大賞〉を受賞。続く『ずうのめ人形』では第三〇回山本周五郎賞の候補作となる。ほかの著作に『恐怖小説　キリカ』『ししりばの家』がある。デビュー以来、すべての作品が話題作となるなど、ホラーエンタメ小説界の次代を牽引する才能として注目を集めている。

一

七月二十五日、午前十一時。わたしは最寄《もより》の駅の改札口で匡《ただし》さんを待っていた。日焼けして色あせたロッカーの陰《かげ》に立ち、照り付ける日の光から逃れて。

デートの待ち合わせだ。頭の中でそう言葉にすると不意に恥ずかしさが込み上げた。そして会社でのやり取りを思い出した。

「来週の日曜、どうやろ」

給湯室で自分のマグカップにお茶を入れながら、彼は不意に訊《き》いた。わたしは課長と部長と先輩の湯飲みを並べながら「え？」と訊き返す。もちろん聞こえてはいた。彼が何を訊いたのかも分かっていた。でもわたしは聞きたかった。彼のはっきりした言葉を。

匡さんは恥ずかしそうにわたしと目を合わせると、

「二十五日に出かけませんか？」

と小声で訊いた。わたしは「はい」と大きくうなずいて、「十一時はどうですか」と答えた。知らない間に笑みを浮かべていた。

話がまとまると、彼は「じゃあよろしく」とマグカップ片手に給湯室を出ていった。わたしは課長たちのお茶を入れながら、三度目のデートに胸を躍らせていた。

上りのホームに電車が停《と》まり、ドアが開く。乗客がわらわらと降りて自動改札機を通り抜ける。わたしは人ごみの中から匡さんを探す。この中にいてもおかしくない。いや、きっといる。あの人は時間をちゃんと守るからだ。

人々が歩き去りやがていなくなる。真新しい自動改札機を見つめながらわたしは残念な気持ちになっていることに気付く。彼が来るのを今か今かと待ち侘《わ》びている、子供みたいな自分に。

わたしは自分の服を確かめる。薄緑色の花柄のブラウス。派手過ぎず子供っぽくないのを選んだつもりだったけれど、逆にお婆《ばあ》ちゃん臭くないだろうか。そんな不安が込み上げる。

思い切って買ったジーンズはゴワゴワしていて穿《は》き心地《ごこち》は最悪だった。おまけに早くも蒸《む》れている。やっぱりスカートの方が良かっただろうか。そう思ってすぐ打ち消す。今日は安全で動きやすい方が絶対にいい。ブラウスもこれで構わない。なぜなら——

また上りの電車が駅に停まり、乗客が降りてくる。匡さんはいない。わたしは顎《あご》を流れる汗をハンカチで拭《ぬぐ》う。ロッカーにもたれようとして止《や》める。

また上りの電車が駅に停まり、乗客が降りてくる。匡さんはいない。腕時計を見ると十一時二十分になっていた。

どうしたのだろう。不安な気持ちが膨《ふく》らんでいた。喉《のど》が渇いているのは暑いせいだけではない。自分の鼓動がうるさく聞こえるのも。わたしは焦りを覚えていた。

ひょっとして、とロッカーの陰から出て周囲を見回しても、匡さんの姿は見当たらなかった。互いに気付かないまますぐ近くで待っている、といったよくある事態でもないらしい。匡さんはまだここに到着していない。

不安はさらに大きくなっていた。彼の身に何かあったのだろうか。考えたくないことを考えてしまい、途端に背中を冷たい汗が伝う。

向かいのパチンコ屋の前に並んだ何十台もの自転車。遠くから聞こえる八百屋のおじさんたちのダミ声。肉屋から漂うラードの匂《にお》い。見慣れて聞き慣れて嗅《か》ぎ慣《な》れたはずのものが、その時はひどく奇妙なものに感じた。見て聞いて嗅ぐだけでますます焦りを覚えた。

「すんません」

背中から声がした。振り向くと知らない男性が立っていた。のっぺりした顔は真っ赤で、肩で息をしている。

「新島《にいじま》さんですか、新島美紀《みき》さん」

ハアハアと苦しそうな息の間から、男性はそう訊いた。

わたしは答えなかった。新島美紀であることは間違いないけれど、見ず知らずの人にいきなり訊かれて答えるのはためらわれた。ただ黙って男性を見返していた。

みるみる汗ばむ額を手で拭うと、彼は、

「三原《みはら》って言います。立浪《たつなみ》匡の友達です。中学からの」

早口で自己紹介すると、「新島さんですか？」とまた訊いた。わたしはうなずく。

「すぐ来てください」

三原と名乗った男性は切羽詰《せっぱつ》まった様子で、

「匡が——事故に遭《お》うたんです。く、車に轢《ひ》かれて」

と言った。どくん、と心臓が大きく鳴った。

「宝《たから》ヶ崎《さき》病院にいます。一緒に来てください。い、イナロクに車停めてるから」

三原は商店街の方を指差した。確かにその先にはイナロク——国道一七六号線がある。路上駐車して商店街を走ってここまで来たのだろう。そこまでは分かった。有り得る、嘘《うそ》
ではないと思った。でもわたしは信じられなかった。信じたくなかった。

「ほんまに……？」

そう口から言葉が漏れていた。

「そんな嘘吐《つ》きませんって！」

呆《あき》れたような苛立《いらだ》ったような調子で三原は答えた。目が充血している。眉《まゆ》が八の字にな
っている。

わたしは固まっていた。周囲の音が聞こえなくなる。頭に浮かんだのは匡さんの笑顔だ
った。自分のマグカップに自分でお茶を入れる彼の姿だった。

手を摑《つか》まれてわたしは我に返った。

「早く」

返事も聞かずに三原は走り出し、わたしは彼に引っ張られて商店街を駆け抜けた。慌てて道を空ける人々。何を勘違いしたのか「ヒューヒュー」と囃《はや》す声が遠くから聞こえた。国道の路肩に停まっていた白い車に辿《たど》り着くと、三原は勢いよく助手席のドアを開けた。勧められる前に乗り込む。バン、と背後で大きな音がしてドアが閉まる。前から回り込んだ三原が運転席に座ると、乱暴にキーを突っ込んでエンジンをかけた。

車が走り出す。わたしは助手席で縮こまって、嘘だ嘘だと心の中で繰り返していた。握りしめた両手が見て分かるほどに震えていた。

身体は冷たい。でも車内の熱気とにおいで頭はぼんやりする。吐きそうになって堪《こら》えていると目眩《めまい》に襲われる。薄れゆく意識の中でわたしは匡さんのことを思った。

二

午後七時。殿田和孝《とのだかずたか》は原稿を書き終えると念入りに推敲《すいこう》し、とあるウェブ雑誌編集部に送信した。「近所のスナックに行ってみる」というタイトルの連載記事、その第十二回。自分で持ち込んだ企画でそれなりにPVも稼げてはいたが、ルーチンになっていないと言えば嘘になる。今回も楽しく書けたはずなのに、送ってしまえば頭の中からきれいさっぱり消えていた。ただの「仕事」になっていた。

考えていたのは別のウェブ雑誌で不定期連載している「殿田和孝のキジン伝」のことだ

った。

自宅兼事務所のマンションの一室、書斎の小さなデスクの前。ノートパソコンから視線を外すと、殿田は携帯を掴んだ。かすむ目を擦《こす》りながら友人の番号を探る。昨年に四十歳を迎え、老いを感じることがますます増えていた。生《は》え際《ぎわ》も寂《さび》しい。

「はいー、西浦《にしうら》です」

通話すると三コールで繋《つな》がった。挨拶《あいさつ》を済ませると、

「こないだのキジン、ありがとうな。ええ記事書けたし反響も上々らしい」

殿田は感謝の言葉と事実を述べる。三ヵ月前、西浦が教えてくれた「キジン」は、UFO写真を店内にびっしり飾った、隣町のパン屋の店主だった。

「そうなんや。どんな人やった？　おれちょっと偵察にパン買っただけで、店長と話とかせんかってん。レジにおったん女の子やったし」

「わりと普通やったよ。純粋にUFO写真が好きやねんて。実際に宇宙人がおるかはどうでもよくて」

「へー」西浦は楽しそうに、「店の雰囲気はヤバそうやけどな」

「大体はちゃんとしてはるよ。ちょっとベクトルが変わってるだけや。しっかり話聞いたら分かるわ」

「そんなもんかねぇ」

西浦は不思議そうに言った。殿田は「そうや」と確信を込めて返す。

「殿田和孝のキジン伝」は彼が最も力を注いでいるウェブ連載だった。「町の変な人にインタビューする」というありふれた内容だが、彼には「このテーマなら誰よりも上手《うま》く書ける」と自負があった。幼《おさな》い頃から彼ら彼女らを恐れつつも、どこか憧《あこが》れていた自分には。

物心ついた頃に住んでいた田舎町《いなかまち》には、極彩色の紙細工でデコレーションされた屋台を引く老人がいた。

中学の頃には町外れにある、「よろず売リマス」としか書いていない謎《なぞ》の店が気になっていた。店主と思《おぼ》しき老婆は真っ暗な店の奥から、じっと外の道を睨《にら》み付《つ》けていた。

最初に勤めた編集プロダクションの近くには、「靴と手品」を売る店があった。その次に勤めた出版社の近所には、頭にオウムを乗せて歩く老婆がいた。フリーランスになって最初に引っ越した先にはあんな人が、結婚して越した新居の近くではこんな人が、この自宅兼事務所の隣では――

彼ら彼女らに取材するようになったのはいつだっただろう。時期は定かではないが、最初は仕事でなかったことは覚えている。取材したのは中世ヨーロッパの王族のような格好をした、理髪店の店主だった。

「一国一城の主《あるじ》ですさかい」

店主が口にした言葉は月並みだったが、それがなぜその格好になるのか。質問しても分からず雑談をしていると、店主はぽつりとこう呟《つぶや》いた。

「親父《おやじ》の会社が倒産して、着るもんに困った時期がありましてな。学校でもからかわれて教室の隅《すみ》で童話ばっかり読んでましたわ。王様とかお姫様が出てくるやつ」

特に辛そうな口調ではなかった。あくまでさりげない、思い出話のような調子だった。それでも殿田には衝撃だった。そして同時に腑《ふ》に落ちていた。辻褄《つじつま》が合っていた。「町の変な人」にも人生がある。物語がある。そして今を一生懸命生きている。そんな感慨が沸き起こった。

以来、彼は仕事の合間を縫っては彼ら彼女らに取材するようになった。インターネットが普及しウェブ雑誌が次々に立ち上がった頃、彼は溜《た》めに溜めた素材を編集部に持ち込んだ。いくつも回ってどうにか連載にこぎつけた。週刊連載で二年。そこからは不定期で四年。

「で、めぼしい人おらん？　西浦くん、最近ヒキ強いから」

本題に入る。電話の向こうで唸《うな》り声《ごえ》がして、

「おらんなあ。UFOパン屋で出し尽くしてもうたわ」

残念そうに言う。とりとめのない話をしても何かを思い出す様子はなく、殿田は再び礼を言って通話を切った。「見つけたらすぐ連絡してや」と念押しして。

夕食の準備をしていると、妻の瑞穂《みずほ》が帰ってきた。巨大なトートバッグを担いで、「ただいまあ」と疲れた様子で言う。

「おかえり。今日はどうやった？」

「しんどかった」瑞穂は自分の部屋に向かい、すぐに出てきた。ジャージに着替えている。

「教頭がまた会議でようわからん精神論や。多分『パワーワード』って言葉覚えたんやろ、昨日」

「そんですぐ使いたくなって？」

「絶対そうや。こないだは『フラッシュアイデア』やった」

はああ、と溜息《ためいき》を吐くと、彼女は「ちょっとごめん」と殿田の背後を通り抜け、冷蔵庫からビールを取り出した。中学教師の仕事は大変らしい、というより大変なのだ。殿田は「おつかれやね」と同情を示して調理を続けた。

食事が始まると瑞穂は愚痴《ぐち》を止め、「この炒《いた》め物美味《もの　おい》しいね」と殿田の料理を誉《ほ》めた。それ以外は取り留めのない雑談ばかりを口にした。特に取り決めをしたわけではないが、訊かれなければ彼女は愚痴を言わない。こういった些細《ささい》なことが結婚を決めた理由だろう。相槌《あいづち》を打ったり雑談を返したりしながら、殿田はそんなことを考えていた。

「次の候補は？　キジン伝」

瑞穂が訊いた。殿田は首を振って、「これからや。西浦くんが手持ち無《の》うなったから、他当たらんといかん。自分でも探さな」

「ふうん」彼女は炒め物の残りを箸《はし》でさらうと、

「それっぽいのいっこ見つけたよ。使えるか分からんけど」

一気に口に放り込む。

「ほんまに?」殿田は思わず口元を綻《ほころ》ばせて、「どこにおんの?」と訊く。

「期待せんとって」瑞穂は苦笑しながら、「わたしも聞いただけやから。それにハズレもあるし」とご飯を頰張《ほおば》る。

殿田はうなずいた。これまで何度も「ハズレ」を引いたことはある。まともな精神状態ではない人物だ。最近では年始に取材を試みた中年男性がそうだった。繁華街のアーケードを孔雀《くじゃく》のような衣装で練り歩く、近隣のちょっとした有名人。SNSでもよく写真がアップされている。嚙《か》み合《あ》わない会話を総合して分かったのは、彼が違法の薬物を日常的に摂取しているという、記事に書けない事実だった。

「ええよええよ、とりあえず教えて」

そう促《うなが》すと、瑞穂は「うん」とご飯を飲み込んで、

「クラスの子が言うててんけどな、校区のギリギリのとこ、いっちゃん山側の住宅街に、変な建物があんねんて。昔はなかったとか言うてたけど」

「住居ってこと?」

「そうちゃう? 住宅街やし」

うなずく瑞穂。殿田の胸に期待が膨らむ。奇妙な小売店、飲食店の店主に取材したことは何度もあるが、住居はまだない。新しい切り口で記事が書けるかもしれない。

「んでな」瑞穂は茶碗《ちゃわん》に残った米粒を箸で摘《つま》みながら、「その家が古めかしいっていう

か、なんか洋館?みたいやねんて。大きくはないっていうか、むしろチャチいらしいねんけど」

口に持っていく。まだ「キジン」の要素は見受けられないが、殿田は急かさ《せ》ないように自制する。

「生徒の子らが言うてたんはな」

彼女は箸を置くと、

「窓がどう見ても作りものやねんて。一階も二階も」

「へえ」

「そんでランプも玄関にあるけど、点《つ》いてるの見たことないって。近所の子に言わせたら」

「作りものってこと? セットっていうか」

「らしいよ。そんでな」

ごちそうさま、と手を合わせてから、瑞穂は、

「玄関の、扉の上に英語で書いてあんねんて。『MYSTERY PALACE』って」

と言った。

「……ほお」

ミステリーパレス。ますますセットめいている。

「住んでる人は見たことないって、生徒の子らは言うてたけど」

瑞穂は中腰で皿を片付けながら、

「たまーに聞こえるねんて。塾の帰りとかに——女の人の叫び声とか、笑い声が」

と言った。

三

目が覚めると真っ暗だった。意識がはっきりするにつれて、肌にまとわりつく湿り気を感じた。蒸し暑い。首筋が汗で濡《ぬ》れている。

最初に頭に浮かべたのは、「ここはどこ?」というありふれた問いだった。

「わたしは誰?」とは思わなかった。新島美紀、二十一歳、会社員。疑問に感じるより先に答えが浮かぶ。

駅で匡さんを待っていたことも思い出す。友人を名乗るナントカという男性がやって来たこと、匡さんが事故にあったと聞かされたこと、そしてナントカさんの車に乗ったことも思い出した。

途端に心臓が縮み上がった。わたしは誘拐されたのかもしれない。状況の一つ一つがありふれた誘拐の手口そのものだった。それも小学生相手に使うような。

床に手を突く。べたりと掌《てのひら》が張り付く。木の床だ。ニスが塗ってある。掌の感触でそう推測しながら、わたしはゆっくりと身体を起こした。頭にも身体にも、身体の中にも痛みはない。殴られたり薬を飲まされたりで気絶したわけではなさそうだ。

かすかに漂う木材の匂い。鼻腔《びこう》をくすぐるのは埃《ほこり》だ。途端にむず痒《がゆ》くなる鼻を手で押さえて、わたしは周囲を見回した。徐々に視界が暗闇《くらやみ》に慣れていく。

最初に目に留まったのは柱だった。

太い四角い柱が四本、わたしの周囲を取り囲むように立っていた。

柱の向こうにも空間が広がっているのが分かる。ここは室内らしい。わたしは違和感に気付く。室内、部屋の中で、柱がこんな風に立っているのはおかしい。

わたしは無意識に上を向いた。四本の柱が天井を支えている。そう思ってすぐ打ち消す。これは天井ではない。柱の外側には天井の板がないからだ。

部屋の中に部屋、というより仕切りがある。ちょうど天蓋《てんがい》付きベッドのような空間があって、わたしはその中央に寝ている。でもここはベッドではない。板張りの床に直接寝ていて、シーツも枕《まくら》も毛布もない。

どういうことだろう。わたしは耳を澄ました。何も聞こえない。自分の呼吸する音以外は何も。拉致《らち》、監禁、という言葉が頭に浮かんだ。

持っていたはずの鞄《かばん》は見当たらなかった。

わたしはそっと起き上がる。天井——柱が支える小さな天井は思ったより低く、わたしは屈《かが》んだままそっと足を進める。きいっ、と床がかすかに軋《きし》む。足元を見てわたしは違和感を覚えた。でも理由が分からない。ただおかしいこと、普通でないことは分かる。

靴を履いたままの足と床板を見つめる。違和感はますます膨らんでいるがやはり気付かない。気付けない。わたしは諦《あきら》めて目の前の二本の柱の間をそっと出た。できるだけ足音を立てないようにして進む。人の気配はない。物音もしない。

振り返って見上げる。四本の柱は四角い木の板を支えていた。天井はさらに上にあるらしい。はるか頭上、暗い中に照明らしき円い影が見えた。

木の板の端には垂直に板が据え付けられていた。不思議な形だ、そう思った瞬間、目の前にあるものが像を結んだ。次の瞬間には背筋が凍《こお》りついた。

四角い柱は脚だ。脚が支えているのは座面で、垂直の板は背もたれだ。

今見ているのは――巨大な椅子《いす》だ。

わたしは今さっきまで大きな椅子の下にいたのだ。

分かったと同時にさっきの違和感の理由にも思い至った。足元を見る。床板の一枚一枚がひどく大きかった。

椅子の向こうにも柱が見えた。座面より大きな木の板も。テーブルだ。

遠くの壁に白くて四角いものがぼんやり浮かんでいる。扉かと一瞬思ったけれど違う。縦長の穴が横に二つ、縦に二つ並んでいる。コンセントだ。有り得ないほど大きい。

この部屋にあるものはすべて大きい。というよりこの部屋自体が大きい。

「ここはどこ？」は未《いま》だに解けない。

「わたしは誰？」は問うまでもない。でも新たな疑問が浮かんでいた。

「わたしはどうなっている？」
まるで分からない。あのナントカという人が誘拐犯だとしても、今のこの状況とは繋がらない。誘拐犯でなかったとしても辻褄が合わない。わたしは病院に向かったのではなかったのか。
ぷしゅっ
激しい音が広大な部屋に響いた。わたしは思わず「あっ」と声を上げた。
ぷしゅっ、ぷしゅっ、ぷしゅっ
空気の噴《ふ》き出《だ》すような音が続く。両耳を塞《ふさ》いで辺りを見回すと、コンセントの横が一際暗くなっているのが分かった。穴だ。壁に穴が空いている。
そう思った瞬間、穴の中で二つの光が灯《とも》った。横に並んだ、アーモンドのような形をした光。
目だ。目が光っている。
ジイイ、と耳障《みみざわ》りな音が聞こえた途端、
しゅううう、しゅうううう、しゅううう、ちちちっ
呼吸音がした。そして聞き覚えのある鳴き声がした。
足がすくんで動けなくなっていた。ただ穴の奥で光る目を見返していた。自分の状況を受け入れざるを得なくなっていた。
わたしは縮んでいる。小さくなっている。有り得ないけれどそうとしか思えない。

そして壁の穴から――ネズミに狙《ねら》われている。

ちちっ、ちうっ、ちうっ
鳴き声がさらにけたたましくなっていた。

ぷしゅっ、と一際大きな音がした次の瞬間、穴から灰色の巨大な影が飛び出した。わたしは声もなくその場にしゃがみ込んだ。

また鳴き声がする。止まらない。噴き出す音も続いている。何かが動く音も。わたしは目を閉じて覚悟する。ネズミに襲われること、鋭い前歯で嚙まれることを。

「いや！」

わたしは叫んでいた。「匡さん！」と無意識に名前を呼んでいた。頭の中に彼との思い出が次々と甦《よみがえ》る。これが走馬灯かと意識の片隅《かたすみ》で思った。自分は死ぬのだ、とも。

鳴き声と噴き出す音は規則正しく続いている。

まだネズミは襲ってこない。息遣いを肌に感じることもなければ、気配が近付くこともない。鳴き声と噴き出す音は続いている。さっきと変わらず。規則正しく。

走馬灯がふっと消えた。頭が状況を分析し始める。爆発しかかっていた不安と恐怖と心細さが消えていく。音はまだ鳴り止まない。鳴き声の向こうでジイイ、と別の音がしている。これは――ノイズだ。

わたしはゆっくりと顔を上げた。

穴の手前に影が立っていた。二メートル近い、毛むくじゃらの影。爛々《らんらん》と光る目が鋭い歯と幾本もの髭《ひげ》を照らしている。ぷしゅぷしゅ、という音にあわせて首を振っている。巨大なネズミの人形だった。空気仕掛けで動いている作りものだった。よく見ると顔だけが大きくバランスがおかしい。足が宙に浮いているのもおかしい。

足元にはレールが見えた。ネズミの人形は穴からレールに沿って出てきただけらしい。

鳴き声がブツリと途絶えた。ジイイという音も同時に消える。カクカク動いていた首が中途半端《ちゅうとはんぱ》な位置で止まる。

わたしはそっと立ち上がる。状況が飲み込めて呼吸が落ち着いていく。

小さくなってなんかいない。ここは——そういうアトラクションだ。巨人の住む家を模《も》している、或《ある》いは小人の気分になれる施設だ。

であればここは遊園地かもしれない。

頭の中でパッと記憶が弾《はじ》けた。

そうだ。わたしは匡さんと遊園地に行くはずだったのだ。近くにある有名な、宝ヶ崎遊園地に。だから安全で動きやすい格好に決めたのだ。

彼の提案だった。新しいアトラクションができた、行ってみたい。そう言っていた。であればここは、今いるここは、

宝ヶ崎遊園地のアトラクションの中ではないか。

推測が頭の中を駆け巡る。でも少しも腑に落ちない。辻褄が合いそうでやっぱり合わない。わたしがここにいることの説明は未だに付かない。

ネズミから距離を取ってわたしはまた周囲を見渡す。さっきまで見えなかったものが目に入る。意味も分かる。部屋の隅にある大きな直方体と円柱は、積み木だ。テーブルの下に落ちているのは巨大なスプーンだ。

壁の柱には布団ほどもありそうな、作りものの日めくりカレンダーが掛けられていた。窓とカーテンがかすかに見えたが、すぐに絵だと分かった。隣にはこれまた大きな鳩時計《はとどけい》の絵。

そろそろと部屋を歩き回る。ネズミが隠れていた穴の横には、ばね仕掛けのネズミ捕りが置かれていた。巨大であることを除けば見慣れた形。実際には仕掛けは作動しないだろうけれど、近付くのは躊躇《ためら》われた。挟まれたら命取りだ。そう考えてしまった。

テーブルの反対側の壁に大きな扉があった。

出よう。とりあえずここから。わたしはそう決めた。ここにいても埒《らち》が明かない。ドアを開ければ何かが分かるかもしれない。そこまで考えて焦りが芽生《めば》える。ゆっくりドアに近付いてさらに焦る。ドアノブは頭上のはるか上にあった。出られない。

いや、そんなことは有り得ない。わたしは理性を必死に働かせて湧《わ》き上《あ》がる不安を押さえ込んだ。ここはアトラクションの中だ。入る方法も出る方法もあるに決まっている。

ドアのすぐ前まで足を進めて、わたしは気付いた。ドアの端に大きな穴が空いている。規則正しいぎざぎざした形から察するに、「ネズミが齧《かじ》った穴」ということらしい。人間が一人通り抜けるには十分な大きさだった。出入り口だと考えて間違いない。

そっと穴をのぞき込むと、板張りの床が見えた。廊下だ。

わたしは穴の中に足を踏み入れた。

四

午後一時。殿田は山の中腹にある住宅街を歩いていた。日陰を選んで歩いているのに汗だくだった。人通りのない道の先にはゆらゆらと陽炎《かげろう》が立ち上っている。

問題の家まであと少しあるはずだ。携帯で地図を確認しながら足を進める。

瑞穂から話を聞いてすぐ、殿田はさっそくその家について調べた。手始めにネットで検索する。めぼしい情報はアップされていなかった。少なくともネットで噂《うわさ》になるほどではない。だが裏を返せば「お手付き」「二番煎《にばんせん》じ」には決してならない。つまり記事にする意義がある。

念のため確認してみたが、飲食店やイベント施設の類でもなさそうだった。つまり個人の家だ。連絡先は分からなかった。

外観写真は瑞穂経由で、彼女の受け持ちの生徒から入手していた。近所に住んでいるらしい。彼女の言葉どおり、作りものめいた館だった。例えば遊園地のアトラクションのような。

ミステリーパレスという名前もいかにもそれらしい。わざわざ入り口に書かれていることも。殿田は額の汗を拭った。買ったばかりのグレーのポロシャツには、そこかしこに汗《あせ》染《じ》みが浮いていた。

路地に入り何度か角を曲がると、地図が示す目的地の前に辿り着いた。殿田は顔を上げる。

周囲を真新しい壁で取り囲まれた広い敷地《しきち》。胸の高さほどの大きな門。門柱には洒落《しゃれ》た字体で「両角」と書かれた、金属のプレートが埋め込まれていた。普通に考えてモロズミと読むのだろう。

門の向こう側は青々と茂った広大な庭だった。その奥に茶色い館が建っていた。玄関扉の上に書かれた「MYSTERY PALACE」の文字がはっきりと確認できる。

ここだ。殿田は大きく溜息を吐いた。いつのまにか門の上から身を乗り出し、食い入るように館を見つめていた。これでは不審者だ、と慌てて門から距離を取る。

館の窓は瑞穂の話どおり作りものらしい。三つならんだ二階の窓ガラスは灰色がかった水色と白。ペンキで描かれたものだと遠目でも分かった。

大きな門の傍《かたわ》らには質素な通用門があった。

「よし」

小声でそう囁《ささや》き、両肩を回すと、殿田は門柱の呼び鈴を押した。監視カメラのレンズを眺《なが》める。いつまで経《た》っても誰も出ず、もう一度押す。

雲が太陽を隠したのか、照り付けていた日差しが和らぎ、辺りが薄暗くなった。さあ、と風が木々を鳴らす。

留守か。そう思った時、背後からクラクションが鳴り響いた。思わず飛び上がってしまう。

背後の道路に真っ黒な高級車が停まっていた。ハザードランプがチカチカと点滅している。運転手の顔は暗くて見えない。白い手袋をした手がハンドルを握っていた。

立ちすくんでいると、運転席側のドアが開いた。彫りの深い顔をしたスーツ姿の男性が現れる。同世代くらいだろうか。

ぱたん、と慎重にドアを閉めると、男は殿田に鋭い視線を向けて、

「何か御用でしょうか」

と訊いた。

「すみません」殿田は平身低頭すると、「わたくしフリーライターの殿田と申しますが、こちらの家を取材させてもらえないかと思いまして、連絡先が分からないので直接——」

「お断り申し上げます」

運転手は即答した。よく通る渋《しぶ》い声だった。無論ここで引き下がるつもりはない。殿田は真面目《まじめ》な顔を作って、

「交渉させていただけませんか。謝礼もお支払いします」

「繰り返しになりますがお断り申し上げます」

訛《なま》りのない口調で言うと、運転手は車のドアを開ける。チラリと後部座席を見やる。

「あの」殿田は鞄を開けると、「せめて企画書だけでもご一読いただけますか、それで」

「交渉の余地はございません」

慇懃《いんぎん》に言うと運転手は車に乗り込んだ。ぱたんとまた控《ひか》えめにドアを閉める。殿田の背後で機械音がした。門がゆっくりと左右に開いていた。

車が動き出した。歩道に乗り上げ、スーッと門の中に入っていく。青々とした芝生の間の白い道を走り、視界から消える。再び機械音がして門が閉まる。殿田は大きく溜息を吐いた。「よし」と声を上げて鞄から封筒を取り出す。企画書と名刺が入ったものだ。郵便受けに両手でそっと突っ込んで、来た道を颯爽《さっそう》と歩き出す。

よくあることだ。いちいち消沈していたら何もできない。

意識して館のことを頭の中から追い払い、今後の仕事のスケジュールを考えながら、彼はこれも意識して軽快に足を進めた。

「殿田様」

背後から呼び止められて足が止まる。

運転手が通用門から顔を出していた。

「大変失礼いたしました。どうぞお入りください」

声を張り上げてそう告げる。にわかには信じられず、殿田は思わず「ええっ」と間抜けな声を上げた。

「両角が」運転手は歩道に出ると、「取材の件、詳細をおうかがいしたいと申しております」とこちらにやって来る。表情は先刻より柔らかく見えた。雲が厚くなっているのか、周囲がさらに暗くなった。肌を撫《な》でる風も冷たく感じる。

「ありがとうございます。ええと……」

殿田は小走りで運転手に駆け寄る。

「朝倉《あさくら》と申します。両角の執事です」

運転手は深々と一礼すると、通用門を手で示して、

「お入りください。中の白い道を道なりに歩いて、奥の建物の前でしばらくお待ちください。支度《したく》をしますので」

と言った。

五

廊下はひどく短かった。窓はなく薄暗いけれど、目の前に汚れたベニヤ板の壁があるのは分かった。振り返って目を凝《こ》らすと、同じような壁が見えた。天井には裸電球が二つ並び、弱々しい光を放っていた。

行き止まりだ。出られない。足元が覚束《おぼつか》なくなって周囲を見回すと、左側の壁がかすかに揺れた。いや――壁ではない。

黒いカーテンだ。そう思ったのと同時に頬に風を感じた。カーテンの向こうから空気が流れ込んでいる。

わたしは意を決してカーテンに手をかけ、そっと捲《まく》り上《あ》げた。ごわごわした生地《きじ》は思ったよりもずっと重い。隙間《すきま》から向こうの様子をうかがう。

部屋だった。またしても窓のない、暗い部屋。大きなシャンデリアが室内をぼんやり照らしている。わずかな光の中に大きなソファ、グランドピアノ、そして白いクロスの掛かった長いテーブルが見えた。

そのすべてが斜めに傾いていた。

今度の部屋はそういう趣向か、とわたしは思った。

こわごわ踏み出すと、足が斜めの床を踏む。バランスを崩さないようにゆっくりと部屋に入る。傾いた床は一歩進むたびにギイイと耳障りな音を立てた。

テーブルの上には食品サンプルが置かれていた。ステーキ、ビーフシチュー。真ん中にでんと置かれている大皿には、白いソースのかかった伊勢《いせ》エビがあった。なんという料理かは分からない。ミートソースのスパゲティは幾本か、空中で止まったフォークに持ち上げられていた。

空中に浮き上がったボトルから、テーブルに置かれたグラスに赤ワインが注がれている。

目眩がしていた。車酔いのような感覚に襲われていた。

理由は何となく分かる。この部屋は全体的に斜めなのに、スパゲティやワインを見ていると、机に対して垂直に重力が働いているように錯覚してしまうからだ。目から入る情報と、身体の感覚がズレている。

どうやってテーブルに固定しているのだろう。接着剤か、吸盤か。それともピアノ線か。内幕を考えてみても酔いは治まらない。視線を逸《そ》らしても頭がクラクラする。数歩進んだだけで吐き気《はけ》さえ込み上げる。転びそうになるのを耐えてソファに腰かけ、わたしは目を閉じた。これだけのことで息が荒くなっていた。ソファも当然傾いているせいで背中に重心がかかり、想像したようには身体が安定してくれない。心もふわふわと落ち着かない。頭の――脳の混乱もますますひどくなっている。

どこかで見たような子供だましの仕掛けなのに、呆れるほど惑わされている。溜息とともに呻《うめ》き声《ごえ》が漏れた。額を押さえて体勢を変える。寝そべっていいものだろうか、と迷う前に身体が先に動き、わたしはソファに横たわった。

ここはどこだ。わたしはどうなっている。消えない疑問がますます目眩を激しくする。誘拐された。監禁された。実は全部夢。実は死後の世界。或いはわたしは死んで幽霊になって、この知らない建物の中を彷徨《さまよ》っている。分からない。

匡さんのことが頭をよぎった。匡さんはどうなっている、と新たな疑問が湧く。事故に遭ったとしたら今どこに。遭っていなかったとしても今どこに。駅の改札で待っていたりはしないだろうか。待ちくたびれて困っていないだろうか。長い間立ちっぱなしで疲れ果てていないだろうか。

今は何時だろう。

腕時計をしていることを思い出して、わたしは目を開いた。右手を持ち上げる。文字盤の針は二時半を示していた。日付は七月二十五日。

近くに焦点を合わせたせいかさらに気分が悪くなる。わたしは時計から目を逸らして朦《もう》朧《ろう》とする頭で考える。時計が正しいなら、ナントカという人の車に乗って三時間ほどしか経っていない。だがそれも確実とは言えない。やはり分からない。

温《ぬる》い風が頬を撫でている。かすかな空気の流れを感じる。わたしは顔を上げた。部屋の奥に木製のドアが見えた。わずかに開いている。風はそこから流れている。そう分かった瞬間、きい、とドアがかすかに揺れる。それと同時にドアの真ん中に白いものが貼《は》られていることに気付く。小さくて四角い。黒い線のようなものが書かれている。

わたしは吐き気に呻きながら立ち上がり、よたよたとドアに近付いた。

白いものは便箋《びんせん》だった。ピンでドアに留められていた。

便箋には荒々しい筆致でこう書かれていた。

〈今日は本当にありがとう。来てくれて嬉《うれ》しかったです。

こういうことをした経験がまったくないこともあり、果たして美紀さんが本当に喜んでくれるのか、僕には分かりません。早すぎたかもしれない。そう思いながらも、一方で遅すぎたのではないかという気持ちもあります。怒らせてしまうかもしれないとも思っています。遠回りだったかもしれないと今更ながら正直な気持ちを言います。〔ここで行動を起こす〕僕と　私と　ずっと一緒にいてください〉

いつの間にか酔いが治まっていた。代わりに震えが全身を走っていた。これは匡さんの字だ。職場で目にしているメモと一緒だ。止め撥《は》ねの特徴的な癖《くせ》に見覚えがあった。

文章の正確な意味は分からない。それでも状況と結び付けて想像していた。

匡さんは事故になんか遭っていない。

わたしをこの建物に連れてきたのは、匡さんだ。

そこまではいい。問題はその目的だ。

彼はわたしを、ずっとここに住まわせようとしている。

最初のデートの時の、彼の照れくさそうな笑顔が頭に浮かんだ。二度目のデートで美味しそうにパフェを食べる姿も。彼の笑顔の意味がわたしの中で変わる。

彼は変質者だったのか。あの笑顔は獲物を見つけて嬉しかったからか。そしてわたしは今、彼に拉致監禁されているのか。このわけの分からない、アトラクションめいた建物の中に。

馬鹿《ばか》げている。違うに決まっている。これはきっと質《たち》の悪いいたずらだ。わたしは意識してそう思おうとした。何度も深呼吸し、手を握り締めては開く。

わたしは首の汗を拭ってドアに手を掛けた。引こうとして躊躇う。この先にしか進む道はないと分かっていても怖気《おじけ》づいてしまう。

……ちうっ、ちうっ……ちちうっ
遠くからネズミの鳴き声がした。さっきの部屋の仕掛けか。誰かがまた動かしたのか。ひょっとして匡さんが。

声が大きくなっているのは気のせいか。この部屋に来るわけがない。そう分かっていても背後を、来た道を気にしてしまう。テーブルの向こう、黒いカーテンが揺れている。

迷ってはいられない。わたしはドアを引き、暗がりの中に足を踏み入れた。身体がぐらりと崩れそうになる。床がまっすぐだからだ、と遅れて気付く。

狂った平衡感覚に戸惑いながらさらに踏み出すと、足が宙を泳いだ。

床が無い。

バランスを崩し身体が前に倒れる。目の前が暗闇に覆《おお》われる。

わたしは無意識に叫んでいた。

六

セメントで舗装された白い道を進みながら、殿田は館を見上げた。近くで見るとやはり作りものだ。窓は窓の絵が描かれているだけだし、ところどころ見える煉瓦《れんが》もペイントだった。煙突もあるが貧相で実際に使えるとは思えない。

白い道は館を逸れ、裏へと連なっている。ここは住居ではないのか、と思いながら歩いていると、やがて大きな邸宅へと辿り着いた。いかにも現代風の、無機質で四角い三階建ての戸建てだった。

車は邸宅の横の車庫に停めてあった。朝倉はすでに中に入っているのだろう。そして後部座席に座っていたらしい「両角」——館の持ち主も。殿田は曲がった襟を直し、いつの間にか服に付いていた草を払った。

玄関ドアが静かに開き、朝倉が顔を出した。彼に案内されるまま大理石らしき玄関スペースで靴を脱ぎ、ふかふかのラグを踏み越えて長く広い廊下を突き進む。

案内されたのはオフィスのような無機質な部屋だった。白と黒で統一された十畳ほどの、「空間」と呼びたくなる部屋。流線型の白いソファを手で示すと、朝倉は、

「もう少しお待ちください。両角が参りますので」

と、足音も立てずに出ていった。

適度に涼しく乾いた空気にほっとしながら、殿田はソファの隅に縮こまって待った。部屋の様子をうかがう。向かいの壁は天井まである金属製のキャビネットが占め、白いファイルがびっしりと並んでいる。左手は大きな窓。カーテンの向こうに芝生と低い木々が見えた。右手の壁には巨大な液晶テレビが架かっている。

足音が聞こえた、と思ったのと同時にドアが開け放たれた。ファイルを手にした朝倉が現れる。

彼に続いて入ってきたのは、黒いスーツを着た老婦人だった。尖《とが》った顔。鋭い目に濃いアイシャドウ。縁なしの小さな眼鏡《めがね》に灰色の長い髪。

殿田の頭に最初に浮かんだのは「魔女」という言葉だった。

「両角美紀と申します。この家の主です」

老婦人は嗄《か》れた声で言った。

「殿田と申します」

家主が女性だったことに驚きつつ名刺を差し出すと、殿田は氏素性を明かした。企画書を目の前のガラステーブルに置き、「キジン伝」の趣旨を説明する。向かいのソファに座った美紀は黙って彼の言葉に耳を傾けていた。

最後に謝礼の額面を示し、「というわけで、ご検討いただければ」と様子をうかがう。

美紀はいつの間にか企画書を手にし、眼鏡を摘んで食い入るように見つめていた。

「……つまり」

殿田を睨み付けると、彼女は、

「近所の変な家に住んでる変な人、ということですね。わたしは」

無表情で言う。

「正直そうです」殿田は真面目な顔で、「ただし『取っ掛かりは』ですが。町の変な人にも一人一人ドラマがあって人生がある。それを掘り下げて記事にする、そういう趣旨です。どなたにも物語があるというか」

「ある？」

美紀は眉間《みけん》に皺《しわ》を寄せた。ソファに背を預けると、

「物語に『する』の間違いとちゃいますか？　殿田さんが納得できるように、理想に沿うように」

口調にはかすかに嘲《あざけ》りが込められていた。

「町の変な人やったらどうイジッても構わん。取材して聞いた話から都合のええところだけ切って貼って並べて、見た目や振る舞いと辻褄が合う話をでっち上げて一丁あがり——そういう企画とちゃいますか」

「そうなりかねないことは重々承知してます。油断したら」

殿田はうなずいた。心の中で唸る。この女性は鋭い。そして理性的だ。この企画の孕《はら》む危うさをわずかな時間で見抜き、言葉にしている。よくいるタイプの奇人変人ではない。だから尚更《なおさら》あの館が気になる。

この人は——両角美紀は、どうしてあんな作りものの館を所有しているのか。

その館でどうして女性の笑い声や叫び声がするのか。

ここへ来てますます好奇心が湧き上がっていた。

「でも、どんな取材もその危険性はあります。自分にできるのはそこを自覚して、相手の

ことをちゃんと考えて、誠実に記事にすることだけです」

素直にそう口にする。美紀はじっと殿田を見つめていたが、やがて企画書をそっとテーブルに置くと、

「分かりました」

とうなずいた。両手を太股《ふともも》に置き、姿勢を正す。

「ということは」

「取材を受けます、という意味です。写真も撮っていただいて大丈夫ですし、今からでも構いません」

美紀はきっぱりと言った。ありがたい。自分の熱意が伝わったらしい。殿田は腰を浮かせると、

「あ、ありがとうございま――」

「ただし条件が一つ」

美紀は遮《さえぎ》るように、「わたしの話が終わったら、手伝ってください」

「え？　というと……」

中腰で問いかける殿田に微笑を向けると、

「取材していただければ分かります。朝倉」

朝倉はかしこまってファイルを美紀に手渡した。

手伝いとは何だ。美紀は何を企《たく》んでいるのだ。承諾を嬉しく思いつつも、殿田は緊張を

覚えていた。今回はいつにも増して難しい取材になるかもしれない。

ＩＣレコーダーを取り出すと、「録音させていただきます」とテーブルに置く。

「ではよろしくお願いします」

頭を下げると、美紀は「よろしくどうぞ」と答えた。口調はさっきより穏《おだ》やかだったが、目は変わらず鋭く、射貫《いぬ》くように殿田を見ていた。

七

暗闇に落下する。そう思った瞬間、足が床を踏んだ。カツンと大きな音がする。

「あああ、あ……」

間抜けな叫び声が尻《しり》すぼみになって消える。わたしは胸を撫で下ろして足元に目を凝らした。木の板が下へと連なっている。古ぼけた階段だった。両方の壁には手すりが見えた。恐る恐る触れるとつるりとした感触が手を伝った。

真っ暗な中、重力に引かれるようにわたしは階段を下りていく。頭の中には疑問が渦巻いている。さっきまで自分は何階にいたのか分からなくなっていた。今何階に向かっているのかも。階段を下りる。当たり前の単純な動作なのに混乱している。

二階にいて一階に下りているのか。

カツン、カツン

それとも一階から地下一階に下りているのか。

カツン、カツン

あるいはもっと高い階から。例えば四十階から三十九階に。有り得ない。そんな高い建物があるわけがない。少なくともこんな作りの、こんな仕掛けの。

カツン、カツン

逆はどうだろう。例えば地下三階から地下四階へ。窓がないのはそのせいではないか。途端に息が苦しくなる。空気が足りていない気がする。いや、これも違う。地下にこんな施設があるなんて聞いたことがない。

さっきの匡さんの文字が頭をよぎった。

カッ

予想していたより高い位置に踏み板が——いや、床板があった。つんのめりそうになって手すりをしっかりと握る。階段は終わりらしい。

暗い。何も見えない。手すりから手を離してそろそろと前に突き出す。すり足で進むと、指先が硬いものに触れた。木の壁。違う。ドアだ。左手が触れている丸くて冷たいものはドアノブだ。

開けるしかない。それでも躊躇ってしまう。胸に手を当て、深呼吸を二度繰り返してから、わたしはそっとドアノブを回した。

引くとすぐに抵抗が走った。立て付けが悪いらしい。力を込めて引っ張ると、バコンと大きな音とともにドアが開いた。ひっくり返りそうになって堪える。

狭い廊下が見えた。天井からぶら下がった裸電球が、薄汚れた壁と床を照らしている。突き当たりに見える白い長方形が、明るい部屋の一部だと気付くのに少しかかった。向こうには部屋があって、ここや廊下よりはずっと明るい。

そろそろと廊下を進む。白い長方形はどんどん大きくなっていく。部屋の様子が見える。床に立っている、光り輝く奇妙なオブジェ。細い支柱に支えられ、たくさんのガラスの欠片《かけら》のようなものを天井に向けている。

部屋をのぞき込んでわたしはすぐに理解した。同時にオブジェの正体がシャンデリアだと気付く。天井にはゴテゴテしたテーブルと椅子が逆《さか》さまに張り付いていた。テーブルには斜めの部屋と同じような食品サンプルが、これも逆さまにくっ付いている。

壁には風景画が上下逆に飾ってあった。

重力が上向きに働いている風に見せかけた、あべこべの部屋だった。

驚きはしなかった。むしろホッとしていた。内装がおかしなだけで、感覚が狂ったりはしない。さっきの――上の二つの部屋より広いせいもある。周りがはっきりと見渡せる。

部屋の奥に扉が見えた。

この場所が匡さんと何らかの関係があることは、さっきの便箋で分かる。でもそれだけだ。もっと知るには前に進むしかない。扉の向こうにいくしか。

足を踏み出そうとした瞬間、扉が音を立ててこちら側に開いた。思わず後ずさる。

男の人が立っていた。黒いポロシャツにスラックス。いつもは自然に流している髪はオールバックだった。デートの時の髪型だ。

「……びっくりさせてごめんな」

申し訳なさそうに頭を掻《か》いて、匡さんが言った。わたしは何も言えずにその場で固まった。心臓がまた激しく鳴っていた。

八

両角美紀は大手建設会社の相談役だった。殿田も社名を知っている巨大企業の。五年前に会長を辞め、ここに家を買ったという。

「相談役いうても仕事らしい仕事はしてません。たまに本社に出向いて偉そうな訓示を垂れるだけです」

ふふん、と鼻を鳴らすと、

「まあ、夫が死んで社長継いで、十五年も頑張ったからもうええやろと。還暦を過ぎた年寄りがおらんなっても何の問題もない。子供は作りませんでしたけど、ええ部下がいっぱい育ちましたから」

「ほほお」

殿田は感嘆の声を上げた。肩書きに驚いたせいもある。これまでのキジンたちの中にもひとかどの人物はいたが、ここまでの地位の人間は初めてだった。

「働いて働いてやっと自由になった。お金もそれなりに手に入った。あとは年食って死ぬだけです。旦那《だんな》もおらん。子供もおらん。それであの館を建てました」

「え？」

思わずそう口にしてしまう。いきなり話が飛んだ。殿田は慌てて、「そこ、そこなんです。そこを詳しく聞きたいですね。自由になって家を建てるまでの間」

美紀は難しい顔で見返していたが、やがて、

「宝ヶ崎遊園地は知ってはりますか」

と訊いた。

「ええ。小さい頃何回か行きました」

戸惑いを顔に出さないようにしてうなずく。二十年近く前、USJができて程無くして閉園した、古きよき遊園地だった。ここからそう遠くないところにあった。

「あの館――ミステリーパレスは」

美紀はファイルを開くと、

「そこに四十一年前に作られたアトラクションを再現したものです。今となっては古臭い、錯覚やら何やらを楽しむ用のもんですね。上下逆さまの部屋、斜めに傾いた部屋、それから内装が異様に大きい部屋」

ノートにペンを走らせながら殿田は訝《いぶか》る。自分は入った記憶がない。あの外観にも見覚

えはない。

彼の思考を見透かしたように、美紀は、

「できた当時は話題になりましたけど、すぐに撤去されました。理由は今となっては分かりません。だから再現するのにえらい手間取りました」

そう言うとファイルを机に置いた。古ぼけた写真が何枚か綴《と》じられている。写真にはあの館が写っていた。背後には木々。周囲にはたくさんの親子連れ。

「手を尽くして図面も探し出しました」

ページをめくる。見取り図、そして設計図らしき図面。

「ということは外側だけやなくて、中身も」

「そうです」美紀はうなずくと、「可能な限り。分からんところは想像で補うしかなかったですし、付け足した部分もあります。階段の手すりですね。急勾配《きゅうこうばい》で危険ですから」

また鼻を鳴らす。

図面の写真を小さなデジカメで撮りながら、殿田は次の手を考えていた。ミステリーパレスが何なのかは分かった。美紀の話は事実だと考えていいだろう。図面と写真という、いわば物的証拠もある。

問題は「なぜ」だった。つまり動機だ。自由と金銭を手に入れた彼女が家を建てた動機。殿田は探偵のような気分になっていた。取材の最中によく湧き上がる感情だった。

切実なのは間違いない。軽い気持ちでこれほど手間隙《てまひま》をかけて、消えたアトラクションを再現するとは思えない。言葉にするのも難しいのだろう。先の彼女の態度からもそう思えた。であればまっすぐ訊くよりも、それとなく誘導するのが得策だろうか。

「その四十一年前に」

美紀が自分から話し始めた。「当時お付き合いしていた男性と、宝ヶ崎遊園地に行くことになりました。会社に入って二年目でした。約束した日からウキウキして、前日は服もあれこれ悩んで」

口調が変わっていた。目が遠くを——館のある方向を見ている。

「駅で待ち合わせて。やっぱりこの服やない方がよかったかな、と後悔して」

ほとんど独り言《ひとりごと》のような調子で続ける。

殿田の心にわずかに落胆が広がっていた。溜息が出そうになるのを堪える。確信に近い推測が頭の中を駆け巡る。

ミステリーパレスは、遠い日の恋を懐《なつ》かしむためのものではないか。

愛した男性、それも何らかの理由で結ばれなかった男性との、かけがえのない思い出を再現するためのものではないか。だから夫を亡くし仕事から退いた今になって手を付けたのではないか。

納得は行く。今のところ辻褄は合う。ただしありふれている。規模が大きいだけだ。それはそれで記事にする意味はあるが、思ったより意外性は少ない。

期待してはいけない、予断を持ってはいけない。そう分かってはいても残念な気持ちを抱いていた。

「それでミステリーパレスに入らはったんですね、二人で」

殿田は先を促すつもりで訊いた。

「いいえ」

美紀は答えた。視線を殿田に向けると、

「その方は亡くなりました。デートの当日、家を出てすぐ事故に遭うて」

九

「匡さん……？」

考える前にそう口にしていた。ひどくかすれている。匡さんは心配そうな顔で、

「怪我《けが》してへん？　気分悪くなってへん？」

ゆっくりと歩み寄る。わたしはまた後ずさってしまう。斜めの部屋の、奥の扉に張られていた便箋を思い出していた。

この人はこの建物に、わたしを閉じ込めようとしているのかもしれない。

顔が強張《こわば》っていたのだろう。匡さんは足を止めると、

「そらそうやな。ごめん」

悲しそうに言った。わたしはさらに後ずさる。逆さまのシャンデリアが腰に当たって、

ちくりと痛みが走った。

途端に激しい不安に襲われる。頭上の椅子とテーブルと料理がこの瞬間にも落ちてくるのではないか。そんな妄想が頭の中をかけめぐる。

「これは」

震える声でわたしは、「これは何？　どういうこと？」と尋《たず》ねた。すくむ足を必死で踏ん張って、

「説明して。お願い」

そう続ける。

匡さんは頭を掻いて、うつむいて、顔を上げると、

「サプライズ」

と言った。

「え？」

「びっくりさせて喜ばせる、そういう文化が外国にあんねんて。雑誌で読んで私……僕もやってみよっかなって」

もごもごと弁解する。意味が分からない。シャンデリアを避けてわたしはさらに後ろに下がった。匡さんは慌てて、

「要はあれや、ジョークや。大掛かりな冗談。今までのこと全部」

と、前に踏み出す。

「冗談……？」

無意識に彼の言葉を繰り返していた。表情は真剣で嘘を吐いているようには見えない。それこそ冗談で言っているようにも思えない。

この人は本気で言っている。わたしを冗談でこんな目に遭わせたのだ、と。

汗ばんだ手を握り締めると、

「何考えてんの？」

わたしはそう言っていた。

「ジョークで済むと思ってんの？　びっくりさせて喜ぶ？　こんなんされてわたしが喜ぶと思たん？　やっと会えて嬉しがるって思う？」

次から次へと勝手に言葉が飛び出す。匡さんの姿があっという間に滲《にじ》んで、わたしは自分が泣いていることに気付いた。口の中に塩辛い味が広がる。

「こんなとこに放り込んで、変な便箋見せて、こ、怖がらせて……ただの嫌がらせやんか。何がサプライズや」

「ごめん」

匡さんは苦しげに、「僕が悪かった」と絞り出す。謝られたところで一度高ぶった感情は治まらない。わたしは洟《はな》を啜《すす》って、

「あ――」

アホ、と怒鳴《どな》りつけようとしたその時、

「ご、ごめんなさい！」

間抜けな声が部屋に響いた。

匡さんの背後から小柄な男性が現れた。生え際が寂しい。幼いようにも老《ふ》けているようにも見える丸い顔。男性は両手をパン、と顔の前で合わせると、

「自分が悪いんです。自分の入れ知恵なんです。雑誌見せて、これでグッと距離縮まるぞって思ったから」

顔をしかめてたどたどしい口調で説明する。

「悪くないよ三原」

匡さんは男性の肩を叩《たた》くと、「やるって決めたんは僕やから」

わたしは思い返していた。三原——白い車の男性だ。待ち合わせ場所に息を切らせてやって来た、匡さんの中学からの友達。この人も関わっていたのか。意外に思ってすぐ「当然だ」という気になった。二人が結託してわたしをここに連れ込んだ。そう考えた方が自然だ。

「ぜんぶ僕が考えた」

匡さんはわたしを見つめて、

「僕が事故に遭うたってウソ吐いて、美紀さんを三原の車に乗せる。宝ヶ崎病院に行くと見せかけて宝ヶ崎遊園地に連れてくる。わけ分からんくなってる美紀さんをこのアトラクションに引っ張ってくる」

わたしはほんのわずかだけ腑に落ちる。やっぱりここは宝ヶ崎遊園地のアトラクションの中なのか。黙って次の言葉を待っていると、

「僕はここの入り口で待ってて、美紀さんに種明かしをして、それでその……」

ここで匡さんは言葉に詰まった。

「でも」

また頭を掻いて、気まずそうに、

「美紀さんが車の中で気絶して、どうしよってなって。おまけにここ、何でか知らんけど閉まっててな。そんで余計なこと考えた。作戦変更して、もっとでかいサプライズやろうって」

と言った。

十

「え、亡くなった？」

殿田は思わず訊いた。想定外の発言に戸惑っていた。美紀は小さくうなずくと眼鏡に軽く触れて、

「待ち合わせ場所にはその方の友人が来ました。前日の夜から当日の朝まで一緒にいたそうです。彼の車に乗せられて病院に行きました。宝ヶ崎病院に」

「ああ、遊園地の近くの、ピカピカの」

「当時はボロかったですよ。暗くて消毒液臭くて」

砕《くだ》けた言い回しを口にすると、美紀はまた鼻を鳴らした。すぐに、

「ほとんど即死だったそうです。病室に着いた時はもう、顔に白い布が掛かっていました」

淡々と続ける。

「気が付いたら一ヵ月経っていました。お通夜のことも告別式のことも覚えていませんでした。今でも思い出せません。同僚に聞いたら仕事は普通にしていたみたいです。その後も普通に仕事を続けました」

尖った顔には何の表情も浮かんでいない。殿田はどこかで聞くか読むかした、月並みな言葉を思い出していた。

本当に悲しい時、人は泣くことすらできない。

「その方が亡くなって二年後に、両角に見初められて結婚しました。当時の社長の息子です。そこからは経営に携わるようになりました。五年前まで」

メモをする手が止まっていたことに気付き、殿田は慌ててノートに要点を書き殴る。

「両角はいい人でした」

美紀は殿田が書き終えたのを見計らうように、

「わたしを一人の人間として、大事にしてくれました。彼には何の不満もありません。で

も働きながら少しずつ調べました。その方の、亡くなる直前の足取り。宝ヶ崎遊園地のこと。遺族の方にも話を聞きました。その方の友人にも会おうと思いましたけど、危ない仕事に手ぇ出しはったらしくて、行方知れずになっていました。もうこの世にはおらんのかもしれませんね。それで――朝倉」

唐突に呼ぶ。朝倉は「はい」とかしこまって答えた。美紀は鋭い目を向けると、

「適当に見繕《みつくろ》って。手がかりを」

「かしこまりました」

朝倉が向かったのは壁際のキャビネットだった。ファイルを一冊抜き取り、美紀のもとへと足を進める。ファイルをテーブルに置いてさっきまで立っていた位置へと戻る。

美紀はファイルを開いた。色あせた記事が綴じられている。写真、キャッチ、小見出しに本文にキャプション。雑誌を一ページずつ切り取ったものらしい。すべてが時代を感じさせる。相当古いもののようだ。

「その方の部屋の、枕元にあった雑誌です。今やったらカルチャー誌って言うんでしょうね。外国のニュースや文化について、雑多に紹介されています。置かれていた場所と刊行日から考えて、亡くなる前の晩に読んでいたかもしれません。友人の方と一緒に」

「ほほう」

曖昧《あいまい》な相槌を打って、殿田はメモを続ける。そこでふと思い付く。

「そこのキャビネットのファイルって、もしかすると」

「ええ。その方と、当時の宝ヶ崎遊園地にまつわるものです」

美紀は振り返って壁一面のファイルを眺めた。灰色の髪の間からのぞく筋ばった首筋を見ているうち、殿田の背筋がスッと冷えた。

無機質な部屋の、整然と並んだファイル。仕事の書類か、あるいは単なるインテリアだと思っていた。そのどちらでもないという。

彼女が必死で掻《か》き集《あつ》めた物だ。彼女の執念がこの部屋には充満しているのだ。

「ここだけやないですよ」

殿田の心を見透かしたように美紀が言った。返す言葉を思いつけずにいると、

「リビングの棚にもありますし、二階のわたしの部屋にもあります。地下の倉庫だけでは全然入り切らなくて」

彼女は肩をすくめた。

朝倉が巨大なキャビネットの隅に屈み込んでいた。立ち上がってこちらに近付く。両手に白く細長い箱を抱《かか》えている。

テーブルに箱を置くと、彼は蓋《ふた》を開けた。中にはファスナー付きのポリ袋に小分けされた、大小様々な小物が入っていた。殿田の頭をよぎったのは「がらくた」という身も蓋もない言葉だった。古びた文房具、錆付《さびつ》いたブリキの玩具《おもちゃ》。腕時計に置時計。ひしゃげた小さな青い箱は、小物入れだろうか。

「遺品です。その方の。これで全部ではないですが」

美紀が感慨深げに言った。視線は箱の中に注がれていた。

「……そうなんですね」

殿田はなんとかそう答える。背中の寒気はますますひどくなっていた。ほとんど確信に近い感情を抱いていた。もう間違いないだろう。

目の前の女性は、かつて愛した男性に異様なまでに執着している。見た目は冷徹そうなのに、心の中では亡くなった男性への思慕を未だに募《つの》らせている。この部屋——いや、この家にあるのはその発露、結果、賜物《たまもの》だ。両角美紀が掻き集めた、はかない思い出の残骸《ざんがい》だ。

「写真はええんですか」

指摘されて思わず「あっ」と気の抜けた声が出てしまった。自分でも間抜けだと呆れながら、殿田は箱の中身を撮った。許可を貰《もら》ってキャビネットの写真も押さえておく。

朝倉は定位置に無表情で立っていた。何も見ていないようで自分を観察——というより警戒しているのが、佇《たたず》まいからひしひしと感じられた。

「それで、なんですけど」

写真を撮り終えると、殿田はキャビネットの前で振り返った。美紀はいつの間にか立ち上がって、部屋の真ん中に佇んでいた。

「これらはその、思い出というか、記憶が詰まった部屋というか。そんな感じですかね」

穏当な表現で訊くと、美紀はかすかに笑みを浮かべ、

「まあ、こういう流れで説明したらそう思わはるでしょうね」

そう答えた。違うのか。尋ねようとすると、

「ここにあるんは全部手がかりです。さっきチラッと朝倉に言いましたけど」

「そこ、詳しくおうかがいしたいですね」

笑顔で即座に食い付く。核心に近付いているのが肌で感じられた。直感と言ってもいい。これは仄《ほの》めかしだ。美紀はいよいよ話そうとしている。

ミステリーパレスを再現した動機について。

美紀は腰の前で両手を組むと、

「その方の残したもの、亡くなる前の言動。そして宝ヶ崎遊園地のミステリーパレス……」

再び微笑する。今度は忍び笑いが漏れていた。

「……さっき殿田さんに申し上げたこと、覚えてはりますか？　物語にするとか、都合のええようにでっち上げるとか。取材のことを」

呆れたような様子で訊く。

「ええ」

もどかしさが出ないように返し、殿田は待った。

「偉そうに言えた立場やない。わたしもやってることですから」

美紀は殿田をしっかり見据えると、

「あの日もしその方が事故に遭わなかったら、どうなっていたか。わたしはあらゆる可能性を試しています。辻褄を合わせ続けているんですよ。見つけ出した手がかりから都合のええもんだけ切って貼って並べて、あの館の中で」

と言った。

「ええと……」

かすれた声が勝手に漏れていた。分からない。核心を口にしていることは分かるが、どういう意味か摑めない。

「手伝ってください。取材の前にお願いしたとおり。そしたら分かっていただけます」

そう言うと、美紀は朝倉を一瞥《いちべつ》した。朝倉は「かしこまりました」と一礼すると、再びキャビネットの方へと歩き出した。

十一

匡さんは説明した。何がどうしてこうなったのか。わたしがなぜここにいるのか。

三原という人の車に揺られている最中《さなか》、わたしはストレスのあまり気絶したという。動かないわたしを前に二人は途方に暮れた。そこで一計を案じた。言いだしっぺは自分だ、と匡さんは繰り返し強調したけれど、素直に信じることはできない。彼が話している間、三原は滝のような汗をかいて、目をきょろきょろさせていた。

従業員や客の目を盗んで、二人は閉鎖されているこのアトラクションの中に忍び込んだ。

二階の一番奥の部屋にわたしを寝かせた。

出口を積み木で塞いで、目覚めたわたしが順路とは逆に進むようにした。ここに辿り着くように。

制御室でアトラクションの電源を入れて、二人はここ、扉の向こうでわたしを待ち構えていた。入り口から出てしまったら人々に気付かれる。だから種明かしをするならここだ、という理由で。

分かってしまえば子供じみたいたずらだった。悪趣味な悪ふざけだった。わたしが単に気を失っただけだから済んだものの、深刻だったら命はなかったかもしれない。このアトラクションの中で怪我をしたら大変なことになっていたかもしれない。

「ごめん」

話が終わると匡さんはまた謝った。腰を折って頭を下げる。わたしは腹を立てていた。純粋に、単純に怒っていた。

「アホ！」

顔を上げた匡さんの頬を引《ひ》っ叩《ぱた》こうとして、わたしは寸前で思《おも》い止《とど》まった。悲しそうな表情。泣きそうな目。彼を叩いたらわたしまで悲しくなる。誰も得しない。今この瞬間のわたしの気が晴れるだけだ。

「な、殴るんやったら」

三原がわたしたちの間に割って入った。両腕を開いて、

「僕にしてください、た、匡はああ言うけど、僕が焚《た》き付《つ》けたんは事実——」

わたしは遠慮なく彼の頬を叩いた。思ったよりずっと派手な音が、逆さまの部屋にこだました。叩いた手も心も不思議なほど痛まない。

大きくよろけた三原が「えっ、うそお」と頬を押さえた。

匡さんは何も言わない。わたしも黙っていた。呆気《あっけ》に取られた様子の三原を見ていると、次第に怒りが治まっていった。

馬鹿馬鹿しい、と思う前にわたしは吹き出していた。滑稽《こっけい》だ。可笑《おか》しい。間抜けすぎる。今のこの状況も、三原の顔も、叱《しか》られた子供のような匡さんも。

さっきまで本気で怯《おび》えていたわたし自身も。

「ははは……」

笑い声が漏れる。何もかもがどうでもよくなって、わたしは身を捩《よじ》って笑い続けた。涙が流れているのが分かったけれど少しも悲しくない。

「アホすぎるわ。みんな」

匡さんの二の腕をそっと摑む。緊張していた心が一気に解きほぐれていく。

「よかった……」

そう呟いていた。

「生きてて――事故に遭うてなくて」

涙が頬を伝い、顎から流れ落ちる。三原が戸惑いの表情でわたしを凝視しているのが、滲む視界の片隅に見えた。

匡さんがわたしの手をにぎる。大きく暖かい手の感触が伝わる。

「まだ終わりとちゃうよ」

彼が言った。複雑な表情でわたしを見下ろしながら、

「仕上げがあんねん。一番の目的って言うたらええんかな」

「え？」

匡さんは手を離した。姿勢を正して「ふう」と軽く深呼吸する。わたしは彼の出方をうかがった。終わりではない。仕上げ。どういうことだろう。

「今日は本当にありがとう。いや……ごめんなさい」

かしこまった調子で匡さんは言った。すぐに、

「こういうことをした経験がまったくないので、正直、美紀さんが喜んでくれるのか全然分かりませんでした。怒るんちゃうかとも思いました。実際怒らせたし、不安にさせてごめんなさい。謝ります」

ちらりと天井を見上げて、「遠回りだったかもしれないと今更思います。なんていうか、普通にやっててもサプライズになったやんけって」

鼓動が早まっていた。無意識に胸を押さえていた。言葉のいくつかが記憶を呼び戻す。

便箋の言葉だ。

彼が今喋《しゃべ》っているのは、あの便箋に書かれた文章を踏まえたものだ。暗唱しようとしてできていないのか、それともわざと変えているのか。

「しょ——正直な気持ちを言います」

匡さんは口を閉じた。顔が強張っているのは緊張のせいだろう。彼の鼓動まで聞こえるような気がした。

(ここで行動を起こす)

記憶ではたしか文章はこうだったはずだ。行動とは何だ。彼は何をする。疑問と同時に答えが、答えらしきものが思い浮かぶ。

便箋の言葉の意味が瞬時に変わる。

匡さんは尻ポケットから、小さな青い箱を取り出した。すぐにその場に跪《ひざまず》き、箱を両手で差し出す。この動作は、この流れは。

「これからもずっと、一緒にいてください」

彼はわたしを見上げてそう言った。箱をパカリと開ける。答えらしきものが答えになる。

箱の中には金色の指輪があった。小さなダイヤモンドがきらきらと光っていた。

いつの間にか口を両手で押さえていた。輝く婚約指輪が滲んで、ぼんやりしたきらめきにしか見えなくなっていた。

嗚咽《おえつ》が込み上げる。化粧が取れてボロボロだろうな、と頭の片隅で思ったけれど、すぐに打ち消す。今はどうでもいい。大事なのは一つだけだ。

流れ出る鼻水を拭って、匡さんの顔をまっすぐ見て、

「はい」

わたしはそう答えた。「こちらこそよろしくお願いします」と続けようとしたけれど、一言も言葉にはできなかった。

「ありがとう」

匡さんは立ち上がって、わたしの右手を取った。「ええかな」と訊かれてすぐにうなずく。

彼は指輪をそっと摘んで、慎重に薬指に嵌《は》めた。

わたしはただ泣いていた。

数十分か。あるいは数時間か。涙が収まりしゃっくりがほとんど出なくなった頃、匡さんは「行こっか」と耳打ちした。

「裏口から出よう。従業員用の出入り口」

うなずいて返す。彼はわたしの手を引いて扉の向こうへと歩き出す。

わたしは落ち着きを取り戻していた。不安も恐れも悲しみもない。ただ嬉しさの名残《なごり》だけがかすかに胸に残っている。右手の薬指は温かい。繋いだ手も。

小さな玄関ホールに出ると、真ん中には二階へ続く階段があった。巨大な部屋からここ

を下りるのが、正しい道順だったのだろうか。

匡さんに訊くと、

「いや、もう一部屋あるけど、そっちは危ないから」

と、曖昧な笑みを浮かべた。わたしはその意味を理解する。自分が現実に戻りつつあることに気付く。

辻褄合わせが終わりに向かいつつあることに。

「鏡の部屋やんね」

わたしはそう訊いた。

「難しいよね。使い方が」

そう続ける。匡さんは「ええ」と硬い声で答えた。

出入り口らしき大きな扉の前で、わたしは後から付いてくる三原に、

「ごめんなさいね、叩いてもうて」

と詫《わ》びた。彼の丸っこい頬には赤い手形が付いていた。

「入り込むから、加減でけへんのです」

「いや、ええですよ全然」

不自然なほど声を張り上げて、三原は、「自分も混ぜてもらって、どういうことかよう分かりました」と答えた。会話で終わりを察したのだろう。本人も望んだこととはいえ、本当に殴るのはよくなかった。後で食事でも奢《おご》ろうか。

「では」

　わたしは現実に着地する。自分で今回の辻褄合わせを終わらせる。

「中の撮影はどうしはりますか？　殿田さん」

　殿田は薄い生え際をポンと叩くと、

「是非。制御室にデジカメ置いてますんで、取ってきます。ええと、どっちやったかな」

　わたしは繋いだ手をそっと離すと、

「ご案内して差し上げて、朝倉」

　と命じた。朝倉は「かしこまりました」と奥へ歩き出した。

　二人が階段の裏から制御室に消えて、わたしはフウと溜息を吐いた。疲れが身体に圧《お》し掛かるが、心は穏やかだった。頭の中もすっきりしていた。

　今回は悪くなかった。

　これまでと同じく筋立ては強引だ。身体への負担も大きい。それでも参加者が一人増えたことで意外な展開になったし、最後はとても盛り上がった。

　外の風に当たろうと出入り口の扉を開き、庭へと出る。汗ばんだ首を風が撫でる。

　揺れる芝生を数歩踏みしめて、わたしは振り返った。

　曇り空の下、ミステリーパレスは無言で佇んでいた。

十二

ファイルを何冊かテーブルに置くと、朝倉は「殿田様はどのような形になさいますか」と訊いた。質問の意味が分からない、と思ってすぐ気付く。彼は美紀に質問しているのだ。

「スタッフが一番妥当やろね」

立ったまま腕組をすると、彼女は「当時の制服もあるし」とこちらに鋭い目を向ける。

「な、何が始まるんですか」

殿田は不安の汗をかきながら、

「何を手伝えと……」

「せやから辻褄合わせです」

美紀は再び笑みを浮かべた。きれいに並んだ歯がのぞく。今度はいたずらっ子のような笑顔だった。黙って乗っかっていろ、ということか。

「ミハラ役では如何《いかが》でしょう」

朝倉が不意に尋ねた。「以前から仰《おっしゃ》っていたとおり、彼が関わっている可能性は否めません。前日の夜から朝まで一緒にいた、という事実と照らし合わせると」

「今回試すってこと?」

「左様でございます」

美紀は口元に骨ばった指を当てる。考え込んでいるのか、と思った瞬間、

「それで行こう」

鋭い声で言った。

「ミハラ役で決まり。出番は最後だけ。服は要らない」

きびきびした口調で続ける。朝倉が「かしこまりました」と仰々しく答えた。

そこからは迅速だった。美紀と朝倉はテーブルに広げたファイルを捲《めく》りながら早口で議論し、次々と話を進めた。仕事のように、重大な会議のように。

一方で話の内容は仕事と呼べるようなものではなかった。それどころか現実離れしていた。傍らで耳を傾け、話が見えてくるにつれ、殿田は事態の異様さを感じるようになった。

二人が話しているのは、端的に言えば妄想だった。

あの日もしその人――タツナミタダシという らしい――が死ななければ、宝ヶ崎遊園地のミステリーパレスで美紀に対してどう振る舞ったか。そして美紀はどう反応したか。

発端はどんなものか、途中は、結末は。

ファイルの「手がかり」を元に、二人は意見を交換し、当日のタダシと美紀の行動を構築していった。そしてタダシの友人、ミハラの役割も。

自分はそのミハラ役に指名されている。これはつまり――

「こちらですが」

朝倉がファイルから便箋らしきものを取り出した。

「今回は中盤でも採用してみては如何でしょう。効果的だと思いますが」

殿田はそっとのぞき込んだ。男性らしき字で何かが書かれている。感謝と弁解の言葉。ト書きらしきカッコ書きの記述。そして末尾の一文。

これはプロポーズの言葉ではないか。

タダシは美紀に遊園地で求婚しようとしていたのではないか。

「任せる」

美紀は言った。「この流れならわたしは知らん方がええやろし」

「では採用させていただきます」

「よし」

軽く手を叩くと、美紀は殿田の方を向いた。

「少し席を外します。もうしばらくお待ちください」

「い、今のお話って」

殿田は必死で言葉を探り、「何ていうか、シナリオ会議みたいでしたね」と何とか言語化する。

「そうですよ」

美紀はあっさりとそう返して、

「次は上演です」

と言った。朝倉とともに応接室を出ていく。ソファで殿田は思考をめぐらせ、これまでの出来事を整理していた。付けっぱなしだったレコーダーを切る。

戻ってきた二人を見て、殿田は声もなく驚いた。

朝倉は私服に着替えていた。黒いポロシャツにスラックス。髪型はオールバックだった。

そして美紀はジーンズを穿いていた。薄緑色の花柄のブラウスは、痩《や》せた身体と合っていない。化粧もさっきまでとは違っていた。

昔の服装だ、と殿田は気付いた。ファッションの流行は分からないがおそらく七〇年代の格好をしている。

「では行きましょうか――ミステリーパレスに」

美紀は言った。かすれた声が服装と不釣合いで、ひどく奇妙に聞こえた。

ミステリーパレスの狭い制御室で縮こまりながら、殿田は目の前に並んだたくさんのモニタを眺めていた。様々な仕掛けを施した部屋が映っている。上下逆の部屋。斜めの部屋。そして巨大な内装の部屋。無数の鏡で仕切られた迷路のような部屋もあった。

巨大な部屋の巨大な椅子の下に、昔の格好をした美紀が横たわっていた。さっきからほとんど動かない。

気絶しているところから始める、とだけは聞いていた。

モニタの下、パネルを操作している朝倉に、殿田は声を掛けた。

「さっきまで話し合ってたことを、これからやる、ってことですか」

「左様です」

朝倉は顔を上げずに、

「殿田様の段取りは追ってご説明します。今しばらくお待ちを」

「ええ、それはそれで大事なんですけど」

殿田はノートとペンを手に、

「この館は、そのために建てたんですか。その――言うたら『もしも』を実際にやってみるというか、お芝居にして」

「芝居ではありません。虚構では」

朝倉は顔を上げた。

「両角にとっては現実です。有り得たかもしれない現実。採集した手がかりと矛盾しない『もしも』を、ここで一つ一つ形にしているのです。強い意志と自己暗示で」

硬い表情で淀《よど》みなく、

「タツナミタダシ氏が交通事故に遭わなかった場合の、一九七六年七月二十五日の午後を。彼を演じるのは私です」

自分の服を示すと、「あの日のタツナミ氏の服装を再現しました」と言った。

「……つまり、デートを」

「今回は違いますが」朝倉は首を振って、「単純にデートする『もしも』なら、すでに何百回と再現済みです」

平然と言う。殿田は目を見張った。

「ごく普通にミステリーパレスを楽しむ。途中ではぐれ、再会する。電源が落ちて真っ暗になる展開もありました。パレスの早期撤去、その原因を推測した結果の展開です」

殿田は驚きとともに合点していた。笑い声と悲鳴が聞こえた理由は、おそらく。

「エキストラを用意したこともあります」

朝倉がまた話し始めていた。

「パレスがどのように客をさばいていたか、正確には分かっておりません。一組ずつ中に入れていたのか、あるいは何組か同時に入れていたのか。流れ作業で次から次へ、という可能性もあります」

「ってことはあれですか、いろんなパターンをやってはるんですか」

応接室の巨大なキャビネットと、びっしり並んだファイルが殿田の脳裏をよぎる。

「左様です」

朝倉は慇懃に答えた。殿田は生え際の汗を拭いながら、

「もちろんアレですよね、これが一番有り得そうっていう『もしも』を見つけるためですよね。正解というか、真相というか。す……凄《すさ》まじい努力ですね」

ううむ、と思わず唸り声を上げてしまう。朝倉は彼を黙って見つめていたが、やがて、

「いいえ」

ゆっくりと首を振った。

「え？」

「両角がこんなことをしているのは、殿田様の仰る『真相』を見つけ出すためではありません」

「で、でもせやったらなんで」

声が大きくなっていた。まるで理解できない。

朝倉はオールバックの髪を撫でると、

「手がかりが本当にデートと関係あるのか否か、一部を除いては確定に至っていない。そもそもを申せば、このミステリーパレスが関わるのかも分かりません。両角の記憶の中にある、タツナミ氏との会話から推測しただけです」

モニタを眺めながら、

「他にも私どもの思い違いはいくらでもあるでしょう。あの日と何の関係もない、いわばニセの手がかりも」

意味ありげな言葉を口にすると、殿田を向いた。何も言えずにいると、朝倉はわずかに表情を歪《ゆが》めて、

「つまり両角は永久に真相に到達できないのです。本物か偽物かも分からない手がかり

を、その時その時で恣意的《しい》に抽出し、都合のいい物語をでっち上げているだけ。第一、実際には起こらなかった出来事に真相もへったくれもない。理性的に考えればそんなものは初めから存在しないのです」

そこで口を閉ざした。

（せやから辻褄合わせです）

呆然《ぼうぜん》とする殿田の頭に美紀の言葉が浮かんだ。

「……美紀さんはその、それを分かった上で」

「もちろんです」朝倉は静かに、「理解しているからこそあらゆる『もしも』を再現している。真相を見つけ出すことができないなら、ぜんぶ試せばいい。両角はそう考えて実行に移しました。今も実行し続けています」

と言った。

椅子の下の美紀は動かない。殿田はモニタを見たまま後ずさった。彼女がこの館でしてきたこと、これからし続けることに慄然《りつぜん》としていた。彼女を衝《つ》き動《うご》かす思いにも。

「……だからこそ」朝倉が低い声で、「両角は今現在も、手がかりを集め続けています」

「というと？」

殿田が訊くと、朝倉は表情を曇らせた。やがて、

「納得したいだけ、腑に落ちたいだけなら、簡単に手に入る手がかりだけで辻褄を合わせ、いわば偽りの真相を見つけ出せばいい。それで一件落着にすればいい。そんな人間は

大勢います。例えば一時間かそこら話を聞いて、いち個人の半生を理解した気になるような人間は」

と言った。皮肉なのは明らかだったが、殿田は不快には思わなかった。思えなかった。朝倉を見つめながら、ただ美紀のことを考えていた。

「失礼を承知で申しますが」朝倉は低い声をさらに低くして、「私個人としては記事にしていただきたくありません。分かりやすくまとめられて、よくある小賢《こざか》しいオチを付けられたくないのです。彼女自身が一番ミステリーでした、などとは」

「書きませんよ、そんなアホみたいなん」

殿田は即座に答えた。実際そんな風に書くつもりは毛頭なかった。一方で「これまで書いたこともない」とは思えずにいた。自信が揺らいでいた。信念にも疑問を抱いていた。自分は目の前の手がかりだけで満足していなかったか。真相に到達した気になっていなかったか。町の奇人変人を正しく理解していたか。いや――理解できるという前提がそもそも誤りかもしれない。思い上がりなのかもしれない。

「起きました。始まります」

朝倉が言った。あわててモニタをのぞき込む。大きな椅子の下で美紀が上体を起こそうとしていた。

「申《もう》し訳《わけ》ありません」

モニタを凝視したまま朝倉が、「両角には若い頃から世話になっておりますので、つい」

「構いませんよ」

殿田もモニタを指差して、

「それより今はこれをちゃんとやりたいですね。どんな汚れ役でも。演技の経験なんか全然ないけど」

「ありがとうございます。では」

朝倉は元の無感情な口調で説明を始めた。今回の『もしも』は、「タダシとミハラが美紀にドッキリを仕掛けるつもりだった」という趣旨だった。交通事故を装い、病院に連れていくと見せかけて遊園地に連れ込むドッキリ。タダシの部屋にあった雑誌の記事からそう推測したという。

「つまりこの現実に――両角の実体験に『寄せた』のです。両角は実際ミハラ氏の車に乗せられた。車中では失神しかけていた。そこも辻褄を合わせました」

「なるほど」

うなずきながら朝倉の手元をうかがう。真新しい青のリングケースが置かれている。応接室で見せられた、ひしゃげた箱を思い出した。

「その手がかりは本物やと確定してるんですね」

「左様です。事故に遭った時、尻ポケットに入っていたとか。現物は破損しているので、使うのはこの模造品ですが」

朝倉はわずかに表情を和らげると、

「つまり結末も確定です。両角はプロポーズされる。両角はそれほどタツナミ氏に愛されていた。そこは――確定してよかったと」

と言った。

「ですね」

殿田は素直にそう答えた。

モニタの中では美紀が歩き出していた。監視カメラに近付く。時代遅れの若作りをした初老の女性が、不安そうに辺りを見回し、忍び足で歩いている。

演技には見えなかった。本気で怯えている表情と仕草《しぐさ》だった。朝倉の言う「意志と自己暗示」の力だろう。

あるいは愛の力かもしれない。

分かりやすい言葉に落とし込んでいる自分に気付いて、殿田は思考を打ち切った。

美紀は巨大なテーブルを呆然と見上げていた。続いて壁に視線を移す。コンセントを見ているらしい。

朝倉がパネルに並んだ四角いボタンのうち一つを、力を込めて押した。

ボタンには「2F　ネズミ」と書かれていた。

（了）

講談社タイガ

〈著者紹介〉
東川篤哉（ひがしがわ・とくや）
一肇（にのまえ・はじめ）
古野まほろ（ふるの・まほろ）
青崎有吾（あおさき・ゆうご）
周木律（しゅうき・りつ）
澤村伊智（さわむら・いち）
新本格ミステリを愛する作家として本アンソロジーに寄稿。

謎《なぞ》の館《やかた》へようこそ　白《しろ》
新本格《しんほんかく》30周年記念《しゅうねんきねん》アンソロジー

本書に収録された作品は、
すべて書き下ろしです

2017年9月20日　第1刷発行

定価はカバーに表示してあります

編者…………文芸第三出版部《ぶんげいだいさんしゅっぱんぶ》

©KODANSHA 2017, Printed in Japan

発行者…………鈴木　哲
発行所…………株式会社 講談社
〒112-8001 東京都文京区音羽2-12-21
編集03-5395-3506
販売03-5395-5817
業務03-5395-3615

本文データ制作…………講談社デジタル製作
印刷…………豊国印刷株式会社
製本…………株式会社国宝社
カバー印刷…………慶昌堂印刷株式会社
装丁フォーマット…………ムシカゴグラフィクス
本文フォーマット…………next door design

落丁本・乱丁本は購入書店名を明記のうえ、小社業務あてにお送りください。送料小社負担にてお取り替えいたします。
なお、この本についてのお問い合わせは文芸第三出版部あてにお願いいたします。
本書のコピー、スキャン、デジタル化等の無断複製は著作権法上での例外を除き禁じられています。本書を代行業者等の第三者に依頼してスキャンやデジタル化することはたとえ個人や家庭内の利用でも著作権法違反です。

ISBN978-4-06-294088-7　N.D.C.913　398p　15cm

講談社タイガ

《最新刊》

サイメシスの迷宮
完璧な死体
アイダサキ

神尾文孝は警視庁特異犯罪分析班で羽吹允とコンビを組む。超記憶を持つ羽吹は美しすぎる遺棄遺体を見て第二、第三の事件を予見する。

奇跡の還る場所
霊媒探偵アーネスト
風森章羽

消えてしまった「秘密の花園」には、存在するはずのない空色のバラが咲くという。美貌の霊媒探偵と霊感ゼロの相棒、初めての事件。

校舎五階の天才たち
神宮司いずみ

「僕を殺した犯人を、どうか見つけて」高校三年生の少女が受け取ったのは、自ら命を絶った天才少年からの手紙。せつない謎解きが始まる。

謎の館へようこそ　白
新本格30周年記念アンソロジー
東川篤哉　一肇　古野まほろ　青崎有吾
周木 律　澤村伊智　文芸第三出版部・編

テーマは「館」、ただひとつ。今をときめくミステリ作家たちが提示する「新本格の精神」がここにある。新本格30周年記念アンソロジー。